Camino Island

窃 书 贼

◎ [美] 约翰·格里森姆 著

◎ 王梓涵 译

长江出版社

漫娱图书

TO RENÉE
Thanks for the story

目 录
contents ▼

01

抢 劫

1

　　内维尔 · 曼钦是波特兰州立大学美国文学系的一名教授，即将成为斯坦福大学的博士生。可是有人假借"曼钦教授"的名义，用伪造的大学专用信纸，写了一封信。在信中，这个人声称自己专门研究作家弗朗西斯 · 斯科特 · 基 · 菲茨杰拉德的作品，并且即将来到东海岸，希望借这次东海岸之行，能够有机会瞻仰一下这位伟大作家的"亲笔手稿和作品"。这封信的收信人一栏写的是杰弗里 · 布朗博士，也就是普林斯顿大学燧石图书馆珍本图书与特别收藏部手稿科的主任。这封信和其他信件一起，经过各层的分拣和递送，最终被放在了艾德 · 福克的办公桌上。

　　艾德是一名助理图书管理员，他的日常工作很单调，除了图书馆的一些琐事之外，最主要的任务之一就是核实写信人的身份。艾德每周都会收到几封类似的信件。寄信人往往都自称是菲茨杰拉德的书迷或者研究专家，当然，其中偶尔也有几位真正的学者。去年，艾德接待了一百九十多位来这里参观手稿的学者。他们来自世界各地，来到这里的时候无一例外，全都目不转睛地盯着这些珍贵的手稿，眼神里充满了谦虚与敬仰，就像圣殿前的朝圣者一样。

艾德在这个岗位上工作了三十四年，这些年里，他每天都在这张办公桌上审查信件。直到今天，参观菲茨杰拉德手稿的人依然络绎不绝，与三十年前相比有过之而无不及。不过这些日子以来，艾德一直在思考，关于那位伟大作家的生平事迹是否还有未被深入研究和探索，或者不太详尽甚至遗漏的地方。不久前，一位德高望重的学者告诉艾德，迄今为止，至少有一百部描述和评论菲茨杰拉德的生平、作品甚至他疯狂的妻子的书籍，相关的学术文章也超过了一万篇。而菲茨杰拉德在四十四岁的时候就因为酗酒去世了，如果他能长寿一些，并且一生都坚持写作的话，将会有怎样一番成就呢？但如果是那样的话，那么艾德就得需要一个助手了，或者两个，甚至是一个团队。不过艾德很快意识到，其实死后留名的往往都是英年早逝之人。（更不用说死后的版税也比死之前高多了。）

几天后，艾德终于翻开了"曼钦教授"的来信。他快速地浏览了图书馆的登记记录，发现这是他第一次来信，看来这是一个新的申请来访者。一些退伍军人曾经多次到访普林斯顿大学，他们只要给他打个电话，说："喂，艾德，我下周二来。"艾德就会同意并且进行安排，但是对这位曼钦教授却不能这样简单处理。

艾德浏览波特兰州立大学的网站，查到了这位教授的信息：俄勒冈大学美国文学学士学位，加州大学洛杉矶分校硕士，做兼职教授已经有三年了。从照片上看，他是个样貌普通的年轻人，三十五岁左右，脸上的胡子应该只是一时兴起才留的，不大可能一直留下去，还戴着一副窄窄的无框眼镜。

在信中，这位曼钦教授说，希望相关人员通过邮件给他回复，并且留下了一个私人 Gmail 邮箱地址，他说他很少查看他的大学邮箱。艾德心想："是啊，你只是个小小的兼职教授，当然很少看大学邮箱，甚至有可能连自己的办公室都没有。"艾德看信的时候经常会冒出一些奇怪的想法，这是一种职业本能，当然他不会把这些想法告诉别人。出于谨慎，他在第二天给曼钦教授回复了邮件，并且发送到波特兰州立大学的工作邮箱。他感谢曼钦教授给普林斯顿大学来信，并邀请他来大学参观。他询问教授的到访时间，并且列出了几项参观菲茨杰拉德手稿的基本规定。其实规定有很多条，他建议曼钦教授在图书馆的网站上好好看一下，做好充分的准备。

邮件发送后立马就收到了回复，但很明显是自动回复的。邮件中说曼钦已经好几天没有登录过他的邮箱了。在这之前，曼钦的一个熟人入侵了波特兰州立大学的数据库，并且篡改了电子邮件服务器。这对老练的黑客来说，简直是小菜一碟。艾德向大学的邮箱发送了回复，黑客和那个冒名顶替的人肯定立刻就知道了。

哦，好吧，艾德心想。于是第二天，他向曼钦教授的私人 Gmail 信箱发送了相同的邮件。不到一个小时，艾德就收到了曼钦的回复。他十分感谢艾德的邀请，说自己迫不及待地想要来这里。他在邮件里滔滔不绝地讲他如何认真地研究图书馆网站，花了几个小时的时间浏览图书馆关于菲茨杰拉德的电子档案，多年来他一直渴望能看一看这位伟大作家手稿的复印件，并且对他的第一部批判性小说《尘世乐园》特别感兴趣。

"很好。"艾德心想。这种邮件他见得多了，这个家伙想在他还没到这里之前给自己留下好印象，这一点儿也不奇怪。

2

弗朗西斯·斯科特·基·菲茨杰拉德于一九一三年秋进入普林斯顿大学。十六岁的时候，他梦想着写一部伟大的美国小说，并且着手酝酿和创作的小说《尘世乐园》。但四年后，他因要参军作战而被迫辍学，并且放弃了创作之路，没想到还没来得及上战场，战争就结束了。他的经典之作《了不起的盖茨比》于一九二五年出版，直到他去世以后，这部小说才引发轰动。在短暂的职业生涯中，他在经济上一直很拮据。一九四〇年，菲茨杰拉德在好莱坞当编剧，创作出的剧本非常糟糕，多年的穷困潦倒和不良的生活习惯，使得他身心俱损，在创作上，更是灵感尽失，才华尽毁。同年十二月二十一日，菲茨杰拉德因多年严重酗酒导致心脏病发作，与世长辞。

一九五〇年，菲茨杰拉德的女儿，也是他唯一的孩子斯科蒂，把他生前留下的原始手稿、笔记和一些信件，即他所有的"纸张稿件"都赠给了普林斯顿的燧石图书馆。他所创作的五部小说所用稿纸都十分廉价，所以正常条件下很难长期保存。图书馆很快就意识到，绝对不能让书稿研究者直接接触原稿，这是极为不明智的。于是他们制作了高质量的复制品，将原始手稿锁在了一个安全的地下室里，严格控制地下室里的空气、光线和温度。多年来，这些手稿只被转移过几次。

3

初秋十月，一个风和日丽的秋日，假冒成内维尔·曼钦教授的男子来到了普林斯顿大学。他被工作人员带到了珍本图书与特别收藏部，并且见到了艾德·福克。之后，艾德叫另一位助理图书管理员来接待他。那个助理管理员检查并复印了他的俄勒冈州驾驶执照。当然，驾照也是假的，但伪造得足以以假乱真。伪造驾照的人，也是个黑客，曾经接受过美国中央情报局的训练，从事地下间谍活动多年，因此偷偷侵入校园安全网络，对他来说简直小菜一碟。

随后助理管理员给曼钦教授拍照，并给了他一个通行徽章，在校园内的重要场所必须亮出徽章才能通行。他跟随助理图书管理员来到二楼，走进一个很大的房间，里面有两张长长的桌子，墙上嵌着可伸缩的钢制抽屉，每个抽屉都上了锁。曼钦教授注意到房间角落里至少装有四个监控摄像头，他怀疑还有其他的摄像头被巧妙地隐藏了起来。他想跟助理图书管理员闲聊几句，但冷酷的管理员并没怎么搭理他。他半开玩笑地问他是不是能看到《尘世乐园》的原始手稿。助理管理员嘲笑了一声，说："那是不可能的。"

"你见过原始手稿吗？"曼钦问道。

"只见过一次。"

曼钦一直没有说话，还在等着对方继续说，结果什么都没等到。于是他问道："是怎么见到的？"

"哦，当时有一个著名的学者，想看看原始手稿。于是我们陪他到地下室，让他看一眼，但是他并没有触碰到手稿。那些珍贵的手稿只有我们的馆长才有资格去碰，而且必须要戴上特制的手套。"

"这是当然，理应如此。好吧，我明白了，咱们开始吧。"

助理管理员打开了两个大抽屉，都标着"尘世乐园"的字样。他从抽屉里取出了几个厚厚的、超大号的笔记本，说："这里还包含了这本书第一次出版时的评论，我们还有许多其他后续评论的样本。"

"太好了。"曼钦喜不自禁地说。他打开公文包，拿出一个笔记本，看样子恨不得要一口气把桌子上的这些资料读完。半个小时后，曼钦仍在专心致志地埋头苦读，已经完全沉浸在这些手稿里。助理管理员找了个借口离开了。从监控摄像机里看，曼钦教授一直埋头看手稿，一刻都没抬头。过了很长时间，他要去洗手间，这才起身离开。他左转右转，结果迷了路。大楼里到处都是监控摄像机，他怀疑现在根本没人看监控录像，但是如果有紧急情况的话，录像肯定会被调出来进行回放。他找到了一部电梯，但没有进去，而是避开电梯走附近的楼梯。他下了楼，在地下二层停住了，面前是一扇厚厚的大门，上面用粗粗的黑体字写着"禁止入内"。门旁边有一个小键盘，小键盘旁边有一个警告提示，上面写着"未经许可，不得入内，如强行将门打开，就会触发警报。"两个监控摄像机严密监视着大门以及周围区域的情况。

曼钦退后几步，然后原路返回。当他回到那间屋子时，助理管理员正在那里等着他。

"曼钦教授，你还好吗？"他问道。

"谢谢，我很好。只是胃有点儿不舒服，拉肚子。但愿这不是传染性的。"

助理图书管理员见他没有什么事，随即离开了。在剩下的时间里，曼钦都在房间里逗留，他一会儿从钢制抽屉里抽出一些材料，一会儿又读刚才读过的评论，但总是心不在焉。他时不时在房间里溜达，四处张望、搜寻、思索，大脑在飞快地记录这里的结构与布局。

4

三个星期后，曼钦回去了。他不再假装自己是一名教授，他把胡子刮得干干净净，头发染成了沙金色，戴着一副红色镜框的假近视眼镜，手里拿着伪造的带有照片的学生证。如果有人突然问起他是谁（当然他并不希望被人问起），他就会谎称自己是来自爱荷华州的一名研究生。

在现实生活中，他的真名叫马克，而他的职业嘛，如果非要起个入耳的名字，可以叫"职业小偷"。他专门偷窃稀有的艺术品，而且技术一流，每次作案前都经过精心策划，每次作案后都会引起极大的轰动。这些稀有的艺术品被盗走后，他们会联系绝望的持有者，让他们买回被盗的艺术品以勒索赎金。

他们有一个团队，共有五名成员，为首的叫丹尼，是前陆军突击队士兵，被赶出军队后便走向了犯罪的道路。到目前为止，丹尼从未被警方抓获过，在警方的档案库里当然也就没有他的任何犯罪记录。马克也没有案底。特雷却犯有两项罪名，并且越狱过两次，最后一次是一年前从俄亥俄州的联邦监狱越狱逃跑。也就是那次成功越狱之后，遇到了杰瑞，一个被假释出狱的艺术品盗窃犯。杰瑞从前的狱友，也是一个艺术品盗窃犯，已经服刑很多年，是他最先向杰瑞提起了菲茨杰拉德手稿的事情。

这个新的盗窃目标非常完美。菲茨杰拉德的手稿只有五份，而且都存放在同一个地方。对普林斯顿大学来说，这些手稿可是无价之宝。

这个盗窃团队的第五名成员更喜欢在家工作。艾哈迈德是一名厉害的黑客，可以伪造各种证件，所有的行动方案也都是他筹划的，但他不敢带枪，也不敢抛头露面。他在美国纽约州西部的布法罗的地下室里工作，也从未被警方逮捕过，完全没有案底。每次行动得到的钱他先抽走百分之五，其余四人则平分剩下的。

到了周二晚上九点，丹尼和杰瑞都在燧石图书馆里，他们假扮成院校的研究生，但完全没有专心看书，而是时不时地看墙上的时钟。他们伪造的学生证完全可以以假乱真，在整个校园里出入各处都畅通无阻，没有引起任何怀疑。丹尼在三楼的一间女厕所里找到了一个极佳的藏身之处。他抬起马桶上方的一块天花板，把他的学生背包扔了进去，然后爬到天花板上面的通风口中，在接下来的几个小时里，他一直待在这个又挤又热的狭小空间里等待。马克撬开了地下室一层主机房的门锁，等待警报声响起，结果他没有听到任何动静。艾哈迈德则轻而易举地侵入了普林斯顿大学的安保系统。马克继续拆除图书馆备用发电机的喷油器。杰瑞在一个小阅读室里发现了一个绝妙的藏身之处，那里有一排排叠加起来的书架，上面摆放的书几十年都没人碰过。

特雷则在校园里四处闲逛，他打扮得像个学生，拎着背包，在四处寻找"炸弹"的安装地点。

图书馆将在午夜关门。盗窃团伙的四名队员，还有在布法罗地下室里的艾哈迈德，始终用无线电保持联系。

十二点十五分，作为队长的丹尼宣布一切都在按计划进行。

十二点二十分，打扮得像个学生的特雷，拖着一个沉重的大背包，走进了位于校园中心的麦卡伦学生公寓。他看到了在一周前看到的那几个监控摄像头。他从无人监控的楼梯走上二楼，躲进了一个厕所，把自己锁在一个小隔间里。

十二点四十分，特雷打开书包，从里面取出一瓶20盎司的苏打水。他设置了一个计时启动器，把它藏在马桶后面，然后离开了洗手间。接着他来到三楼，在一个空的淋浴间里安放了另一枚"炸弹"。

十二点四十五分，特雷在宿舍的二楼发现了一条灯光昏暗的走廊，他在走廊里扔了一串鞭炮，然后飞快地奔向楼梯口。当他沿着楼梯往下跑时，鞭炮声响起，几秒钟后，两枚烟幕弹都爆炸了，浓烟在走廊里弥漫，带着一股浓浓的酸臭味。特雷刚离开宿舍楼，就听到里面发出了惊恐的尖叫声。他跑到学生宿舍附近的灌木后面，从口袋里掏出一部一次性手机，拨打了普林斯顿的911报警电话，并假装惊慌失措地报警："在麦卡伦学生公寓的二楼有一个持枪的男子正在四处开枪射击。"

浓烟从二楼的窗户飘了出来。杰瑞坐在图书馆黑暗的小阅览室里，用提前准备好的预付费手机拨打了同样的报警电话。很快，恐慌席卷了整个校园，911不断地接到报警电话。

在美国，每一所大学都有周密而详尽的应急措施以应对"校园枪击事件"，但是当事件真的发生时，却没人想到去按照预定计划采取相应的措施。值班的安保负责人愣了半天，才想起按报警器。当她按下报警器按钮时，警报声立刻响起，发出震耳的哀鸣。普林斯顿大学所有的学生、教授、行政人员和校工，都收到了一条警报短信和电子邮件。所有的门窗立刻被关闭锁死，所有的建筑都被保护起来。

杰瑞又拨打了一次911电话，并且谎称有两名学生被枪击中。麦卡伦宿舍楼浓烟滚滚，特雷又往垃圾桶里扔了三枚烟幕弹。学生们在浓烟弥漫的宿舍楼里跑来跑去，像无头苍蝇似的，不知道到底哪里才是安全的地方。校园保安队和普林斯顿市的警察迅速赶到现场，后面还紧紧跟着六辆消防车，救护车也紧随其后，新泽西州警察局的第一批巡逻车也以最快的速度赶了过来。

特雷把他的背包丢在了学校一栋办公楼的门口，然后打电话报警，说这个背包看起来很可疑。背包里藏着最后一枚烟幕弹，计时器已经设好，十分钟后就会爆炸，他躲在不远处的灌木丛里盯着这个背包。

到了一点零五分，特雷用无线电通知盗窃团伙的同伴，说："现在学校里一片恐慌，到处都是浓烟，来了好多警察。咱们开始行动吧。"

丹尼指挥道："切断所有照明电路。"

艾哈迈德正在布法罗的地下室里喝着茶，一副悠闲的样子。听到丹尼的指示，他立刻侵入学校的电网控制系统，不仅切断了燧石图书馆的电力网，还切断了图书馆附近六栋建筑的供电。不仅如此，马克还戴上了夜视镜，拉下了主机房的总开关。随后，他屏住呼吸，紧张地等待着。当发现备用发电机没有启动时，这才松了一口气。

停电事故触发了校园安保中心中央监控站的警报，但这个时候，根本没人注意到这个警报，因为所有人都以为校园里有一个持枪的歹徒在肆意行凶，枪击无辜的学生。因此大家根本无暇去顾及其他的警报。

上个星期，杰瑞在燧石图书馆里待了两个晚上，他确定当图书馆大楼关闭时，里面并没有警卫把守。通常情况下，夜里会有一名身穿制服的保安在大楼里巡视一到两次，用手电筒照照各处的门窗，确认都关好后，才会继续往前巡逻。同时还有一辆巡逻车也会在校园各处进行巡视，但主要是查看有没有酒醉的学生。总而言之，普林斯顿大学就像其他地方一样，在凌晨一点到早上八点之间，都是死一般的沉寂。

然而，今晚，普林斯顿大学却处于一种狂乱的紧急状态，因为大家以为美国最精英的学子们正在遭到疯狂的枪杀。特雷向同伙报告说，现场一片混乱，警察像没头苍蝇似的四处跑，特警们也配备了精良的武器，披挂上阵。警笛声此起彼伏，无线电对讲机"沙沙"作响，无数红的蓝的警灯在闪烁。浓烟笼罩在学校上空，一架直升机正在校园上空盘旋。

丹尼、杰瑞和马克在黑暗中匆匆走下楼梯，来到位于特别收藏部下面的地下室。他们每个人都戴着夜视镜，头上戴着矿工用的头灯，身上背着重重的背包。杰瑞还另外提着一个小军用行李包，这是他前天晚上藏在图书馆里的。他们在第三层也是最后一层停了下来，面前是一扇厚重的金属门。他们迅速把监控摄像头蒙上，然后等着艾哈迈德大显身手。艾哈迈德从容不迫地侵入图书馆的报警系统，将门口的四个传感器关闭，随即发出一声巨响。丹尼拉动门把手，把门打开。

他们发现里面是一个狭小的屋子，屋子里还有两个金属门。马克用手电筒照了照天花板，发现了一个监控摄像头。"在那儿，"他说，"只有一个。"

杰瑞是这几个人中个头最高的，身高约一米九，他拿出一小罐黑色的喷漆，往摄像头的镜头上喷。

丹尼看了看那两扇门，说："需要抛个硬币，看看先开哪一扇门吗？"

"你们看到了什么？"远在布法罗的艾哈迈德通过无线电问道。

"两扇一模一样的金属门。"丹尼回答道。

"伙计们，但我这里什么也看不见，"艾哈迈德说，"看来你们只能亲自动手把门割开了。"

杰瑞从他的军用行李包里拿出两个约四十六厘米高的罐子，一个罐子里装满了氧气，另一个罐子里是乙炔。丹尼站在左边的那扇门前，手里拿着切割喷枪，枪口冒着火花。他开始对着金属门锁孔上方十五厘米的地方进行加热。没过几秒钟，火花就飞溅起来。

与此同时，特雷已经从麦卡伦宿舍楼的混乱中脱身，正躲藏在图书馆对面黑暗的街道里。因为又来了好几辆应急车辆，警笛声愈加震耳欲聋。直升机在校园上空轰鸣。此时图书馆附近一个人都没有，所有人都跑去参加救援了。

"图书馆外面很安静，"特雷说，"你们在里面进展怎么样？"

"我们正在切割铁门。"马克简明扼要地回答道。团伙的五个成员都知道，现在没工夫闲聊，废话少说。丹尼用八百度的喷枪缓慢而巧妙地切割着金属门。几分钟过去了，熔化的金属滴落在地板上，红色和黄色的火花从门上向外飞溅。丹尼突然说："这门得有三厘米厚。"他打算切一个正方形，现在刚切完正方形的顶端，正开始向下切割。

切割过程进展得非常缓慢，时间一分一秒地过去，空气中弥漫着紧张的气氛，但他们依旧保持冷静，杰瑞和马克蹲在丹尼身后，注视着他的一举一动。当正方形的底部切割完成时，丹尼扭动门闩，门闩终于有些松动了，但还有东西在上面。

"是一个螺栓，"他说，"我得把它切断。"

五分钟后，坚固的铁门终于被打开了。艾哈迈德盯着他的笔记本电脑，电脑屏幕显示图书馆的安保系统并没有出现任何异常。"一切正常。"他说。

丹尼、马克和杰瑞穿过铁门，走进房间，狭小的空间立刻被占满了。房间里有一张很窄的桌子，四个大大的木质抽屉占了一整面墙，另外还有四个抽屉在对面的墙上。马克专门负责解锁，他摘下夜视镜，调整头上前照灯的位置，查看其中一个抽屉上的锁。然后，他摇摇头说："果然不出所料。这是个密码锁，可能密码由计算机随机选取，号码每天进行更换。没办法解锁，只能用电钻钻开。"

"那就动手吧，"丹尼说，"你在这儿把锁钻开，我去切割另外一扇门。"

杰瑞设计了一种电钻，只需四分之三的电池动力驱动，电钻两边都有支撑杆，更加稳固精准。他瞄准锁眼，和马克一起用尽全力钻眼。钻头"嗡嗡"响起，不过是一碰上那黄铜锁件就开始打滑，似乎这锁根本无法钻透。但随着钻头一次又一次地冲击，铜屑开始一点点脱落，这时他们必须用尽全身力气推挤支撑杆，才能让钻头往里钻得更深一点儿。钻头最后总算将铜锁的锁眼钻通，但抽屉还是打不开。马克用一根细的撬杆插进了锁上方的空隙，然后用力往下拉，抽屉的木框终于裂开，抽屉可以打开了。展现在他们面前的是一个镶着黑色金属边的档案盒。

"小心点儿。"杰瑞说。

马克小心翼翼地打开盒子，轻轻拿出一卷薄薄的精装书。他慢慢读着封面上的字："多尔夫·麦肯锡的诗集。这正是我一直想要的。"

"这家伙是谁啊？"杰瑞不耐烦地问。

"不知道，不过我们可不是来这儿偷诗集的。"

丹尼走过来，说道："好吧，继续找。这里还有七个抽屉得钻开。"于是大家继续干着手里的活儿。与此同时，特雷正坐在街对面公园的长椅上，漫不经心地抽着烟，时不时地看一下自己的手表。校园里混乱依旧，恐慌在继续蔓延，丝毫没有减弱的迹象。

他们先后打开了第一间屋子里的第二个和第三个抽屉，发现了一些珍本，但没有人认识这些书籍的作者。丹尼也终于割开了第二扇铁门，进去之前，他让杰瑞和马克把电钻拿来。这个房间里也有八个大抽屉，看起来似乎跟第一个房间的一模一样。

凌晨两点十五分，特雷用无线电报告说学校现在仍然处于封锁状态，但是充满好奇心的学生们开始聚集在麦卡伦宿舍楼前的草坪上，看着混乱的场面。警察用手持扩音器大喊，命令学生们回到自己的房间，但是围观的学生太多，一时之间难以控制。至少又有两架直升机赶了过来，在校园上空盘旋，局势变得更加混乱和复杂。特雷正在用手机看美国有线电视新闻网的报道，此时正在播放普林斯顿大学的实时状况。一名记者在现场实时报道着，不断提到"伤亡人数不明""已证实持枪者至少有一人"。

"至少有一名持枪者？"特雷嘟囔道，"这不是废话吗？哪个枪击案不是至少有一名持枪者？"

而在地下室里，丹尼、马克和杰瑞商量着用焊枪把抽屉切割开。但是经过一番讨论后，他们还是否决了这个想法，至少现在不行，因为用火切割的话，风险很大，如果手稿被破坏对谁都没有好处。这时，丹尼拿出了一个只有四分之一驱动力的小型钻头，因为马克和杰瑞用不惯那个大的钻头。他们发现在第二个房间的第一个抽屉里，放着一摞摞精致的纸张，上面是手写的诗作，作者是另一位被人遗忘很久的诗人，虽然他们从来没听说过这个人，但是仍然很讨厌他。

凌晨两点半，美国有线电视新闻网证实有两名学生在枪击事件中死亡，另外至少有两名学生受伤。因此，这场骚乱被定性为是一场"屠杀"。

5

当警察把麦卡伦公寓的二楼包围起来之后，他们搜索现场，发现地上的残留物似乎只是鞭炮的碎屑。另外他们分别在卫生间和浴室里找到了烟幕弹的空壳。随后，拆弹人员也打开了特雷故意留下的背包，并拆除了烟幕弹空壳。到了三点十分，现场的指挥人员才开始意识到这一切只是一场"恶作剧"，所以他们随即解除了警报。但人们还依旧处在惊恐慌乱的状态中，久久回不过神来。

警方很快就宣布麦卡伦大楼以及周边的地方安全了，所有的学生回到自己的房间。但校园仍然被封锁着，因为接下来的几个小时，警方要对附近的大楼进行搜查。

6

凌晨三点半，特雷通过无线报告消息："现在局势似乎稳定下来了。已经三个小时了，伙计们，钻孔钻得怎么样了？"

"进展很慢。"丹尼回答得很干脆。

地下室的队员进度确实很慢，但意志还是非常坚定的。在前四个被钻开的抽屉里，他们发现了很多旧手稿，这些手稿都出自有名的作家，但此时此刻，没人想去关心这些作家是谁。最后，他们终于在第五个抽屉里找到了宝贝。丹尼从里面取出一个和前面四个抽屉里一样的档案盒，然后小心翼翼地把它打开。图书馆在手稿上加了一个封签，上面写着"《美丽与毁灭》原始手稿，作者——弗朗西斯·斯科特·基·菲茨杰拉德"。

"找到了。"丹尼冷静地说。他从第五个抽屉里取出另外两个相同的盒子，小心翼翼地把它们放在窄小的桌子上，然后轻轻地把盒子打开，里面是《夜色温柔》和《最后一个大亨》的原始手稿。

艾哈迈德依旧目不转睛地盯着笔记本电脑，他旁边放着一杯用来提神的高咖啡因含量的功能性饮料。这时，他听到了来自队友振奋人心的消息："好了，伙计们，五本小说的手稿，咱们已经找到了其中三本。《了不起的盖茨比》和《尘世乐园》的手稿应该就在其余的某个抽屉里。"

特雷问："那你们预计还要多长时间？"

"最多二十分钟，"丹尼说，"你先去把车开过来吧。"

特雷装作漫不经心的样子穿过校园，他看见几个警察在周围转悠，就混在一群看热闹的人中等了一会儿。警察们现在已经不再惊恐慌乱，显然危险已经过去，不过校园里仍然戒备森严，警灯闪烁。特雷悄悄从人群中溜走，他离开校园，走到约翰大街，迅速钻进了一辆白色货车。货车左右两扇门上都印有"普林斯顿大学印刷厂"的字样。车身上印着数字"12"，特雷也不知道这个数字代表什么意思，反正他上个星期拍的开进学校的货车照片就是这个样子的。他把货车开回校园，避开麦卡伦大楼周围骚动的人群，然后把车停在图书馆后面装卸货物的坡道上。

"车开过来了。"他向队友报告说。

"我们刚打开第六个抽屉。"丹尼回应道。

杰瑞和马克将头灯的灯光聚焦在桌面上，丹尼轻轻地打开档案盒，封签上写着："《了不起的盖茨比》手写原稿，作者——弗朗西斯·斯科特·基·菲茨杰拉德。"

"就是他，"丹尼镇定地说，"我们找到盖茨比了。"

"噢耶！"尽管他们一直压抑着内心的兴奋和激动，但马克还是忍不住欢呼起来。杰瑞取出了抽屉里仅剩的另一个盒子。里面装的是《尘世乐园》的手稿，这是菲茨杰拉德的处女作，于一九二〇年出版。

"五本小说的手稿都找到了，"丹尼依旧冷静地说，"咱们赶紧撤吧。"

杰瑞把钻头、喷枪、氧气和乙炔罐以及撬棒都装进军用行李包里。当他弯腰去提行李包的时候，第三个抽屉里的一块碎木头划伤了左手腕。但因为太过兴奋，他完全没感觉到自己被划伤，而提起行李包的时候，又被劈裂开的木头划了一下。丹尼和马克小心翼翼地把这五份价值连城的手稿分别放进三个学生背包里。这几个盗贼迅速从藏宝库似的地下室里跑出来，背着盗取的宝贝和盗窃工具，窜上楼梯，来到主楼层。他们从装卸货物的坡道旁边的一个侧门离开了图书馆。这个侧门被一条又长又茂密的树篱遮挡住，在外面根本看不见。从货车的后门跃进车后，特雷发动引擎，开车下了坡道，一路而去。路上他们还遇到一辆学校的安保巡逻车，与车里的两个保安擦肩而过。特雷还愉快地向他们挥手致意，但两个保安面无表情，一脸严肃，没搭理他。

特雷看了看表，现在已经是凌晨三点四十二分。他跟队友们说："安全撤离，任务圆满完成，咱们要带着盖茨比先生和他的朋友们离开学校了。"

7

因受到意外停电的影响，多栋建筑的报警器都响了起来。直到凌晨四点，一位电气工程师检查学校电脑网络时，才发现了问题所在。除图书馆外，校园其他大楼的供电都恢复。安保主任派了三名安保人员前往图书馆进行检查，花了十分钟才找到报警原因。

但这个时候，盗窃团伙已经快跑到费城了。他们在 295 号州际公路附近的一家廉价汽车旅馆里安顿下来。特雷把货车停在一辆十八轮大卡车旁边，正好避开了停车场唯一一个监控摄像头。马克拿出一罐白色的喷漆，把两侧车门上的"普林斯顿大学印刷厂"字样涂掉。然后回到了他和特雷前一天晚上住过的房间。两个人很快换上了狩猎装，然后把行窃时穿的衣服——牛仔裤、旅游鞋、运动衫、黑色手套等等——塞进了另一个行李包里。杰瑞在浴室里发现了左手手腕上的伤口，他用浴巾把上面的血擦干净，琢磨着是否要把自己受伤的事告诉其他队友。算了，以后再说吧，他心想。

稍做休整之后，他们悄悄地把所有东西从房间里搬出来，然后离开了这家旅馆。马克和杰瑞坐上了一辆皮卡，丹尼负责开车——这辆车是丹尼从一家汽车租赁公司租来的。特雷开着货车驶出停车场，丹尼驾车跟在特雷后面。他们沿着费城郊区的北面边界行驶，然后驶向州际高速公路，一路飞驰，最后消失在宾夕法尼亚州的乡野。

在夸克敦附近，他们发现了一条乡间小路。沿着小路行驶，目之所及，一片荒芜。特雷把货车停在一个沟谷里，把偷来的车牌卸掉，倒了些汽油浇在装着工具、手机、无线电设备和衣服的袋子里，然后点燃一根火柴扔到被汽油浸湿的袋子上。大火瞬间燃起，火光四射。当坐上皮卡离开时，他们确信所有的证据已经被熊熊大火所吞噬。所有的手稿被安全地放在皮卡的后座上，夹在特雷和马克中间。

初升的太阳慢慢爬过山头，他们静静地坐在车里，观察着周围的一切。偶尔会有车辆从对面驶来；一位老农走向他的谷仓，甚至连旁边的高速公路都懒得扭头看一眼；还有一个老太太从门口抱起一只小猫……

到了伯利恒市附近，他们开车进入 78 号州际公路，并且一路向西驶去。丹尼车开得很平稳，始终保持在限速以下。自从离开普林斯顿大学之后，警车就一直没出现过。他们在一家汽车餐厅停下，买了一些鸡肉饼和咖啡，然后沿着 81 号州际公路向北朝着斯克兰顿地区驶去。

8

早上七点钟，第一批被派来的两位联邦调查局探员来到燧石图书馆。校园安保部门和普林斯顿警察局的相关人员向他们简要说明了一下事件经过。探员勘察了犯罪现场，强烈建议图书馆继续无限期关闭。来自特伦顿分局的调查员和技术人员也正在火速赶往学校。

经过一个漫长而惊恐的夜晚，普林斯顿大学的校长拖着疲惫的身躯回到位于校园里的家。刚一到家，就得到消息说有贵重的东西丢失了，于是他急忙赶到图书馆，见到了图书馆馆长、联邦调查局探员和当地警察。经过一番商讨，他们决定最大限度地向公众隐瞒这件事。华盛顿的美国联邦调查局稀有资产追回部负责人正火速赶来，他认为小偷会很快与学校进行联系，索要赎金。所以物品失窃的消息如果走漏风声，被媒体披露的话，就会在社会上引起极大的轰动，使事情变得更加复杂。

9

四个窃贼一路上一直隐忍着兴奋，直到来到位于宾夕法尼亚州东部的波克诺斯山深处的小屋才开始庆祝此次行动圆满成功。这座金字塔形架构的小屋是丹尼为了在狩猎季节来此打猎而租下来的。租金将会等到他们把赎金拿到手时再付，不过他们已经在这里住了两个多月了。四个人当中，只有杰瑞有固定住所。他和女朋友在纽约的罗切斯特租了一套小公寓。特雷，作为一名逃犯，成年后的大部分时间都是在逃亡中度过。马克偶尔会跟在巴尔的摩附近的前妻住在一起，但是没有任何记录或证据可以证明这一点。

这四个人都有一大堆伪造的身份证明，包括可以骗过海关人员的护照，以便他们能够以假身份顺利出境，逃离海外。

冰箱里有三瓶廉价的香槟，丹尼打开了一瓶，然后倒进四个形状不一的咖啡杯里。他热情而激动地说："干杯，伙计们，干得漂亮，我们成功了！"

不到半个小时，三瓶香槟就全被喝光了。疲惫的盗贼们呼呼大睡。那些手稿仍然存放在原有的档案盒里，像金砖一样堆放在储藏室的保险箱里。接下来的几天丹尼和特雷会一直留在这里看守。明天，杰瑞和马克就会回家。他们就像在树林里猎鹿的猎人，整整忙活了一周终于逮到猎物，但是已经疲惫不堪。

10

当杰瑞正在山里的小屋呼呼大睡的时候，联邦政府的办案人员正动用一切力量，加紧步伐追捕他。一名联邦调查局的技术人员，在通往图书馆地下室的楼梯处发现了一个污点。她认为这是一滴血迹，而且时间不长。因为血迹的颜色还很鲜红，没有变成黑褐色或者黑色。她采集好血滴样本，然后向她的主管汇报，血样被紧急送到了费城联邦调查分局的一个实验室。DNA检测迅速完成，检测人员将结果与国家数据库的血样进行匹配。不到一个小时的时间，他们就在马萨诸塞州的数据库里找到了与血样DNA相匹配的嫌疑人：杰拉德·A.斯汀贾登，七年前因盗窃了波士顿一名收藏艺术品的商人的油画而被判刑，目前已被假释。分析人员正在全国范围内全力搜寻这个名叫斯汀贾登的人。在全美户籍记录里，他们找到了五个叫斯汀贾登的人，其中四个人的嫌疑很快就被排除了。于是办案人员拿到了搜查令，获权搜查第五个斯汀贾登的住所、手机通信记录以及信用卡记录。当身在波克诺斯山间小屋里的杰瑞从睡梦中醒来时，联邦调查局已经开始监视他在罗切斯特的公寓了，但是他们决定先不拿着搜查令进去，而是暗中观察，等待时机。

也许，当然，只是也许，找到斯汀贾登，其他几个盗贼的踪迹就会浮出水面，警方就可以顺藤摸瓜，把他们一网打尽。

此时的普林斯顿大学，也开始了严密的排查。过去一周内进入过图书馆的所有学生都被列入了审查名单中，他们的身份证记录了每一次进入校园各个图书馆的详细情况，所以如果用了假身份证，很快就会被查出来，因为在大学里，假身份证通常是未成年人为了买酒才用的，没有人会用一张假身份证偷偷溜进图书馆。当确定了使用假身份证的人进入图书馆的确切时间之后，工作人员立即查看图书馆的监控录像。

到了当天中午，联邦调查局已经找到了丹尼、杰瑞和马克的画面图像，这些图像目前并没有什么价值，因为他们几个人伪装得太好了。

在普林斯顿大学珍本图书与特别收藏部，有着多年工作经验的老员工艾德·福克，几十年来第一次处理这么紧张而棘手的工作。他身边围着一群联邦调查局的探员，他快速浏览最近到图书馆参观的访客记录以及留档照片，然后给登记过的访客打电话进行核实。当打给波特兰州立大学的兼职教授内维尔·曼钦时，这位教授向联邦调查局的探员确认，他从来没有来过普林斯顿大学。经过与留档的照片进行比对，照片上的人的确不是曼钦教授。虽然联邦调查局找到了马克假冒曼钦教授的照片，但他们并不知道照片上的人是谁。

四十名联邦调查局探员在夜以继日地进行调查，仔细研究相关视频和分析数据，希望能找出有价值的线索。

11

下午临近傍晚的时候，四名盗贼围在一张牌桌旁，开了几瓶啤酒。丹尼在屋里走来走去，提起他们已经讨论过十几次的话题。虽说把东西偷来了，而且整个行动很成功，但任何犯罪行动都会留下线索，没有人能做到不留下任何蛛丝马迹，如果有人在实施犯罪之前就能想到其中一半可能会发生的问题，那么这个人绝对是个天才。他们很清楚，那些用过的假身份证很快就会被发现并且查出来。警察很快就会知道，他们在盗窃之前就混进图书馆，进行过准备工作。谁知道在准备过程中会有多少该死的摄像头把他们的踪迹录了下来？现场可能会留下衣服的纤维或者运动鞋的鞋印等等。虽然他们确信没有留下任何指纹，但事情总有万一，没有绝对的。他们四个人都是经验丰富的惯偷，所以他们很清楚这其中的门道。

没有人注意到杰瑞左手腕上的小创可贴，他自己也没有把这当回事，于是也没有特意提起。他自认为这件事没什么大不了的，不会引起什么不良后果。

马克改装了四部与iPhone 5外观相同的设备，并附有苹果公司的标志。但这并不是手机，而是"星轨"——一种与卫星系统相连接的跟踪设备，能够在世界任何地方进行实时跟踪。这种设备不使用通信公司的手机信号网络，所以警察无法进行追踪或窃听。马克再次告诉大家，他们四个人，还有艾哈迈德，在接下来的几周必须要经常保持联系。这些设备是艾哈迈德利用灰色渠道搞到的，上面没有开关，而是需要用一个三位数的密码激活星轨卫星跟踪系统。一旦设备打开，每个用户就会得到一个只属于自己的5位数密码以获得访问权限，每天必须输入两次，分别在早上八点和晚上八点。

他们五个人将通过这些设备进行联系，每人只需发送一条简短的信息——"安全"，任何人不得延迟发送信息，否则的话后果很严重。因为一旦延迟，就意味着星轨卫星跟踪系统遭受破坏，甚至很可能用户本人已经遇害。如果在规定时间过去十五分钟后，用户还没输入激活码，就会启动B计划。到那时，丹尼和特雷就会带着手稿转移到第二个安全屋。如果此时丹尼和特雷都没有回应，那么整个行动不论进展到哪一步，都将立即终止。同时，杰瑞、马克和艾哈迈德将立即携带假护照离境，逃到海外。

如果有人收到任何坏消息，将会发送消息："红色"。"红色"就意味着不要有任何疑问，立即在最短时间内做出应对，如果收到"红色"字样的信息，首先应该想到：（1）事情出了岔子，（2）如果有可能的话，立即把手稿转移到第三个安全屋，（3）想尽一切办法尽快逃离境外。

如果有人被警方抓住，在警察面前务必要保持缄默，不可泄露任何消息。这五个人已经记住了彼此家庭成员的名字和他们的住址，一旦有人出卖队友，那么他家人的生命安全就会受到威胁，这样做的目的就是为了保证成员之间保持绝对的忠诚，叛变者将会得到严厉的报复。所有人都必须守口如瓶，永远不许走漏风声。

这些措施都是为了防范不利的情况。此时他们的心态很轻松，甚至还有点雀跃。因为犯罪行动非常完美，之后的逃跑计划也十分周密。

但他们在善后问题上还没有达成一致。丹尼和马克希望速战速决，务必要在一周内与普林斯顿大学取得联系并索要赎金。这样他们就可以把手稿尽快出手，并且得到赎金，同时也就不用一直担心保护和转移手稿的问题。相比之下，杰瑞和特雷显得更有经验，倾向于更有耐心的做法。他们想等事情告一段落时，悄悄在黑市上把手稿的事情透露出去。这样就可以转移警方的注意力，摆脱嫌疑犯的名头。况且，普林斯顿也并不是唯一的买家，在黑市上会有更多的买家对这些手稿感兴趣。

这个问题他们讨论了很长时间，经常争论得剑拔弩张，但不时也插进一两句玩笑，大家喝着啤酒，说说笑笑。最终达成了一致意见，制定了一个临时计划。杰瑞和马克将在第二天早上启程回家：杰瑞去罗切斯特，马克经由罗切斯特前往巴尔的摩。他们会暂时低调行事，潜伏下来，观望和打探接下来一周的局势和动态，当然，还要按照原定计划每天两次跟团队成员联系，报告行踪。丹尼和特雷负责保护手稿，并在一周后把它们转移到第二个安全屋——位于宾夕法尼亚州艾伦镇，一个偏僻脏乱地段的一个廉价公寓。十天后，他们将会在这个安全屋里跟杰瑞和马克再次聚首，到那时，四个人再敲定一个明确的计划。

与此同时，马克将会联系他认识多年，一直隐藏在暗处的中间人——一个在黑市里专门买卖被盗的艺术品和油画的商人。据说，这个人对菲茨杰拉德的手稿颇有研究。不过到底怎么样，只有见过面之后才能知道。

12

卡萝尔是杰瑞的女朋友，她仍旧住在杰瑞的公寓里。下午四点半时，她独自一人离开公寓，警方跟踪她到了几个街区外的一家杂货店。联邦调查局立刻做出决定，暂时先不进入公寓。因为周围有很多邻居，一旦有人不小心走漏风声，他们的监视行动就会受到影响，容易打草惊蛇。卡萝尔完全不知道自己正处在严密的监视下。趁她买东西的时候，联邦调查局探员把两个追踪器偷偷放在了她的汽车的保险杠上。另外两名穿着运动服和慢跑鞋的女探员，在监视她正在买什么东西（其实没什么特别的东西）。她给她的妈妈发短信时，信息立刻被警方截获并记录下来。她给朋友打电话时，通话记录也被探员监听并记录。她去酒吧时，探员穿着休闲牛仔装，假装是泡吧喝酒的客人，还请她喝了一杯。晚上九点刚过，她就回家了。她的一举一动，都被警方监视、拍摄和记录下来。

13

另一边，她的男朋友正在山间小屋后院门廊搭着的吊床上，一边喝着啤酒，一边读着小说《了不起的盖茨比》，不远处是一片美丽的池塘，湖光山色，恬静宜人；马克和特雷正在划船，他们划到湖心，坐在船上安静地钓鱼；丹尼则在烧烤炉旁烤着牛排。日落黄昏，凉风习习，四个盗贼聚在贼巢，旁边的篝火噼啪作响。

晚上八点的时候，他们拿出各自的星轨卫星跟踪器，输入密码，每个人，包括远在布法罗的艾哈迈德，都发送了一条信息："安全"，所有人都暂时安全，生活依旧美好。

生活的确很美好。二十四小时之前，他们还在校园里，躲在黑暗中，紧张得要命，但他们还挺喜欢这种追逐的刺激和快感。计划很完美，价值连城的手稿已经弄到手，很快它们就会变成现金。虽然把手稿转出去不是那么容易，但大家相信很快就能达成交易。

14

痛饮虽然可以麻痹他们的神经，让大脑暂时放松下来，但想要睡个好觉，对四个人来说却是件难事。第二天一大早，丹尼正一边煎鸡蛋、培根，一边喝着黑咖啡；马克拿着笔记本电脑坐在旁边，浏览东海岸的头条新闻。"没什么重要的消息，"他说，"有不少关于校园骚乱的新闻，现在媒体已经正式把这场骚乱定性为一次'恶作剧'，但对手稿失窃的事情却一个字都没提。"

"我敢肯定，他们绝对会封锁消息，不让失窃的事情泄露出去。"丹尼说。

"是的，但能封锁多久呢？"

"不会太久，媒体可是无孔不入，这么大的事情，很快就会知道的，说不定今天或明天就会有消息泄露。"

"不知道这件事如果被媒体曝光，对咱们来说是好事还是坏事？"

"既不是坏事，也不是好事。"

特雷新剃了个光头，走进厨房时，他得意地摸着他的秃脑袋道："你们看我的新发型怎么样？"

"酷。"马克回道。

"还那样，没什么大变化。"丹尼说。

四个人的样貌跟前一天相比，完全变了。特雷和马克把身上的毛发都剃光了，包括胡子、头发，甚至还有眼眉。丹尼和杰瑞只刮了胡子，但是头发染了别的颜色。丹尼原来沙金色的头发，现在变成了深棕色，杰瑞把头发染成了浅姜黄色。四个人出门时都会戴上鸭舌帽和墨镜，而且每天都换不同的帽子和眼镜。他们知道摄像头肯定拍到了他们，也知道联邦调查局有高超的面部识别技术和能力。之前行动时肯定有疏漏，在现场留下了线索。他们虽然很想回忆起有所疏漏的地方，但随着时间的流逝，当时的记忆变得越来越模糊。所以现在是时候该进行下一步了。

犯罪行动完成得太过完美、太过成功导致的后遗症就是让人变得自负。这几个人第一次见面是在一年前，当时特雷和杰瑞，作为重刑犯并且是最有作案经验的罪犯，被引荐给了丹尼，那时丹尼已经结识了马克和艾哈迈德。他们花了很长时间策划和密谋这次盗窃行动，讨论各自的分工，作案的最佳时机，事后逃跑的路线，以及上百个大大小小的细节。现在盗窃计划已经完成，之前所有的一切都成为历史。目前，摆在他们眼前的任务就是尽快拿到赎金。

星期四早上八点整，他们按照惯例登录卫星跟踪系统，报告各自的情况。艾哈迈德还活得好好的。大家都安然无恙。杰瑞和马克跟大家道别，然后开车离开了小屋，驶出波克诺斯山，四小时后进入罗切斯特市郊。他们完全没有料到，一群联邦调查局探员正在耐心地等待和监视着这辆三个月前租赁的丰田皮卡。当杰瑞把车停在公寓附近时，他和马克就进入了摄像监控范围,隐藏在暗处的多台监控摄像头正齐齐对着他们。两个人若无其事地穿过停车场,沿着楼梯上到三楼。

躲在暗处的联邦调查局探员用数码相机拍下了这两人的正面清晰照片。这些照片立刻被传送到位于特伦顿的联邦调查局实验室。当杰瑞见到他女朋友卡萝尔时,两人激动地拥抱接吻,此时,那些数码照片正在与普林斯顿大学燧石图书馆监控录像里的照片进行比对。联邦调查局经过面部识别技术的鉴定,已经确定杰瑞和杰拉德·A·斯汀贾登是同一个人,同时也证实了马克就是假冒内维尔·曼钦教授混进普林斯顿大学的人。由于马克没有犯罪记录,所以国家犯罪网络里没有他的任何资料。联邦调查局知道在图书馆里的人就是他,但并不知道他的名字。不过,查出他的名字无须太长时间。警方仍旧决定继续观察和等待。

杰瑞把马克拽了出来,也许通过杰瑞,其他人也会陆续浮出水面。午饭过后,两个人离开了公寓,回到丰田皮卡车里。马克手里拎着一个廉价的栗色尼龙健身包,杰瑞什么也没带。他们开车往市中心的方向驶去。杰瑞小心翼翼地驾驶,尽量不违反任何交通法规,并且刻意避开了沿途所有的警察,以防被要求停车接受盘查。

15

他们提防着周围的一切 身旁经过的每一辆车,路过的每一个行人,以及每一个坐在公园的长椅上拿着报纸遮住脸的老人,直到确信自己没有被跟踪。不过他们听不见也看不到的是,有架直升机正在头顶上空盘旋。

到了美国国家铁路客运公司,马克从车上下来,一句话没说,他抓起放在后座的背包，沿着人行道挤入人群，匆匆走进车站。进入车站之后，他买了一张两点十三分发车的经济座车票，准备前往位于曼哈顿的宾州车站。在等车的时候，他拿出一本旧的平装本小说《最后一个大亨》看了起来。他其实不怎么喜欢看书，但因为这次偷盗行动，突然间对菲茨杰拉德产生了兴趣。想起那份小说的手稿现在已经被他藏了起来，他不禁嘴角上扬。

杰瑞把车停在一家酒类专卖店门口，进去买了一瓶伏特加。他离开商店的时候，迎面走过来三个穿着深色西装、人高马大的年轻男子。三个人先是客气地跟他打了个招呼，然后向杰瑞出示证件，说想和他谈谈。杰瑞说："不必了，谢谢，我还有要紧事要做。"不过这三个人同样有要紧事要做，其中一个人拿出了手铐，另一个人拿走了杰瑞手里的伏特加，第三个人走上前去，在他的身上翻找着，拿走了他的钱包、钥匙和卫星跟踪器。杰瑞被三个人押进一辆长长的黑色雪佛兰萨博班汽车里，然后他们驱车前往四个街区外的市级监狱。短暂的路程中，车里的人都闭口不言。随后他被关在一间空无一人的牢房里，依旧没人说话。杰瑞什么也没问，不过即使问了，也没人会理他。一名狱警走过来，跟他打招呼，杰瑞说："嘿，伙计，这到底是怎么回事？"

狱警环顾四周，然后靠近牢房的栅栏，说："不知道，伙计，不过你肯定是把那几位老兄惹毛了。"牢房里漆黑一片，杰瑞躺在牢房的床铺上，眼睛盯着脏兮兮的天花板，琢磨着到底出了什么事。该死的，怎么搞的？到底是哪儿出岔子了？

卡萝尔打开房间的门吓了一跳，门口竟然站着两名探员。其中一个人拿出了搜查令，另一个人请她离开这间屋子，坐到她的车里，但是不许她发动引擎。

下午两点钟，马克上了火车，坐在座位上。两点十三分，车门关上了，但火车一直没有开动。到了两点半，车门突然打开了，两个身穿海军蓝风衣的男人上了火车，目光紧紧盯着马克。一时间，马克慌了神，因为他知道出事了。

二人向马克出示了证件，请他下车。其中一个人拽着他的胳膊肘，而另一个人从车厢上面的行李架上拿走了他的背包。开车去监狱的路上，依旧没有人说话。马克实在忍不住了，问道："嘿，伙计们，我这是被捕了吗？"

开车的人连头都没回，说道："一般来说，我们是不会随便给人戴上手铐的。"

"好吧，那你们抓我的理由是什么？"

"到了监狱之后你就知道了。"

"你们给我戴上手铐的时候，按规定你们不是应该宣布逮捕我的罪名，并且宣读我的权利吗？"

"你现在还不是罪犯呢，不是吗？我们审问你的时候，才会向你宣读权利。现在嘛，我们只希望你能安静点儿。"

马克乖乖闭上了嘴巴，默默地看着外面的车流。他心想可能杰瑞也被抓起来了，不然，这些探员怎么可能查到自己，并且在车站把自己堵住呢。难道是他们抓住了杰瑞，跟杰瑞达成了协议，杰瑞把我们几个出卖了？不会的，绝对不会。

杰瑞什么也没说，警方甚至没给他说话的机会。五点十五分，狱警把他从监狱里押出来，他被押送到几个街区外的联邦调查局后，被带到一个审讯室里，坐在审讯桌对面的椅子上。警察摘下了他的手铐，并且给了他一杯咖啡。一位名叫麦克格雷格的探员走了进来，他脱下外套，坐下来开始跟杰瑞聊天。这位探员看起来比较友善，态度挺温和，聊了几句之后，他终于向他宣读了"米兰达权利"[①]。

"你以前被逮捕过吗？"麦克格雷格问道。

事实上，杰瑞曾经被逮捕过，因为之前有过这样的经历，所以他知道这位麦克格雷格老兄手上有他犯罪前科的档案记录。

"是的。"他说。

"几次？"

"听着，探员先生，你刚刚告诉我，我有权保持沉默，所以依照法律，我不会回答你的任何问题，而且我现在需要一个律师，听明白了吗？"

麦克格雷格说："当然没问题。"说完他就离开了房间。

此时，马克被带到了另一间审讯室，坐在一个角落里。麦克格雷格走进来，还像刚才一样，他们喝了一会儿咖啡，然后他向马克宣读"米兰达权利"。他们凭借搜查令，搜查了马克的背包，发现了许多有趣的东西。麦克格雷格打开一个很大的信封，从信封里拿出几张塑料卡片，然后把这些卡片依次摆在桌子上。他说："这些是从你钱包里找到的，马克·德里斯科先生。这里有一张马里兰州的驾照，照片拍得很不清晰，不过你头发原来挺多的，眉毛也挺浓密。还有两张在有效期内的信用卡，以及一张宾夕法尼亚州签发的临时狩猎许可证。"接着麦克格雷格又摆出一堆证件，"这些是从你的背包里找到的。一张肯塔基州的驾照，驾照上的名字是阿诺德·索耶，照片上的人头发也挺茂密。另外还有一张伪造的信用卡。"他不紧不慢地又拿出一堆证件，"这是伪造的佛罗里达州驾照，照片上的这位卢瑟·巴纳汉先生戴着眼镜，留着胡子。这张护照是休斯敦签发的，护照上的名字叫克莱德·D.梅奇，另外还有此人的驾照和三张伪造的信用卡。"

---

①根据美国法律，警方在逮捕嫌疑人前，必须向其宣读"米兰达权利"，告知嫌疑犯本人有权保持沉默；有得到代表律师的权利；并有委任律师的权利。

桌子上摆满了花花绿绿、大大小小的证件。马克紧张得要吐，但依然牙关紧咬，紧紧握着拳头。他故作轻松地耸耸肩，反问道："那又怎么样？"

　　麦克格雷格说："真是叫人大开眼界啊。我们已经核实过了，你的真名叫德里斯科，住址不详，因为你居无定所。"

　　"有问题吗？"

　　"没，目前还没有。"

　　"那就好，反正我什么都不会说的。我有权找律师，所以你最好还是先给我找个律师吧。"

　　"好吧，但有件事情很奇怪，令我很费解，在所有的证件照片里，你都有头发，有眉毛，甚至有的照片里还有胡子，怎么现在都没了呢？你不是要隐瞒什么事情吧，马克？"

　　"我要找律师！"

　　"当然可以，对了，马克，我们在波特兰州立大学里，找内维尔·曼钦教授的所有资料和信息。这个名字你听起来很耳熟吧？"

　　耳熟？你一锤子砸死我算了！

　　透过审讯室的单面透视镜，可以看到一台高分辨率的摄像机正对着马克。在另一个房间里，两名审讯专家正盯着马克的一举一动。他们都经过专业的训练，能从疑犯或者证人的细微动作中，判断出这些人所说的话是真是假。此刻，他们正仔细观察马克的瞳孔、上唇、下巴的肌肉以及小动作。一提到内维尔·曼钦，嫌疑犯马克顿时露出震惊的表情。听到马克气急败坏地回答"哼，我什么也不会说的，我要律师"时，两位专家笑着点了点头。他的马脚露出来了。

　　麦克格雷格离开房间，和同事聊了几句，接着走进关押杰瑞的审讯室。他坐下后，笑了笑，沉默了许久，然后才开口说："杰瑞，你还是不打算交代，是吗？"

"我要找律师。"

"当然可以，我们现在正帮你找呢。你不太爱说话啊，是吧？"

"我要律师。"

"你的兄弟马克可比你配合多了。"

杰瑞紧张得直咽唾沫。他本来还幻想着马克已经搭乘火车离开纽约了呢，现在看来他没能跑掉。到底是怎么搞的？他们怎么这么快就抓到我们了？怎么可能呢？昨天的这个时候，我们还在山间小屋里喝酒打牌，享受成功的喜悦呢。马克肯定还没有交代实情。

麦克格雷格指着杰瑞的左手，问道："你那里怎么贴了块创可贴，你受伤了吗？"

"我要找律师！"

"需要找个医生给你看一下吗？"

"我要律师！"杰瑞咆哮道。

"好吧，好吧，我会给你找律师的。"

麦克格雷格"嘭"的一声把门关上，离开了审讯室。

杰瑞看着自己的手腕，嘀咕道："不可能吧？"

16

阴影笼罩着池塘。丹尼握着船桨，开始往小屋的方向划去。后背冰凉的汗水浸透了薄薄的外套，他不由得想起了特雷。说老实话，他一点儿也不信任特雷。这家伙今年四十一岁，因盗窃被逮捕过两次。第一次服刑了四年，然后越狱逃跑，第二次蹲了两年监狱，然后又逃出来了。最让人不安的是，在这两起案件中，他都为了减轻自己的刑罚，而把同伙给出卖和告发了。对于干这行的人来说，出卖同伴是最十恶不赦的罪行。

在这个盗窃团伙的五人中，丹尼认为特雷无疑是其中最大的嫌疑。作为曾经的突击队员，丹尼参加过无数战争，闯过无数枪林弹雨，最终幸存下来。他最痛恨的就是软弱。

17

周四晚上，丹尼和特雷正一边打着金拉米牌，一边喝着啤酒。到八点整的时候，他们停了下来，拿出各自的卫星跟踪器，输入密码，然后等待着队友的回应。几秒钟后，远在布法罗的艾哈迈德发来了"安全"的信息。但是马克和杰瑞却没有任何消息。马克应该是在火车上，经过六个小时的漫长车程他将抵达宾州火车站。杰瑞应该是在他的公寓里。

时间又过去五分钟，对他们来说，这短暂的五分钟却无比漫长。现在事态还不明了，这该死的设备没坏掉，对吧？这可是中央情报局使用的通信设备，他们花了大价钱弄来的。两个人同时都没消息了，这是……这是什么意思呢？

八点零六分，丹尼站起身来，说："咱们先开始行动吧。收拾好行李，拿上重要物品，赶快撤离。"

"好吧。"特雷回答道，显然他也开始感到紧张和担心了。他们跑到各自的房间，把衣服扔进行李包里。

几分钟后，丹尼说："现在是八点十一。咱们八点二十出发。"

"没问题。"特雷一边说着，一边低头看着自己的卫星跟踪器。依然没有马克他们的消息。到了八点二十分，丹尼打开储藏室的门，又打开保险箱。接着，他们把五份手稿分别装进两个绿色的军用行李包里，然后用衣服把手稿遮盖住。他们把行李包放到丹尼的车上后回到小屋，关上所有的灯，最后一次把小屋仔细地检查了一遍。

"咱们是不是应该放把火把屋子烧了？"特雷问道。

"该死的，当然不行。"丹尼厉声说道，为他的愚蠢而恼火，"那样倒把警察引来了。到时就会查出咱们来过这儿，就麻烦大了。放心吧，等他们找到这儿时，咱们早就跑了，而且这里也没有任何存放过手稿的痕迹。"

他们关了灯，把前后门都锁上，刚走出门廊，丹尼突然停住脚步，犹豫了片刻，于是特雷走在了他的前头。突然间，丹尼扑上去，两只手紧紧掐住特雷的脖子，两个拇指死死按住特雷的颈动脉。特雷因为年纪大，个头矮，身子胖，而且毫无戒备，所以根本不是这个前突击队士兵的对手，丹尼死命地掐住他的脖子，他毫无还手之力。挣扎了几秒钟之后，特雷身体瘫软，倒了下去。

18

丹尼一路行驶，在斯克兰顿附近停下，给车加油，并买了一杯咖啡。加完油后，他继续向西边的 80 号州际公路驶去。昨天晚上他从小屋撤离的时候，带了几瓶啤酒，现在全都喝光了。卫星跟踪器此刻正放在汽车的仪表盘上，他每隔一会儿就看一眼，然而跟踪器的屏幕一直是黑的。他觉得马克和杰瑞应该都已经被抓了，他们的卫星跟踪器可能正在被几个厉害的技术人员进行拆卸研究。特雷的卫星跟踪器连同他的尸体已经被沉到了湖底，用不了多久就会分解腐烂。

如果他能在接下来的二十四小时里活下来，逃离出境，那么用手稿换来的这一大笔钱就全部落在他的口袋里了。

　　丹尼来到一个还在营业的松饼店，把车停在门前，然后走进去，找了一张能看见车子的桌子坐下来。他打开菜单，点了一杯咖啡，问店员有没有 Wi-Fi。店里的一个女孩说，当然有，并且给了丹尼 Wi-Fi 密码。他决定在店里待一会儿，于是又点了华夫饼和培根，接着，在网上查了一下匹兹堡机场的航班，订了一张去芝加哥的机票，然后打算从那里直飞墨西哥城。想了想，丹尼又开始搜索带有温度和湿度调节作用的储物箱，打算把手稿放在里面，并且列了一个品牌型号和价格的清单。然后，他慢慢地吃着东西，随后又点了一杯咖啡，尽可能地消磨时间。可当他随手拿起店里的一份《纽约时报》时，很快就被头条新闻吓了一跳，这条消息是四个小时前发布的，标题写着"普林斯顿大学证实菲茨杰拉德的手稿被盗"。

　　面对社会上的种种传言以及人们不断的怀疑，普林斯顿大学校方终于出面回应，发表声明，承认传闻是真的，手稿失窃确有其事。校方证实，周二晚上，盗贼蓄意制造了一场校园骚乱，并拨打911电话，谎称有人持枪向无辜学生肆意开枪。接到报警后，警方立即派出大队人马赶到学校。于是这些盗贼趁学校一片混乱之际，潜入燧石图书馆，盗走菲茨杰拉德的手稿。显然，盗贼们故意制造慌乱，转移所有的人的注意力，声东击西，大家都中了他们的圈套。但是校方并不愿意公开这次事件中，有多少份菲茨杰拉德的手稿被盗，只是说"丢失的藏品数量可观。"，并且联邦调查局正在全力进行调查，具体细节并没有进一步透露。

　　新闻上没有提到马克和杰瑞。丹尼突然感到事态严峻，焦虑难安，不由得想要立刻上路。他结了账，走出松饼店，然后立即把卫星跟踪器丢进了店门口的垃圾桶里。再也不能跟其他人有任何联系了。他现在独自一人，突然感到一阵轻松，事态的转变让他有些兴奋，但同时由于消息被泄露，又有一些不安。当务之急是赶快离境，逃到国外。他原本并不是这么计划的，但以目前的形势来看,逃出国去是万全之策。计划——哼，世上没有一件事是完全按计划走的，只有万事能够随机应变的人，才能最终幸存下来。

留下特雷始终会是个麻烦，他成不了什么事，倒只会碍事，甚至成为大家的负担和累赘。丹尼现在只是偶尔才会想起他。天刚蒙蒙亮的时候，他开车进入了匹兹堡的北部边界。丹尼甩了甩头，彻底把特雷这个家伙抛在脑后。这是另一场完美的犯罪，下手利落，不留痕迹。

上午九点，走进匹兹堡郊区奥克蒙特的一家名叫"东米尔斯"的安全储物仓库。他向仓库的管理员解释说，手头有一些上好的红酒，需要在他们的仓库存几个月，他想租一个小点儿的地方，并且温度和湿度都能实时监控。管理员带他去仓库一楼，指给一个十二见方的小储物柜，并告诉他每个月二百五十美元租金，租期至少一年。丹尼说，不用了，谢谢，我租不了那么长时间。最后，他们经过商讨，达成了一致，租用六个月，每月租金三百美元。丹尼拿出了新泽西的驾照，以保罗·拉弗蒂的名义签署了合同，并用现金支付了租金。随后他拿着钥匙来到储藏室，打开储物柜，把温度调到十二摄氏度，湿度设定为百分之四十，然后关灯离开。他沿着走廊出去，并且留意着仓库里的监控摄像头，最后悄悄离开了仓库，仓库管理员竟然一点儿都没有察觉。

上午十点钟，出售廉价打折红酒的专卖店开门了，丹尼是当天的第一位顾客。他用现金买了四箱劣质的霞多丽红酒，又找店员要了两个空纸箱，然后离开了红酒专卖店。他开车转悠了半个小时，寻找远离熙攘车流和监控摄像头的隐蔽之处，然后穿过一个廉价的洗车场，把车停在真空吸尘器旁。《尘世乐园》和《美丽与毁灭》的手稿正好能放在其中一个空纸箱里。《夜色温柔》和《最后一个大亨》的手稿被放在另一个箱子里。他把一个箱子里的十二瓶红酒拿出来，放在车后座，把腾出来的空箱子给"盖茨比先生"独享。

上午十一点钟，丹尼把"六箱红酒"搬进东米尔斯仓库的储藏室里。临走时，正好碰见了管理员，他对管理员说明天会再拿一些红酒过来。好吧，随便你，管理员才不管呢。他开车离开，经过一排排的仓库，心想这些仓库里是不是还有其他偷来的赃物。估计应该有不少吧，但肯定都没有他偷来的东西值钱。

丹尼开车穿过匹兹堡市区，最后终于找到了一个偏僻的地方。他把车停在一家药店门前，这家药店窗户上装着厚厚的铁栅栏。他摇下车窗，既没拔车钥匙，也没拿放在车后座地板上的十二瓶红酒，而是拿起自己的背包就走了。现在差不多到了中午时分，天气晴朗，阳光明媚，他这才松口气，有了点儿安全感。丹尼找到了一部公用电话，叫了一辆出租车，然后站在一家咖啡馆门口等车。出租车把他送到匹兹堡国际机场的候机厅门口。他拿出机票，不慌不乱、镇定自若地通过安检，走到了距离候机室不远的一个咖啡店，然后在报刊亭买了一份《纽约时报》和一份《华盛顿邮报》。《华盛顿邮报》的首页头版下面，他看到一条醒目而令人震惊的标题："普林斯顿大学图书馆盗窃案有两名嫌疑犯被捕"。新闻里没有嫌疑犯照片，也没有指出姓名，显然是普林斯顿大学方面和联邦调查局在尽力封锁消息。根据这篇简短的报道所说，这两名嫌疑犯是昨天在罗切斯特被抓到的。

至于"这起令人震惊的盗窃案"的其他涉案嫌疑人，警方正在全力搜寻和抓捕中。

19

丹尼正在等待飞往芝加哥的航班，而此时，艾哈迈德已经坐上了从布法罗到多伦多的飞机。他已经订了一张单程机票，从多伦多飞到阿姆斯特丹。还有四个小时飞机才起飞，丹尼坐在机场休息室的酒吧，一边用菜单挡着脸，一边喝着酒。

20

一周后，马克·德里斯科和杰拉德·斯汀贾登放弃引渡并被押往新泽西州的特伦顿。在一位联邦地方法官面前，他们做出书面保证，称自己没有任何财产，并且要求指派律师为其辩护。由于有伪造各种证件的前科，法官认为他们有出逃风险，因此拒绝保释。

又一个星期过去了，接着一个月过去了，警方对失窃案的调查陷入僵局。开始的时候，案件进展得很顺利，大家都觉得破案指日可待，但渐渐地，破案却变得越来越希望渺茫。除了现场发现的血迹和其中一名小偷乔装假冒的照片，当然，还有那些被盗走的手稿以外，警方到目前为止仍没有找到其他有用的线索和证据。盗贼逃跑时开的那辆被烧毁的货车，已经被警方找到，但没人知道这辆货车是从哪儿来的。丹尼租的那辆皮卡被一家地下拆车厂偷走，并且被拆得零零散散，没剩下什么。丹尼到了墨西哥城之后，去了巴拿马，他在那里有一些朋友，可以帮他隐姓埋名躲藏起来。

证据确凿，证实杰瑞和马克用伪造的学生证去了好几次图书馆。马克甚至假冒成研究菲茨杰拉德著作的学者。监控录像显示，在盗贼行窃的当晚，这两个人进入了图书馆，同行的还有第三名嫌疑人，但警方始终没有查出这些盗贼是什么时候以及怎么离开图书馆的。

由于一直没有找到被盗物品，所以联邦检察官宣布推迟对这二人的起诉。杰瑞和马克的律师开始申请撤销对他们的指控，但遭到了法官的拒绝。他们依然被关在监狱里，不得保释，也一直不愿开口说话，始终保持沉默。盗窃案发生三个月之后，联邦检察官向马克提出了辩诉交易 ①：只要马克积极配合，坦白交代，就可以宽大处理。由于马克之前没有犯罪前科，作案现场也没有他的 DNA，所以他是做交易的最佳人选。只要说出实情，就可以恢复自由。

但他拒绝与警方合作，原因有两个：首先，他的律师告诉他，政府在法庭上难以证明他与此案无关，因此，他还会继续被起诉；其次，也是更重要的原因，丹尼和特雷在逃，这说明手稿还在他们手里，另外，这也意味着如果他们向警方坦白交代，就会遭到同伙的报复。而且，即使他把丹尼和特雷供出来，联邦调查局也很难找到他们。显然，马克也不知道现在手稿在哪儿。他是知道第二个和第三个安全屋的地址，但他也清楚丹尼和特雷很可能根本没去这两个地方。

所有的线索现在都断了。起初看起来很有利的局势现在变得不再乐观。警方只能守株待兔，干等着新的线索出现。拿着手稿的人肯定想靠手稿换钱，而且是索要一笔巨款。那些在逃的盗贼最终还是会浮出水面的，但他们会在何时何地出现？他们的胃口究竟有多大呢？

---

①辩诉交易：指在法院开庭审理之前，作为控诉方的检察官和代表被告人的辩护律师进行协商，以检察官撤销指控、降格指控或者要求法官从轻判处刑罚为条件，来换取被告人的有罪答辩，进而双方达成均可接受的协议。

古董商

1

布鲁斯·凯布尔二十三岁的时候，父亲突然去世。那时他还是奥本大学的一名大三学生。父亲去世前，他们的父子关系很僵，主要是因为布鲁斯的父亲认为他在学业上不求上进，两个人经常为此而争吵，凯布尔先生不止一次威胁布鲁斯，要把他从遗产继承人里除名。凯布尔家族的祖上留下大笔财富，但因为听信了法律界不良人士的谗言，建立了一套复杂而又漏洞百出的信托计划，大笔的钱都源源不断地给了好几代游手好闲的亲戚。多年来，这个家族表面上光鲜体面，家财富足，但实际上，他们的财富却在渐渐流失。所以家族中的长辈经常以改遗嘱和信托基金继承人来威胁下一辈，但从来都没有奏效过。

凯布尔先生还没来得及找他的律师改遗嘱，就突然去世了。所以某天早上，布鲁斯刚醒来，就意外地收到了一笔价值三十万美元的遗产。这是一笔数目可观的钱财，但指望这些钱过一辈子却是不可能的。他想利用这笔钱进行投资，如果保守点儿投资的话，他收到的年回报率大约在百分之五到百分之十之间，但仍然不足以维持他想要的生活。

如果进行更大胆点儿的投资，风险也会更高，可布鲁斯想把这些钱保住，万一投资失败，钱全打了水漂就糟了。这笔钱让他有了一些奇怪的想法，其中最让人意想不到的是，他决定五年后离开奥本大学，再也不回来。

最终，布鲁斯因为迷恋一个女孩，跟着她来到了佛罗里达州的卡米诺岛，一个位于杰克逊维尔北部的约十六公里长的狭长地带。女孩在岛上买了一套漂亮的公寓，他在岛上每天喝啤酒、睡觉、在海滩漫步、呆呆地凝望着大西洋，看《战争与和平》，就这样悠闲地过了一个月。他曾经是英语专业的学生，所以特别喜欢看一些世界名作。

为了保住父亲给他留下的这些钱，并且让这笔钱创造出更多的价值，他在海滩上漫步时，想了很多投资项目。他明智地保守这个秘密，不告诉别人自己继承了一大笔遗产——毕竟，这笔钱已经在家族里静静地埋藏了好几十年——所以如果告诉别人的话，会有一堆朋友找上门来，要么给他提供各种投资建议，要么找他借钱。当然，女孩也不知道他有这么多钱。他们交往了一个星期后，他就知道这个女孩只是他生命中的一个过客，迟早会分手。对于投资，他没有什么计划和目标，他想过要开一个鸡肉三明治连锁店，想过在佛罗里达买块没开发的地皮，或者在附近的高层住宅楼买一套公寓，也想过在硅谷投资几家刚创业的网络公司，或者在纳什维尔投资一个购物中心。他看了十几本金融类的杂志，越看就越觉得对投资没有兴趣和耐心。投资对他来说简直就是一堆让人眼花缭乱的无聊数字和钩心斗角的战略计划，所以他大学选择了英语专业而不是经济学。

每隔一天，他就会跟那个女孩一起到圣罗莎古朴恬静的村子里散步，在主街的咖啡馆里享用午餐，或者在酒吧里举杯小酌。村子里有一家精致的书店兼咖啡馆，他们经常在这里一待就是一下午，一边喝着拿铁，一边看《纽约时报》。这里的咖啡师就是书店的老板，一个年纪稍长的男人，名叫蒂姆，这家伙是个话痨，特别爱聊天。有一天，他在聊天时无意说到他想把这家店卖了，搬到基韦斯特去。第二天，布鲁斯找了个借口，甩开女孩，独自来书店里喝拿铁。他在吧台边找了个位子坐下，继续探蒂姆的口风，问他为什么突然想卖掉书店。

蒂姆说卖书其实挺辛苦的，而且也不好干。现在有了网络，人们都习惯在家网购，互联网购物对实体店造成了很大的冲击。各大连锁书店对所有的畅销书都加大了打折的力度，有的书甚至打出了五折的优惠价。在过去的五年里，已经有七百多家独立书店关门倒闭。只有少数几家还能赚钱。蒂姆越说就越心酸难过。"零售业太残酷了，"他说了至少三遍，"不管今天生意怎么样，明天还得重新再来。"

布鲁斯很佩服他的诚实，但同时也质疑他对实体店的悲观看法。难道他是在刺激潜在的买家吗？

蒂姆说他经营这家书店倒是赚了一些钱。这个岛上有一个成熟的文学社团，里面有一批活跃的作家，每年都举办图书文化节，另外还有几家不错的图书馆。许多退休人士仍然喜欢阅读，愿意花钱买书。这个岛上约有四万常住居民，加上每年有一百万游客来此，所以客流量挺大。

"这家书店你打算卖多少钱？"布鲁斯终于问到了这个问题。

蒂姆说他打算要价十五万美元，但是只收现金，业主不许融资，另外还包括这座楼的租约。布鲁斯有些胆怯地问能不能让他看一下书店的财务收支资料，只看看基本的资产负债表和盈亏记录就可以，没什么复杂的。蒂姆有些不太乐意给他看，因为他跟布鲁斯并不太熟，觉得这个毛头小子只是个游手好闲的纨绔子弟，只会挥霍老爸钱的富二代。

蒂姆说："好吧，你先给我看看你的财务状况，我就给你看我的。"

"没问题。"布鲁斯说着起身离开，告诉蒂姆马上就回来。但后来他突然兴起，想要进行一趟公路旅行，所以就把这件事给抛到脑后了。三天后，他跟女孩告别，开车到杰克逊维尔去买了辆新车。最开始，他想买一辆炫酷的新车——新出的保时捷911卡雷拉。其实，他只要开张支票，车就立刻到手了，但一想到大笔一挥，名字一签，一笔钱就没了，他又觉得心疼，但是他还是想买车。于是经过一整天漫长的权衡，他最后还是忍痛把开了没多久的吉普切诺基卖了，然后换了一辆全新吉普。他需要一辆空间比较大的车，没准以后还得搬运东西的。保时捷可以等等，等到他赚钱了再买。

布鲁斯开着新车，带着从银行里取出来的钱，离开了佛罗里达，开始了他心中期待已久的文学之旅。他没有明确的目的地，一直驾车西行，打算开到太平洋附近再向北走，然后回过头向东行，接着再往南走。这次驾车远行，没有时间限制，也没有预定的终点。沿途中，他寻找每一家独立书店。每当找到一家书店，他就会在那里待上一两天，喝点儿咖啡，看看书，上上网，如果书店也兼有咖啡馆的话，他就会顺便在里面吃午饭。他每次都会尽力去寻找书店的主人，并且四处打探所在书店的消息。他告诉书店老板他正考虑要买下一家书店，而且说实话，他需要听听他们的建议。大部分人看起来都非常喜欢他们的工作，但却都为书店的未来担忧。随着书店连锁经营不断扩大，以及互联网消费的威胁，他们觉得这个行业前途未卜，一切都是未知数，因此对书店今后的发展十分迷茫。近几年，街头巷尾出现了一些折扣力度很大的书店，受其影响，一些老牌的书店则步履维艰，因为没有市场，难以经营，最后倒闭的书店数见不鲜。一些独立书店，特别是在大学城附近的小书店，虽然因为规模太小，形成不了连锁效应，但是势头正劲，生意红火。除此之外，其他的书店，即使在大城市，也鲜有客人光顾。其中一些书店还是新开的，正铆足劲头，准备迎难而上，想扭转颓势。每个书店老板给出的建议都各不相同，有时候甚至截然相反，有的说"零售书店太残酷"，有的却说"加油干吧，你才二十三岁，有的是时间和机会"。但在这些建议中，唯一相同的就是那些给出建议的人们，都在享受自己正在做的事情。他们喜欢书，喜欢文学和有才华的作家，以及整个出版行业，而且他们愿意长期从事这个行业，跟客人打交道，因为他们认为这是个神圣和高尚的职业。

两个月来，布鲁斯一直居无定所，全国各地，到处漂泊，兜兜转转而又漫无目地寻找一家又一家的独立书店。一个城市的书店店主可能还认识别的州的另外几个店主。布鲁斯喝了好多浓咖啡，结识了几个作家，跟着他们四处巡回签售，还买了好几十本由作家亲笔签名的图书。他一路上住在廉价的汽车旅馆里，偶尔会跟刚认识的爱书族住在一起，有时会跟愿意分享经验和建议的书们一起高谈阔论，把酒言欢。在一个作家的图书签售会上，他喝了好几杯劣质的红酒，但到场的人却寥寥无几，只有几个铁杆粉丝捧场。这两个月来，他参加了好几场签售会，拍下了场内和场外的数百张照片，记了无数页的笔记，每天都坚持记录日志。到最后，他终于厌倦了没完没了地开车，从而结束了旅行。最终，这次旅行为期七十四天，行程一万两千八百多公里，他一共造访了六十一家独立书店。令人惊奇的是，这些书店竟然没有一家跟别的书店风格雷同的。他心里已经有了一个计划。

他回到了卡米诺岛，又来到了那个熟悉的书店，发现蒂姆正在咖啡吧台前一边喝着意式浓缩咖啡，一边看着报纸，他看起来比以前更憔悴了。刚进门时，蒂姆还没想起他来，但当布鲁斯说："两个月前，我还在想要买下这间书店。你说要价十五万美元。"

"对，对，"蒂姆的声音有些激动，"你凑够钱了吗？"

"只能说凑了一部分。我今天会给你开一张十万美元的支票，另外每年还会给你两万五千块。"

"很好，但是我觉得，二万五千块太少了。"

"我只有这么多钱，蒂姆。你要么接受，要么我走人。不要以为只有你一家书店，我还有下家呢。"

蒂姆想了想，然后慢慢伸出右手，他们握了握手，达成交易。蒂姆打电话给他的律师，告诉他尽快办理相关事宜。三天后，他们签订了合同，交接了款项。布鲁斯关店一个月进行重新装修改造，他利用关店的这段时间，参加了一个关于图书销售的速成培训班。蒂姆很高兴，经常跟布鲁斯在一起交流，分享在这个行业里积攒的所有经验和知识，还跟他聊了不少关于店里客人以及其他城市一些书商的八卦和传闻。他对很多事情都有很独到的见解，两个星期后，布鲁斯已经做好准备，放手去干了。而蒂姆也放下心来，准备离开。

一九九六年八月一日，书店重新开张，布鲁斯使尽全力，大张旗鼓地卖力宣传。一群人喝着香槟和啤酒，听着雷鬼和爵士音乐，而布鲁斯则悠然自得，津津有味地享受着这一刻。他的冒险之旅已经启程，海湾书店——一家新颖而独特的书店正式开张纳客。

2

布鲁斯对珍本产生兴趣，完全是源自一次偶然。他听到父亲因心脏病突发而去世的噩耗后，立刻回到了亚特兰大奔丧。这里其实并不是他的家——他在这儿没待过多久——但现在这是父亲最后住过的家。他的父亲经常搬家，每次搬家都会带着一个可怕的女人。凯布尔先生一生结过两次婚，每段婚姻都很糟糕，于是他发誓再也不结婚了。但他身边又不能缺少女人，如果没有可恶的女人来搅乱他的生活，他就觉得活不下去。这些女人之所以向他投怀送抱，都是因为看上了他的钱。但过了一段时间之后，她们就会发现他已经被曾经的两次失败的婚姻吓怕了，绝对不会再结婚。幸运的是，至少对布鲁斯来说是个好消息，他父亲的最后一任女朋友已经搬走，这个地方已经没人觊觎，也没人来打扰。

当然，觊觎的人只有布鲁斯。

这座房子很别致，位于市中心的繁华地段，外形是钢架结构加镶嵌玻璃。房子的三楼有一个很大的工作室，凯布尔先生喜欢在"不忙于投资的时候"在这里画画。他从来没有真正的工作，因为他一直靠祖上留下的遗产过活，所以他一直称自己为"投资者"。后来，他迷上了画画，但绘画水平让人实在不敢恭维，亚特兰大的每家画廊都不收他的画。工作室的一面墙上，立着一个巨大的书架，上面摆满了各种书籍，足有数百本，一开始布鲁斯并没有注意到这些藏书。他以为这些只是充门面装体面的摆设，又或是自欺欺人的把戏，他父亲总是做一些掩耳盗铃的事情，故作深沉，假装自己很有品位、有学识。但走过去仔细一瞧，布鲁斯发现其中两层书架上摆着一些年代久远的书，上面的书名特别熟悉。他把这些书一本本地从架子上拿下来，仔细翻看。他突然而来的好奇心很快又转移到另外一个令人惊讶的事情上。

这些书竟然都是初版的，有些书上面还有作者的亲笔签名，其中有约瑟夫·海勒的《第二十二条军规》，诺曼·梅勒[1]的《裸者与死者》，约翰·厄普代克的《兔子，快跑》，拉尔夫·埃里森的《隐形人》，沃克·珀西的《看电影的人》，菲利普·罗斯的《再见，哥伦布》，

---

[1]诺曼·梅勒，全名诺曼·金斯莱·梅勒，美国著名作家、小说家，代表作是一九四八年出版的第一部著作、以第二次世界大战为背景之小说《裸者与死者》。

威廉·斯泰伦的《纳特·特那的自白》，达希尔·哈米特的《马耳他之鹰》，杜鲁门·卡波特的《冷血》，以及杰罗姆·大卫·塞林格的《麦田里的守望者》。

翻看了十几本之后，布鲁斯没有把拿下来的书再放回书架，而是把它们一一摆在桌子上。最初的好奇心被一股难以抑制的兴奋所代替，取而代之的是贪婪的冲动和狂热。他又粗略地扫了一眼下面几层书架，看到的都是一些他从未听说过的作家的书。突然间，他有了惊奇的发现。在一套三卷的《丘吉尔传》后面，藏着四本书：威廉·福克纳的《喧哗与骚动》；约翰·斯坦贝克的《金杯》；弗朗西斯·斯科特·基·菲茨杰拉德的《尘世乐园》；还有欧内斯特·海明威的《永别了，武器》。所有这些书都是初版，保存完好，而且每本书上竟然都有作者的亲笔签名。

布鲁斯在父亲的工作室里又搜寻了一番，没发现什么有意思的东西，于是他便躺在了父亲的那张旧躺椅上，凝视着占满整面墙的书籍。布鲁斯心里一直在琢磨，这些书究竟是从哪儿来的？他突然想起，姐姐莫莉快来了，他们要一起商量一下父亲葬礼的事情。布鲁斯这才猛然发现，他对故去的父亲竟然知之甚少。但话又说回来，他怎么可能了解他的父亲呢？父亲几乎从来没有陪伴过他。在布鲁斯十四岁的时候，凯布尔先生就把他送到了寄宿学校。放暑假的时候，他把儿子送到一个帆船训练夏令营里，待了六个星期，接着又把他送到一个度假农场里待了六个星期，他把布鲁斯打发得远远的，只要不回家就行。布鲁斯对于父亲热衷收藏的事情完全不知晓，他只知道父亲身边总是围着一群令人恶心的女人。凯布尔先生喜欢打高尔夫球和网球，还喜欢旅行，但从来没带上过布鲁斯和他的姐姐，每次都是跟新交的女朋友一起去。

可这些书到底是从哪儿来的呢？他收藏这些珍本有多久了呢？有没有发票或收据一类的东西，证明这些书的来源呢？分配父亲遗产的遗嘱执行人会按照遗嘱要求，把这些书连同其他财产和这座房子一起，全部捐给埃默里大学吗？

一想到父亲把绝大部分遗产都捐给埃默里大学，布鲁斯就感到心烦。他的父亲曾经无意中提起过这件事，但没有细说。凯布尔先生认为他的钱应该投资于教育事业，而不是留给自己的孩子们去任意挥霍。布鲁斯曾经好几次想提醒父亲，他一辈子其实都是在挥霍别人挣来的钱，但如果因为这事跟父亲闹翻了，对布鲁斯一点儿好处都没有。

此时此刻，他真的很想得到那些书。他决定留下十八本最好而且最有价值的书籍保存，其余的就算了。因为如果太贪心，拿太多书的话，书架上留出的空隙过大，就会引起别人怀疑。他把这十八本书整齐地放进一个原本装红酒的纸箱子里。他的父亲多年来一直为了酒与医生抗争，最后医生不得不让步，允许他每天晚上喝几杯红酒，所以车库里有好几个空的酒箱。布鲁斯花了好几个小时，重新整理书架，让人看不出来书架上少了十几本书。况且，谁会知道呢？据他所知，莫莉不喜欢看书，而且更重要的是，她也很少跟父亲来往和接触，因为她也讨厌父亲身边的那些女人。在布鲁斯的印象中，莫莉从来没在这座房子里住过。对于父亲的私人物品，她更是一无所知。（然而，没想到两个月之后，她突然打电话给布鲁斯，问他知不知道"爸爸的那些旧书"。布鲁斯向她保证，说他一点儿也不知道。）

等到天黑的时候，布鲁斯才离开这座房子。他把箱子搬进他的那辆吉普车里。房子里至少有三个监控摄像头分别监视着露台、门口和仓库。如果有人问起，他就会说他拿走的都是自己的私人物品，比如CD和录像带什么的。要是遗产执行人后来问起失踪的那些初版书籍，布鲁斯肯定会说不知道，这种事应该去问管家。

　　事情逐渐演变成这样，从实质来看，其实是一种犯罪，而且是毫无破绽的完美犯罪。但布鲁斯真不这么认为。在他看来，他应该得到的远远不止这些。幸亏他父亲立下了厚厚的遗嘱，让家庭律师们只顾着尽快处理好那些财产，完全没工夫理会父亲的那些书。

　　布鲁斯·凯布尔意外地进入了珍本收藏的世界，为他今后的道路奠定了一个很好的开端。从此他便投身到了图书领域，经过一番研究，他发现第一批藏品，也就是从他亲的房子里拿走的那十八本书，总价值约为二十万美元。不过，他不敢把书拿出去卖，因为怕有人认出那些书来，向他提出质疑。因为他也不知道父亲是怎么得到这些书的，以及这些书的来源是不是合法。所以最好还是先等等再说，等时间冲淡所有的记忆，等时机真正成熟，他会尽快学到这一领域和行业的门道，所以耐心是必不可少的。

3

　　这座楼位于圣罗莎市中心的第三大道和主街的交汇处，已经有一百年的历史。最初，这座楼是镇上的银行，但在大萧条时期，银行倒闭了。后来，这座楼成了一家药店，然后又变成了银行，最后成了一家书店。这座楼的二楼存放着一些大大小小的箱子和柜子，上面满是厚厚的灰尘，完全没什么用处。布鲁斯提出了一个要求，要把这儿清理一下，打掉两堵墙，搬进一张床，把它改造成一间公寓。在海湾书店开业经营的最初十年里，他要一直住在这里。当有空闲时间，不需要在楼下卖书时，他就会上楼来，清理打扫房间，粉刷墙壁，翻新地面，然后装修这间属于自己的单身公寓。

书店于一九九六年的八月开业，到现在已经经营了整整一个月。刚开业时，店里为了招揽客人，有红酒和奶酪供应，所以开业的前几天里，顾客盈门，十分热闹。但是过了一段时间，大家的新鲜劲儿就过去了，客流急剧减少。书店开业三个星期后，布鲁斯开始怀疑自己似乎犯了一个严重的错误。八月份书店的净利润只有两千美元，布鲁斯开始感到恐慌。因为，八月可是卡米诺岛的旅游旺季。于是他决定开始对店里的图书进行打折，但这是大部分独立书店的店主所极力反对的。最新上市的图书和畅销书都贴上了打七五折的标签。他把书店关门的时间从晚上七点推迟到九点，每天开门营业十五个小时。他就像个政治家一样，亲临一线，细心地记住每个常客的名字，留意他们买过的图书，并且很快就成了一名出色的咖啡师。他可以一边煮着香浓的咖啡，一边冲到前台给客人结账。他把那些老书，特别是不太流行的经典书籍挪到小咖啡馆里。书店关门的时间是在晚上九点到十点之间，他利用这段时间，给店里的顾客以及他在旅行时结识的作家和书商们写亲笔信问候。午夜时分，他经常坐在电脑前，更新海湾书店的通知简讯和最新消息。

他在为周日继续营业的事情伤脑筋，这也是大多数独立书店所面临的问题。他其实不想周日营业，因为需要休息，并且也担心会引起人们的抗议和反对。卡米诺岛处于圣经地带①，书店周围有十几个大大小小的教堂，走几步就到。同时这里也是个旅游度假胜地，几乎没有游客对周日去教堂礼拜感兴趣。所以在九月的时候，他终于决定，不管那么多了，周日也营业，上午九点开门。每到星期日，九点钟准时开门营业，面前摆着《纽约时报》《华盛顿邮报》《波士顿环球报》

---

① 圣经地带：美国俗称保守的基督教福音派在社会文化中占主导地位的地区。

以及《芝加哥论坛报》，他一边看着报纸，一边吃着从街角一家咖啡店里买来的鸡肉饼，等待客人光顾。到了第三周的周日，书店里终于挤满了人。

九月和十月这两个月，书店的净利润均为四千美元，并且六个月后业绩又翻了一番。布鲁斯终于不再为书店的经营而担心了。只用了一年的时间，海湾书店就成了小镇的焦点，成为这里客流量最大的一家店。出版商和销售代表们都纷至沓来，希望跟他洽谈合作事宜，甚至许多作家在巡回签售活动中，都纷纷把卡米诺岛作为其中的一站。布鲁斯加入了美国书商协会，并且全身心投入到协会的各项工作中，积极参加会议，与其他委员一起商讨和解决问题。一九九七年冬，在一次美国书商协会会议上，布鲁斯遇到了史蒂芬·金[①]，并说服他到自己的书店参加一个书迷会。在书迷会上，狂热的书迷们把书店围得里三层外三层，等候签名的人排到了好几个街区之外。史蒂芬·金竟然签了九个小时。这次书迷会上，布鲁斯的书店最终出售史蒂芬·金的各类小说共二十万本，总销售额达七万美元。辉煌的业绩和成功的运作使海湾书店一举成名。三年后，海湾书店被评选为佛罗里达州最佳独立书店。二〇〇四年，《出版商周刊》将其评为"年度最佳书店"。二〇〇五年，经过九年的不懈奋斗，布鲁斯·凯布尔被选为美国书商协会董事会成员。

4

此时的布鲁斯，已经成为镇上的风云人物。他拥有十几套高级泡

---

① 史蒂芬·金：美国作家，现代惊悚小说大师，代表作品有《闪灵》《肖申克的救赎》《绿里奇迹》等。

泡纱西装，每一套西装的颜色和深浅都不一样。他每天都穿西装，里面配一件笔挺的白色正装方领衬衫，搭一个花哨的领结，颜色不是艳红就是明黄色。脚上总是会穿一双脏兮兮的翻毛皮鞋，而且里面不穿袜子。他从来没穿过袜子，即使在寒冷的一月，温度降到只有三四摄氏度时，他也不穿袜子。他留着一头浓密卷曲的齐肩头发，每个礼拜天的早上刮一次胡子。到三十岁的时候，他的头上已经有了一缕缕的灰发，胡子也有些灰白，但显得特别有气质和风度。

每天，当书店不那么忙的时候，布鲁斯就会上街走走。他到邮局，就和在邮局工作的女孩调情；他进银行，和银行里工作的女孩打情骂俏。如果城里有新的店面开张，布鲁斯就会去参加盛大的开业典礼，主要目的还是为了和女店员搭讪。对布鲁斯来说，午饭是他一天的重头戏。他一个星期里有六天都是跟别人出去吃饭，每次吃饭都是跟不同的人，所以他可以把用餐费用划为书店的业务支出。每当有新的咖啡馆开业，布鲁斯总是第一位去光顾的客人，品尝菜单里的所有菜品，和女服务员眉来眼去。午饭的时候，他通常都会喝一瓶红酒，吃完饭后，会在书店楼上的小公寓里睡一小会儿午觉。

布鲁斯对女人很有吸引力，很会招女人喜欢，既不会让人感到轻浮，又不会让人觉得死缠烂打。他是个很有女人缘的人，整天就像只花蝴蝶一样，流连花丛中，片叶不沾身。自从海湾书店声名鹊起，成为备受青睐的作家巡回签售会站点，布鲁斯便从中获益匪浅，特别是艳福不断。因为半数来此签售的作家都是女性，其中大部分女作家，年龄都在四十岁以下，她们都离家在外，多数人都是单身，经常独自旅行，寻求乐趣。当她们来到书店，走进布鲁斯的世界，轻而易举并且心甘情愿就成了布鲁斯猎艳的对象。读书和签售活动结束后，布鲁斯会和女作家一起吃一顿浪漫而温馨的晚餐，漫长的晚餐过后，布鲁斯会邀请女作家上楼，来到他的那间公寓，"深入探索人类情感的奥秘"。对于这些女作家，布鲁斯喜欢的程度也不一样，他最喜欢其中两位年轻漂亮的女孩，她们都擅长写性爱小说，每年都有新书出版，也就是说，她们每年都会来布鲁斯的书店签售！

　　尽管布鲁斯一直把自己塑造成一个博览群书的花花公子形象，但他的内心却是个野心勃勃的商人。书店如今盈利颇丰，但成功并非偶然。不管晚上睡得有多晚，每天早上七点之前他都会来到店里，穿着T恤和短裤，卸货拆箱，把一本本的书码放在书架上，然后清点存货，甚至还得打扫卫生。每当有新书开箱，他都会很高兴，因为他喜欢新书摸上去的感觉，以及书里所散发出的书香味儿。他会给每一本新书找到最佳的摆放位置。书店里的每一本书都是他亲手摆上书架的，但遗憾的是，总会有一些销量不高的书被重新装箱，退给出版商，返还相应的款项。每当此时，他都会感到难过。他讨厌把书退回，他认为被退回的每一本书，都是一次失败，一次与机遇的失之交臂。几年之后，书店里的各类上架图书已经有一万两千多种。书店的空间变得越来越狭小，书架也因为时间久了而变得破旧松垮，地上也堆满了一摞摞的书，显得杂乱无章。但布鲁斯却很清楚每一本书都放在哪里，毕竟，这些书都是他自己悉心整理和摆放的。每天早上八点四十五分，他都会匆匆上楼，在自己的公寓里洗个澡，换上每天必穿的泡泡纱西装，然后九点准时开门营业，迎接顾客到来。

　　布鲁斯几乎没有休息日。对他来说，放假就是去一趟新英格兰，在一间又老又破还满是灰尘的书店里，见一群古籍书商，跟他们聊一聊现在的市场行情。他喜欢珍本书籍，特别热衷于收藏二十世纪美国作家的作品。他收藏的书籍越来越多，主要是因为也喜欢买，同时，也是因为不舍得卖。在收藏方面，他也是个书商，但却是个不断买书但从不卖书的书商。他从"父亲的一堆旧书"里偷拿出来的十八本珍本，成为他珍本收藏之路的基石。布鲁斯四十岁的时候估算了一下，他的那些珍本总价值已达两百万美元。

5

布鲁斯在美国书商协会董事会任职时，他书店所在的那栋楼的主人去世了。于是布鲁斯从房地产代理那里买下了这栋楼的所有权，并且开始扩张店面。他把自己的公寓面积缩小，然后把咖啡馆和小餐厅移到了二楼。他砸掉了一堵墙，把儿童读物区扩大了一倍。每个星期六早上，书店里都挤满了前来买书和听故事的孩子，而孩子们的妈妈就到楼上的咖啡馆，在亲切和蔼的店主暧昧的眼神注视下，喝着拿铁咖啡。布鲁斯新打造的初版珍本区也受到了很多人的关注。在一楼，他砸掉了另一堵墙，把它改造成一间初版书籍展览室，这些珍贵的书籍都摆放在奢华的橡木书架上，地上铺着昂贵而华丽的地毯。另外，他在地下室里建了一个保险库，专门用来存放和保护他最稀有、最珍贵的珍本。

在楼上的公寓里住了十年之后，布鲁斯有了更宏大的计划。他一直关注着圣罗莎市区的几栋维多利亚时期的古老建筑，甚至想要购买其中的两栋，但两次出价都被拒绝了，因为他出价太低，因此那两栋楼很快就被其他买家买走了。这些宏伟的历史建筑建于19世纪末20世纪初，是由当时的铁路大亨、货运商人、医生以及政治家所建造，至今依然保存完好。尽管历经沧桑，它们却始终巍然矗立在街道旁，掩映在古橡树繁茂翠绿的枝叶之下，上面挂满了寄生藤。玛奇班克斯太太一百零三岁时去世，布鲁斯几经辗转，终于在得克萨斯州找到了她八十一岁的女儿。为了买到玛奇班克斯太太的房子，他报出了很高的价钱，他绝不允许让自己第三次失手。

从书店往北走两个街区，然后再向东走三个街区，就是玛奇班克斯家族的房子所在之处。这座建筑建于1890年，是一位医生送给他美丽妻子的新婚礼物，从此这个家族的人世世代代都住在这座房子里。房子占地面积很大，超过七百平方米，有四层楼，南侧有一个高耸的塔楼，北面有一个角楼，围绕一楼外侧，有一圈宽敞通透的阳台。顶楼上面有一个天台，房子侧面有形状各异的山墙，屋顶上砌着鱼鳞一样的瓦片，很多扇窗户都像教堂一样，镶嵌着彩色花纹的玻璃。房子位于一个安静的角落，四周被一圈白色的栅栏围起来，三棵参天的古橡树枝繁叶茂，上面挂着的寄生藤，完美掩映着这座古老建筑，显得静谧而安详。

布鲁斯买下这座房子后，才发现子里面阴暗陈旧的装修令人感到十分压抑。木地板是深色的，而墙壁的颜色比地板更深。地毯十分破旧，窗帘的帷幔耷拉下来，轻轻一碰，立时尘土飞扬。壁炉则是用一堆深棕色的砖块砌成的。大多数的家具都是买房子的时候附带的，于是他立刻着手，把这些家具卖了。一些破损不太严重的老地毯被移到了书店，铺上之后，书店立刻多了几分古朴典雅而又华贵的气息。破旧的窗帘和帷幔毫无用处，立刻被他扔掉了。他把房子里的东西清空之后，雇了一个粉刷工，花了两个月时间，把墙壁都粉刷一新，换成明亮的颜色。墙壁粉刷好之后，他雇了当地的一个木工，又花了两个月时间，把屋子里上好的橡木和松心木地板全部整修一新。

房子里各种其他设施都保持完好——下水管道、电力线路、供水、供暖系统和通风系统都一应俱全。他既没有耐心也没有财力对房子进行全面装修和改造，买下这套房子已经花了不少钱，再改造的话，真得破产不可。他既没有动手装修的天赋，也没有那么多的空闲时间，所以买下房子之后的一年里，他仍然住在书店楼上的小公寓里，一有空就琢磨怎么装修和装饰自己的房子。这座房子空旷、明亮又漂亮，所以要把它打造成一个舒适而满意的居住空间，是一件很不容易的事情，需要谨慎考虑。这座房子是典型的维多利亚时期建筑，宏伟而华丽，完全不符合他喜欢的那种现代简约风格。

既然是座老房子，就应该保持老房子的风格，至少房子的外部依然保持原样，但房子内部装修成现代简约风格，里面摆着现代风格的家具和艺术装饰品，这有什么不对吗？的确感觉有点儿别扭。他开始为装修而犯愁，冥思苦想，怎么也找不到解决的办法。

他每天都去新买的房子里，在每一个房间里徘徊，左思右想，仍然没有头绪。

6

拯救他的是一位叫诺艾尔·伯内特的女人，她是新奥尔良的一位古董商人，同时也是一位作家，正为她的新书做巡回签售——一本售价高达五十美元的精装版大开本画册（基本上不是买来看，而是放在咖啡桌上做摆设用的）。几个月前他就看过诺艾尔的新书出版的宣传海报，并被照片上的她所深深吸引。跟以往一样，每次巡回签售会前，他都会做一番功课，了解一下巡回签售的作者和其作品，这次也不例外。他了解到这位女作家今年三十七岁，离过婚，没有孩子，是土生土长的新奥尔良人，但她的母亲是法国人。她被公认为是普罗旺斯古董艺术品的专家，她开的古董店位于新奥尔良法国区的皇家大道上。个人简介上说，她一年中有半年的时间会待在法国南部和西南部，在那里搜寻和淘换古董家具。根据布鲁斯的调查，她之前还出版过两本关于古董的书籍，而这两本书布鲁斯都认真看过。

如果没有特殊情况的话，布鲁斯的书店通常每周会举办两三场签售活动。在巡回签售作家到来之前，他一定会把作家出版过的作品都看一遍。他对阅读有很大的兴趣，简直是如饥似渴般地博览群书。他喜欢看还在世的作家的作品，因为能够有机会见到这些作家，跟他们相识相交，相互联系。同时，他也喜欢看一些人物传记以及励志类、美食烹饪类和历史类的书籍，几乎所有类型的图书他都有所涉猎。在他的认知里，作为一名书商，读书是最起码应该做的事情，他对所有作家都很欣赏和钦佩。如果有作家到访书店，他会请这位作家一起吃饭喝酒，然后跟他/她探讨其作品，聊得不亦乐乎。

他经常读书到深夜，直到陷入睡眠。早上也是他的阅读时间，赶上不用一大早卸货拆箱的时候，他就一个人坐在书店里，一边喝着咖啡，一边看书，直到开门营业。随着时间的推移，他甚至养成了一个奇怪的习惯，就是站在人物自传区旁边的一扇窗户前——每天都站在固定的位置，随意地靠在一个蒂姆库安印第安酋长的木质雕塑旁，喝着意式浓缩咖啡，一只眼睛看着书页，而另一只眼睛时不时瞟着门外，留意是否有客人来。如果有客人来，他会立刻过去，向客人问好，帮他们寻找所需要的书籍。如果有爱聊天的客人，他也会热情地跟他们唠嗑。店里忙的时候，他有时也会到咖啡馆或者前台帮忙，但只要一闲下来，就会回到老地方，靠在酋长雕像旁，拿起书继续看。他说自己一周平均读四本书，对此，没人会表示怀疑。他对店里的员工也有同样的要求，规定店员每周至少看两本书，不然的话就让他走人。

不管怎样，诺艾尔·伯内特的到来，对书店来说是个巨大的成功。不仅给书店带来很大的经济效益，同时也给布鲁斯和海湾书店带来了长久而深远的影响。他们二人相互吸引，几乎是干柴烈火，一见钟情；匆匆地吃了晚饭，就急不可耐地回到布鲁斯楼上的公寓，享受激情缠绵的一夜。转天，诺艾尔谎称自己生病了，于是取消剩下的几站巡回签售会，准备在镇里住上一周。第三天，布鲁斯带她来到玛奇班克斯家族的房子，骄傲地向她介绍他的豪宅。诺艾尔惊讶得目瞪口呆。对于一个世界级的设计师兼古董商来说，当看到这座宏伟华丽的建筑时，她激动得简直难以呼吸。通过在一个个房间里来回穿梭，诺艾尔对房子的装修和设计已经有了灵感和计划。墙壁该刷什么颜色的油漆，贴什么样的壁纸，以及摆放什么样的家具，她很快有了规划。

布鲁斯提出了几条建议，比如在这里放一台大屏幕的电视，那里摆一个台球桌，但这些建议都没有被诺艾尔采纳。这位艺术家正在酝酿中，准备要充分发挥自己的才华和想象力，这座房子就像一张没有边框的空白画布，等着她尽情挥洒笔墨，创造出意想不到的杰作。转天，诺艾尔一整天都待在房子里，测量尺寸，拍照，然后坐在里面发呆。布鲁斯在看店，虽然他对诺艾尔一见倾心，深深迷恋，但同时，一想到装修要花一大笔钱，他就吓得心慌腿颤。

诺艾尔软磨硬泡了半天，才说服布鲁斯周末离开书店，坐飞机到了新奥尔良。诺艾尔把布鲁斯带到了她的古董店。店里虽然有些杂乱，但里面的东西都别具一格，每一张桌子，每一盏灯，每一张四柱床，以及所有的柜子，全都来自具有浓厚文化氛围的普罗旺斯乡村，并且和玛奇班克斯豪宅完美匹配。他们在新奥尔良的法国区散步，在诺艾尔最喜欢的小酒馆吃饭，跟她的朋友们聚会。他们两个人完全沉入爱河，激情缠绵，难分难舍。三天后，布鲁斯一个人飞回了卡米诺岛，累得精疲力尽。但同时，他也终于承认，有生以来，第一次无药可救地爱上了一个人。去他该死的装修钱，任何事情都没有这个女人重要，如果失去了诺艾尔·伯内特，他简直会活不下去。

7

　　一个星期后，一辆大卡车抵达圣罗莎，停在玛奇班克斯豪宅门口。第二天，诺艾尔来到房子里，指挥工人搬运东西。布鲁斯在书店和房子之间两头跑，看着如火如荼的装修势头，感到既兴奋，又有些不安。他的那位女艺术家完全沉浸在自己的创作天地里，在各个房间来回穿梭，每件家具和装饰摆设都至少挪了三次，最终，她发现运来的东西远远不够，还得添置更多的东西。于是，第一辆卡车开走没几天之后，第二辆卡车又来了。布鲁斯回到书店，心里惴惴不安，他猜测诺艾尔把在皇家大道上那家古董店里的东西已经都运过来了，店里已经没什么东西了。

　　当晚，吃过晚饭之后，诺艾尔亲口证实了布鲁斯的推测，她请求布鲁斯这几天陪她一起去一趟法国，再淘换点儿东西回来。但是布鲁斯拒绝了，他说有几个重要的作家要来书店举办签售会，他必须留下来照看店里的生意。晚上，他们第一次在豪宅里过夜，睡在一张豪华精美的欧式铁艺床上。这张床是诺艾尔在法国南部的阿维尼翁发现的。诺艾尔在阿维尼翁有一套属于自己的小公寓。她店里的每一件家具，每一件装饰品，每一张地毯，每一幅油画，每一个壶都有各自不同的历史。她对这些古董的喜爱，让人十分感动。

　　第二天一大早，他们在后院门廊一起喝咖啡，谈论着未来。目前看来，他们的未来还不能确定。诺艾尔生活在新奥尔良，而布鲁斯在卡米诺岛上也有自己的事业，他们两个人似乎不适合长久待在一起，因为谁也不愿意放弃各自的生活和事业，搬到对方所在的地方，重新开始。气氛有些尴尬，于是他们立刻转移到别的话题。

诺艾尔离开小镇后不久，第一张购物发票就寄来了。随发票一起寄来的还有一张便条，上面是诺艾尔娟秀的字体，她在便条里写道，运来的这些东西都没有加价，基本上都是按成本价卖给他的。

"哦，谢天谢地。"布鲁斯喃喃自语。诺艾尔说，现在她要去法国再淘换点儿东西回来！

诺艾尔从阿维尼翁回到了新奥尔良，三天后卡特里娜飓风就来了。她在法国区的古董店和位于花园区的公寓都没有遭到太大的损坏。但是整个城市却被飓风摧残得面目全非，一片狼藉。她锁好古董店和公寓的门，然后飞到了卡米诺岛。布鲁斯一直在等着她回来，安抚她受伤的心灵。这几天以来，他们一直在电视上看关于飓风的新闻报道——街上洪水泛滥，河里漂着一具具死尸，水面被汽油以及各种杂物所污染；灾区一半的人口都在紧急逃难，疯狂撤离；救援人员紧张地忙碌着，同样焦急不安；还有那些政客，面对媒体的围追堵截，有的张口结舌，有的装模作样，一口官腔。

诺艾尔怀疑自己还能不能回去，同时她也在暗想自己究竟想不想回去。

渐渐地，他们开始讨论搬家的事情。诺艾尔一半的客户都来自新奥尔良，但其中大部分人现在都在逃离灾区，因此她有些担心自己的生意，估计即使回去，也没有多少顾客来了。另外一半的客户遍布全国各地，她在古董圈声名远播，在全国各地都有业务和贸易往来。她的网站办得也很成功，她的书也备受欢迎，很多书迷都是狂热的收藏爱好者。在布鲁斯的鼓励下，她终于下定决心，把自己的生意转到卡米诺岛上来，不仅要重新开店，把所有的损失补回来，还要把生意做得更红火。

飓风过去六周后，诺艾尔在圣罗莎的主街上租下了一个小店面，距离海湾书店只隔着三间店铺。她关闭了在皇家大道上的古董店，把店里剩下的所有东西都搬到了新的店铺里。新店起名叫"诺艾尔的普罗旺斯"。从法国海运过来的新货被送来了，诺艾尔重新开张纳客，并且举办了一个供应香槟和鱼子酱的聚会，庆祝新店开业，布鲁斯在人群中忙碌着，帮诺艾尔照顾前来光顾的客人。

诺艾尔突发奇想，要写本新书，书名叫：用普罗旺斯古董改造的玛奇班克斯豪宅。当豪宅还空着的时候，她拍了很多张房子的照片，现在她要把房子装修一新的过程一一记录下来。布鲁斯怀疑这本书出版后是否能抵过装修的成本。不过谁在乎呢？诺艾尔想做什么都行，他都会一一满足。

终于有一天，购物发票不再寄来了。布鲁斯怯怯地问诺艾尔，这是怎么回事。她夸张地说，她已经给他打了最终的折扣：就是她本人！也就是说，他可以拥有这座房子，但房子里的一切都归他们两个人共同所有。

8

二〇〇六年的四月，布鲁斯和诺艾尔在法国南部玩儿了两个星期。他们把诺艾尔在阿维尼翁的公寓作为在法国的家，走过了一个又一个村庄，逛了一个又一个集市，布鲁斯品尝了从来没见过的美食，品味着只有在当地才能喝到的美酒。他们住在古香古色的乡村旅馆，欣赏美丽的自然风景。他认识了诺艾尔的很多朋友，当然，还为诺艾尔的古董店添置了更多的货品。布鲁斯一直在暗中观察和研究，积极投身于法式乡村风格家具和古董艺术品的世界，并且很快就领悟了其中的门道，不仅能淘换到好货，还学会了讨价还价。

在尼斯的时候，他们终于决定立刻结婚。

招聘

1

四月末一个风和日丽的早晨，默瑟·曼恩来到北卡罗来纳大学教堂山校区，脸上带着一丝紧张不安的神情。她要跟一个陌生人见面，共进午餐，因为这个陌生人愿意为她提供一份工作。她目前是一名教授大学一年级文学课的兼职教授，不过两周后，她与学校的合约就要到期了。因为州立法机构强烈主张减税和削减开支，所以大学的拨款经费也被削减，默瑟很难再拿到跟学校的续约合同。不久，她就要失业了，可她还有贷款要还，而且如果没有工作，她就会无家可归，走到穷途末路。她今年三十一岁，单身，生活并不像她设想的那样一帆风顺，反而充满坎坷。

那个陌生人给她发过两封邮件，第一封邮件，是前一天发来的，发信人名叫唐娜·沃森，而且信上写的内容非常含糊不清。沃森女士称自己是一所私立学校聘请的顾问，专门为这所学校的高中部物色创意写作课程教师。她距离默瑟所在的学校不远，可以见个面，喝杯咖啡，聊一聊。这个职位的年薪最高大约是七万五千美元，但是学校的校长酷爱文学，所以决心要聘请一位至少出版过一两本小说的人做文学课老师。

默瑟的确出版过几本小说。这所学校提供的薪水十分诱人，比她现在这份工作的薪水高出不少。但除此之外，邮件里并没有详细介绍有关工作的事情。默瑟给陌生人回信，表示她对这份工作很感兴趣，并问了有关学校的一些问题，特别问了学校的名字及地点。

第二封邮件的内容比第一封也清楚不到哪去，但陌生人告诉她学校的地点在新英格兰。上一封邮件说两个人见个面，喝杯咖啡，但这次却改成了"简单地吃顿午饭"。并问默瑟能否在学校外面的富兰克林街一个叫斯潘吉的餐厅见面。

默瑟不得不有些羞愧地承认，在这个时候，吃一顿午饭远比教一群富二代的高中生更有吸引力。尽管这份工作薪水很高，但对她来说，却有些大材小用了。她三年前来到教堂山校区任教，并打算全身心投入到教学工作中，更重要的是，她要完成眼下正在创作的一部小说。三年后，合约期满，即将被终止合同，可那本小说仍然没有写完，写作进度跟她刚来教堂山校区时几乎一样。

刚走进餐厅，就她看见一位五十岁左右衣着考究、举止优雅的女士朝她挥手，对方礼貌地伸出一只手，说："我就是唐娜·沃森，很高兴见到你。"默瑟坐到她对面，感谢她的邀请。一个服务生把菜单放到桌子上。

没有多余的寒暄，唐娜·沃森像换了个人似的，正色说："我必须要告诉你，我在邮件里所说的都是假的。我的真名不叫唐娜·沃森，而是伊莲·谢尔比。我在贝塞斯达的一家公司工作。"

默瑟听得一脸茫然，她晃了晃脑袋，不知道该做怎样的反应。伊莲继续说："很抱歉，我说了谎，但我发誓绝不会再骗你。而且，我请你吃午饭是真心的，这顿饭由我来请，所以请听我把话说完。"

"我想你最好有合理的理由对我说谎。" 默瑟小心谨慎地说。

"请原谅我的唐突和冒犯，不过我真的有很合理的理由，请听我继续说下去，我会向你解释清楚的。"

默瑟耸耸肩，说："我饿了，所以我吃着，你说着。等我吃饱了，你还没解释清楚的话，我就不奉陪了。"

伊莲脸上露出笑容，任何人看到这个笑容都会卸下所有的防备。她有一双黑色的眼睛，皮肤颜色也很深，也许是有中东人的血统，或许还有意大利或希腊人的血统，默瑟看着这个女人，心中暗想。不过听她的口音，倒像是来自美国中西部偏北地区，所以肯定是个美国人。她有一头灰色的短发，显得干练利落，很有型，惹得邻桌的两个男人偷瞄了她好几眼。她是个很美的女人，穿着打扮完美得无可挑剔，比那些衣着休闲的大学生们高出好几个档次。

"不过在工作这件事上，我并没有撒谎。我来这里，就是为了说服你接受这份工作，而且条件和待遇比我在邮件上跟你说的还要优厚。"

"那这份工作要我做什么呢？"

"写作，写完你未完成的小说。"

"什么？"

服务生走过来，她们很快点了两份烤鸡肉沙拉和苏打水。点完餐后，服务生拿起菜单走开了。等服务生走远，默瑟说："请说吧。"

"说来话长。"

"那咱们就从最简单的开始——先说说你吧。"

"好吧，我在一家专门从事安全和调查的公司工作。这个公司很好，但你从来没听说过，因为我们从不做广告宣传，也没有网站。"

"你越说我越迷糊了。"

"请听我说完，听完你就明白了。六个月前，一个盗窃团伙盗走了普林斯顿大学燧石图书馆的重要物品——菲茨杰拉德的亲笔手稿。其中两名盗贼被抓，现在仍被关押在监狱，等候审讯。另外几个人失踪难觅。手稿也下落不明。"

默瑟点点头说："这个我知道，各大新闻媒体都有报道。"

"是的，这些手稿一共有五份，全部由我公司的一位客户投保。客户所在的这家公司是一个大型私人企业，专门为艺术品、珍贵以及稀有物品投保。我想这家公司你应该也没听说过。"

"我对保险公司并不怎么关注。"

"这就对了。总之，我们调查了六个月，跟联邦调查局和其所属的稀有资产追回部密切合作。现在情况很严峻，我们的压力也越来越大，因为如果六个月之内，被盗的手稿还没找到的话，我们的客户就得向普林斯顿大学支付两千五百万美元的赔偿金。普林斯顿大学显然想要的不是赔偿金，而是追回那些手稿，你也知道，那些手稿是无价之宝。我们找到了一些线索，但这些线索并没有什么太大的价值。幸运的是，在交易被盗书籍的黑市里，做这种买卖的人并不是很多，所以我们经过调查，锁定了一个可能对这些手稿感兴趣的背后买家。"

服务生走过来，在她们的餐桌上放了一大瓶圣培露苏打水，还有两个加了冰块和柠檬的杯子。

等服务生离开后，伊莲继续说："这个人你可能认识。"

默瑟看着她，暗暗叹了口气，然后耸耸肩，说："哦，不会是他吧。"

"你与卡米诺岛渊源颇深，小时候，每当夏天的时候，就会跟外婆到岛上位于海边的小屋里过暑假。"

"你怎么知道的？"

"你小说里写的。"

默瑟叹了口气，拿起苏打水瓶。她慢慢把两个杯子倒满水，脑子却在思考。

"我猜，我写的所有东西你们都看过了吧。"

"不，确切地说，是你所有出版的东西我们都看过了。这是我们准备工作的一部分，你的书写得很好，很有意思。"

"谢谢，不过很遗憾，我没出版过多少小说。"

"你还年轻，又有才华，写作生涯才刚刚开始。"

"那说给我听听，看看你们是不是认真做了准备工作。"

"好吧。你的第一本小说，名为《十月秋雨》，由纽康出版社于二〇〇八年出版。当时你年仅二十四岁。那本小说销量很好——精装版卖了八千套，平装本销量是精装版的两倍，网上还有电子书版本销售——虽然不算是畅销书，但是在业界的口碑和评价很好。"

"那说说《死亡之吻》这本小说。"

"这本书获得了'国家图书奖'的提名，并且入围了国际笔会／福克纳小说奖'最佳年度小说奖'终极候选名单。"

"可惜这本小说都是被提名，没有获奖。"

"是没获奖，但很少有人第一部小说就能得到这么大的肯定和称赞，特别是像你这么年轻的作家。《纽约时报》评选它为年度十佳小说。之后，你又出版了一系列短篇小说，比如《海浪之音》，评论家也予以了充分的肯定和赞扬，但你也知道，短篇小说的销量毕竟比不过长篇小说。"

"是的，我知道。"

"之后，你换了经纪人和出版社，所以读者们都在期待着你的下一本小说。与此同时，你在一些文学杂志上也发表了三篇短篇小说，其中就包括你在卡米诺岛的海滩与外婆泰莎一起守护海龟蛋的故事。"

"那你们也调查泰莎了吗？"

"是这样的，默瑟，应该知道的我们都会知道，这一切都来源于合法渠道以及公开的资料。是的，我们的确做了大量的调查，但我们不会去深挖和窥探你的个人生活。当然，如今有了互联网，人们已经没有多少个人隐私了。"

服务生把沙拉端上来。默瑟拿起刀叉吃了几口沙拉，喝了一口水，然后看着伊莲忍不住问道："你不吃吗？"

"我当然吃啊。"

"那么，你对泰莎了解多少？"

"她是你的外婆。一九八〇年，她和她的丈夫在卡米诺岛上盖了一个海边小屋。你的外公和外婆来自孟菲斯。而你也是在那里出生的。他们两个人经常去卡米诺岛度假。你的外公于一九八五年去世，随后你的外婆就离开孟菲斯，搬到了卡米诺岛的海边小屋。你小的时候，每到漫长的暑假，就会去卡米诺岛找外婆，直到十几岁的时候为止。当然，这也是你在小说里写的。"

"是啊，没错。"

"二零零五年，泰莎在一次航行事故中丧生。暴风雨过去两天后，人们才在海滩上发现了她的尸体。跟她同船的人，以及所乘船只都没有找到。这些都是新闻报纸上报道的，主要是来自《杰克逊维尔时代联合报》。根据记录显示，在泰莎的遗嘱里她将全部财产，包括那座海边小屋留给了她的三个孩子，其中包括你的母亲。所以那座小屋现在依然是属于你们家的。"

"是的。我拥有财产的三分之一。但自从外婆死后，我就再也没去过那个小屋。我想把它卖掉，但家里人都不同意。"

"现在那个小屋有人住吗？"

"哦，有人住。我的姨妈冬天的时候住在那儿。"

"简？"

"是的。我姐姐夏天的时候也会去那里度假。我很好奇，你对我姐姐有多少了解？"

"你姐姐叫康妮，跟她的丈夫和两个十几岁的女儿住在纳什维尔。她今年四十岁，参与家族的生意。她的丈夫拥有几家连锁酸奶冰激凌店，生意挺不错的。康妮毕业于南方卫理公会大学，拥有心理学学士学位。显然，她和丈夫是在大学认识的。"

"那我的父亲呢？"

"赫尔波特·曼恩，曾经是孟菲斯地区最大的福特汽车经销商。应该是很富有的，足以支付你姐姐康妮在大学期间的学费，那时候他没有任何债务。后来不知什么原因，赫尔波特的生意一落千丈，最后关门倒闭。过去这十年里，他一直都是巴尔的摩金莺队的兼职球探。他现在住在得克萨斯州。"

默瑟放下手中的刀叉，然后深吸一口气，说："很抱歉，你越说越让我感到不安，感觉我一直在被人跟踪监视。你们到底想干什么？"

"请听我说，默瑟，我们的信息都是从正常渠道获得的，就是合法的一般性调查，我们没看到任何不该看到的东西。"

"但这也太恐怖了，不是吗？一群专业的间谍正在挖掘我的过去。那现在呢？你们了解我现在的工作情况吗？"

"你的聘用合约即将期满终止了。"

"所以我需要一份工作，是吧？"

"我想是的。"

"但是聘用信息是保密的，不对外公开。你们怎么知道北卡罗来纳大学谁被聘用，又有谁被解雇了呢？"

"我们有自己的消息来源。"

默瑟皱了皱眉，把沙拉推到一旁，气得不吃了。她双臂交叉抱在胸前，沉着脸看着谢尔比女士，说道："我实在忍受不了，我感觉我隐私被你们侵犯了。"

"默瑟，请听我说。我们并非有意侵犯你的隐私，但我们必须获取尽可能多的信息，这对我们很重要。"

"你们到底为什么这么做？"

"这跟要提供给你的工作有关。如果你不接受这份工作的话，那我们会立刻走人，不再纠缠你，我们调查的关于你的所有资料也会全部给你，绝不会泄露你的任何个人信息。"

"那你们给我什么样的工作？"

伊莲没有说话，而是吃了一口沙拉，咀嚼了很长时间，接着喝了一口苏打水，然后说："回到菲茨杰拉德手稿这件事，我们那些手稿被藏在了卡米诺岛。"

"是谁把手稿藏起来的？"

"我需要你向我保证，从现在开始，我们所说的一切都要严格保密。事关重大，只要泄露一个字就会造成无法挽回的后果，因为损失的不仅是我们的客户和普林斯顿大学，还有那些手稿。"

"这种事情我能跟谁说呢？"

"求你了，请你向我保证，严守秘密。"

"保守秘密是需要相互信任的。我为什么要相信你呢？我突然觉得你和你的公司都很可疑。"

"你这么想，我能理解，但请你听我把事情说完。"

"好吧，我洗耳恭听。但我现在不饿了，所以你最好快点儿说。"

"好的。圣罗莎市中心有一家书店，名叫海湾书店，你去过吧？

店主是一个名叫布鲁斯·凯布尔的男人。"

默瑟耸耸肩说："我想我去过，记得小时候和泰莎一起去过几次。我再说一遍，自从泰莎死后，我就再也没回过那个岛，到现在已经十一年了。"

"那家书店经营得相当成功，是全国最好的独立书店之一。凯布尔在图书界非常有名，而且精明能干。他跟许多作家都有联系，有的还关系很好，这些作家都把他的书店作为巡回签售会的站点之一。"

"本来我的那本《十月秋雨》出版时，也打算要去那里做签售，但可惜，哎，先不说这个了。"

"嗯，好吧。凯布尔也是个现代作家初版小说的收藏家。他交易过不少图书，我们猜测他在珍本书交易上赚了不少钱。他也是个有名的黑市书商，从事黑市图书交易的人为数不多，他就是其中之一。两个月前，我们找到了与另外一位收藏家关系密切的人，从他那里打探到线索，然后顺藤摸瓜，查到了凯布尔这个人。我们怀疑菲茨杰拉德的手稿在凯布尔手里。一个急于把手稿出手的人通过中间人找到凯布尔，然后凯布尔用现金从那个人手里买下了手稿。"

"我的耐心快耗没了，麻烦你快点儿说重点。"

"我们没办法接近那个人。过去的一个月里，我们派人潜伏在他的书店，对他进行监视、窥探、暗中拍照和录像，但是却碰了钉子。他的主楼层有一个豪华的大房间，里面的书架上摆满了珍本，主要是二十世纪美国作家的作品。他很愿意把这些书介绍给热衷于收藏的买家。我们甚至想了个办法，提出要卖给他一本珍本，福克纳的一本个人珍藏版初版小说《士兵的报酬》，上面还有作者的亲笔签名。凯布尔当时就反应过来，这本小说现存于世的只有为数不多的几本，其中有三本收藏在密苏里大学图书馆,被一位研究福克纳作品的学者所得，还有一本为福克纳的后代所有。目前这本小说的市场价格大概是四万美元，我们给凯布尔的报价仅为两万五千美元。起初，他对这本小说表示出极大的兴趣，但随后，他提出了很多问题，其中包括这本书是从哪儿来的。最终，他决定放弃购买，并对我们表示出极大的警觉和怀疑。我们没办法再继续跟他接触，所以需要找一个能靠近他的人。"

"我？"

"对，是你。你也知道，作家们经常一边度假散心，一边创作自己的作品。你有非常合理的借口作为掩饰，也的确是在这个岛上长大的。你在岛上还拥有一间别致的海边小屋，在文学界也颇有名声。你的身份和背景可信度极高，不会让人产生怀疑。你可以回到岛上用六个月的时间完成众人期待的小说。"

"期待我的小说问世的人，我想大概只有三个而已。"

"这六个月里，我们会付你十万美元。"

默瑟一时间惊得说不出话来。她晃了晃脑袋，把沙拉又推远了一些，喝了口水，然后说："很抱歉，可我并不想暗中监视别人。"

"我们不是让你去监视，而是去观察。你要做的一切都是合情合理的。凯布尔喜欢作家，他经常跟作家们吃饭喝酒，并且尽自己所能帮助和支持他们。很多做巡回签售的作家都到他的家里做客。顺便说一句，他的家很豪华气派。他和妻子很好客，喜欢招待朋友和作家们，共进晚餐，把酒言欢。"

"你是让我在晚宴上跟他跳个舞，博得好感，然后问他菲茨杰拉德的手稿藏在哪儿，是这意思吗？"

伊莲笑了笑，没有理会她的话，而是接着说："我们现在的压力很大，你能明白吗？我不知道你会从中了解到什么信息，但现在任何消息对我们来说都是极大的帮助。凯布尔和他的妻子很可能会主动跟你亲近，甚至和你交朋友。你可以慢慢进入他们的圈子。他也许会喝很多酒，酒醉之后，也许会无意中吐露出什么。也许他的朋友会跟你提到书店下面地下室保险库的事情。"

"保险库？"

"只是个传闻而已。但我们又不能闯进他的书店，直接去问他。"

"你怎么知道他喝很多酒？"

"很多去他书店做巡回签售的作家都亲眼见过，显然作家们都很八卦。所以，消息就是这么传开的。你也知道，出版圈其实挺小的。"

默瑟举起双手，摊开手掌，然后把椅子向后挪了挪，说："很抱歉。这工作不适合我。虽然我有缺点和毛病，但不是一个虚伪的人，我不会撒谎骗人，也不会弄虚作假，装模作样。你们找错人了。"

"求你了。"

默瑟站起身来，准备要走。她说："谢谢你的午餐。"

"拜托了，请你再考虑一下，默瑟。"

但默瑟已经转身离开了。

2

就在短暂的午餐时间里，阳光突然消失，天阴了下来，冷风骤起。一场春雨即将来临，而默瑟从来没有带雨伞的习惯，便加快脚步往家赶。她住在教堂山历史古迹区，离学校不远，大约一公里的距离。她在那里租了一套小房子，房子坐落在一条幽暗僻静，没铺柏油路的小巷中，在一座漂亮的老房子后面。她的房东同时也是这座老房子的主人，只愿意把房子租给研究生以及收入很低的兼职教授。

当雨开始下起来，雨滴啪啪滴落在屋檐上时，默瑟正巧迈进家门口的门廊。她忍不住巡视四周，看看有没有人在监视着她。那些家伙到底是什么人？算了，别想了，她对自己说，然后开门进屋，脱下鞋，沏了一杯茶，静静地坐在沙发上。她深吸了一口气，听着窗外沙沙的雨声，回想着刚才午饭时跟伊莲的谈话。

此时，被监视的那种震惊感已经渐渐消失。伊莲说得没错——因为有了互联网和社交媒体以及无处不在的黑客，所有人已经没什么隐私可言了，每个人都像是透明的一样，默瑟不得不承认，他们想出的这个点子挺好。她是最佳的人选：一个与卡米诺岛渊源颇深的作家，而且在岛上还有座小屋；有一部早在酝酿却久未完成的小说；一个想要结识新朋友的孤独之人。布鲁斯·凯布尔绝不会怀疑她是来监视他的。

她对布鲁斯的印象很深，那是个帅气的小伙子，整天穿着很酷的西装，打着领结，而且从不穿袜子，留着一头长长的褐色卷发。默瑟常常看到他站在门边，手里拿着一本书，喝着咖啡，一边看书，一边留意店里的情况。不知为什么，泰莎并不喜欢他，所以很少去那家书店，也不怎么买书。既然图书馆有免费的书，那还花钱买书干什么？

举办新书巡回签售会，为书迷签名售书，这是默瑟最大的梦想。她真希望能有一部新的作品，能进行一次巡回签售。

二〇〇八年《十月秋雨》一书出版时，纽康出版社没钱给她做巡回签售活动。三年后，这家出版公司就破产倒闭了。但是《纽约时报》上刊登了一篇文章，对这本小说给予了高度评价，所以之后，有一些书店打电话来，询问她巡回签售的情况。于是她把这些邀请她去做签售的书店都汇总起来，准备做一次巡回签售，其中第九站就定在海湾书店。但这次签售活动很快就夭折了，因为在第一站华盛顿特区的签售会上，到场的人只有十一个，而且其中只有五个人买了她的书。这还是这次巡回签售活动中，人数最多的一站。第二站是在费城，排队等签名的只有四个人，默瑟实在没别的事可做，几乎整场都只能跟现场的工作人员聊天。第三站成了最后一站，是在哈特福德市的一家大型书店。她在街对面的一家酒吧里，等着粉丝出现，准备等人来得够多了再现身。可是喝了两杯马提尼酒之后，还是没多少人来。最后，她终于坐不住，穿过街道，走进书店，比预定时间晚了十分钟。比这更令人沮丧的是，那些排队等待签售的人，竟然都是签售会的工作人员，书迷一个也没有。这次尴尬的签售之旅就这样结束了。

她再也不想忍受这种难堪的境遇了：一个人孤零零地坐着，前面只有一张桌子，上面摆着一大摞刚出版的新书，书店里的顾客都向她投来异样的目光，她连头都不敢抬。她认识其他一些作家，当然，只有为数不多的几个，她也听他们说过这种尴尬的事情，那些参加签售会，跟作者热情互动的好多都是工作人员或者花钱雇来的，也不知道这些人里有多少人是真正的书迷和店里的顾客。签售会上的作家紧张地四处张望，在人群中寻找有可能是他书迷的人，但却发现所有的人都目光躲闪游离，从不看他。显然这位受人喜爱的作家签售会砸锅了，成绩也是个大大的零！

于是，她取消了剩余的几场签售会。其实本来她也不想再次回到卡米诺岛。这个岛给她留下了很多美好的回忆，但却因为外婆的去世，在心里留下了难以抹去的阴影，想起来总是有一种莫名的恐惧和悲伤。

伴随着窗外的雨声，她渐渐入眠，睡了长长的一个午觉。

3

突然一阵匆忙的脚步声把她从睡梦中惊醒。

下午三点，邮递员就像上了发条的钟表一样，"噔噔噔"跑上前院的门廊，破旧的木地板被踩得"嘎吱嘎吱"响，然后，把她的邮件塞进了小邮箱里。等到邮递员走了之后，默瑟才起来，走到门外，打开邮箱，收取每天送来的邮件，大部分都是垃圾广告和账单。她把那些垃圾信件扔到咖啡桌上，拆开了一封来自北卡罗来纳大学的信件。这封信是英文系的主任寄来的，言辞客气地啰唆了一大堆，最后正式通知她，与她的合约结束。信中称，"她是学校教师中的骨干"，是"一位有才华的老师"，"备受学校同仁尊重和钦佩"，并且"十分受学生们喜爱"。"整个英文系的领导"都希望她能留下来继续任教，认为"她的加入，让系里如虎添翼"，但遗憾的是，系里没有那么多的预算来支付这个职位的薪水。系主任给予她最真挚的祝福，并且承诺，如果明年系里的拨款"回归正常"的话，就能留出空缺职位，到时学校英文系的大门一定会为她敞开。

信中大部分内容都是真的。这位系主任对默瑟很关照，有时甚至是她的导师。默瑟一直谨言慎行，并且尽量远离那些被终身聘用的教职人员，才得以在布满雷区和陷阱的大学里幸存下来。

但她是个作家，而不是老师，所以是时候离开这里了。至于去哪里，她还没想好。不过在大学这座象牙塔里执教了三年后，她非常渴望自由，希望每天专心而自由地想故事，写小说。

第二封信里面装着她的信用卡账单。这份账单充分证明她平时生活是多么节俭，尽量削减一切不必要的开支。正因为她这么节省，才能每个月都还清前一个月的支出，不至于堆积太多的欠款，产生高额利息。她的薪水只能勉强维持花销，包括房租、汽车保险与保养维修以及最基本的医疗保险。每个月开支票付账单时，她都想着把其中一项砍掉。本来还算经济稳定，并且能有些盈余，可以买几件衣服，或者出去玩玩，但第三封信的到来，彻底打乱了她的生活。

第三封信来自国家助学贷款公司，八年来，这个令人讨厌的机构一直对她穷追不舍，催她缴纳还款。默瑟毕业于西沃恩南方大学，这是一所私立大学，她的父亲只负担了大学第一年的学费，由于后来突然破产，而且精神极度崩溃，所以把默瑟一个人晾在了一边。于是剩下的三年里，默瑟通过助学贷款、助学金、打工以及从泰莎那里继承的一点点微薄的遗产，这才撑了下来。她用《十月秋雨》和《海浪之音》小说出版赚的稿费偿还了助学贷款的利息，但是本金却还一点儿都没还呢。

　　她打了两份工，并且对贷款进行了再融资和重新调整，但即使她这样，并且同时兼了三份工，这些债务依然有增无减。实际上，她没把自己的窘况告诉任何人，在债台高筑的沉重压力下，根本张不开嘴去跟别人说。每天早上，她一睁开眼，根本没心思去构思一部伟大的小说，也没心情动笔写新的篇章，满脑子想的都是为了生计而继续干活，为了补上债务的大窟窿而努力赚钱。

　　她甚至咨询过一位律师朋友，问他关于破产的事情，但得到的回答却是银行和助学贷款公司已经说服国会，对这种助学贷予以特殊的保护，而且贷款者的债务不得免除。她记得那位律师朋友说："该死的，就连赌鬼都能申请破产，然后拍拍屁股一走了之。但这些贷款的学生却必须背负着那么大一笔贷款，无法甩掉。"

　　那些一直跟踪她的人知道她背负助学贷款债务的事情吗？这些是个人隐私，法律上不允许对外公开，对吧？但是直觉告诉她，这些人可以调查得很深，什么信息都挖得出来。她看过一些报道，即使最敏感的医疗记录也会被泄露出去，被不怀好意的人利用。信用卡公司更是臭名昭著，把客户的个人信息卖给别人。难道真的没有什么信息是安全保密的吗？

她拿起广告信件，扔进了垃圾桶里，然后把北卡罗来纳大学寄来的那封信收了起来，再把两份账单放到面包机旁边的架子上。她又沏了一杯茶，正要低头看小说的时候，手机突然响了。

是伊莲打来的。

4

伊莲一上来就说："听着，对于中午的事情，我向你表示道歉。我并不是有意骗你，但实在找不到别的理由把你约出来。我能怎么办呢？难道要我把你从学校强行拽出来，把所有的秘密一股脑儿倒出来给你听吗？"

默瑟闭上眼睛，靠在厨房的岛台上，说："好吧。我倒是没什么，就是觉得很意外，你明白吗？"

"我知道，我知道，很抱歉。是这样，默瑟，我明天早上就得离开这里，回华盛顿了。今天晚上咱们能一起吃个饭吗？我希望再跟你谈一谈，把事情说清楚。"

"不必了，谢谢。你们找错人了。"

"默瑟，你是最适合的人选，说实话，除了你之外，我们也没有别的人可选。请给我点儿时间好吗，我会跟你解释清楚的。我还有很多事情没跟你说，我说过，我们现在处境十分艰难。那些手稿必须尽快找到，不然的话就会遭到损坏，更严重的是，如果被国外的收藏家买走，那些珍贵的手稿就会流失海外。求你了，请再给我一次机会。"

默瑟无法拒绝。不可否认的是，现在钱对她来说是个问题，一个很大的问题。她犹豫了一下，然后说："那你没说完的事情是什么？"

"这得需要点儿时间，慢慢跟你说，电话里三言两语讲不清楚。

我会让司机晚上七点去接你。我对这里不太熟，不过我听说有一家叫'宫灯'的餐厅，是这里最好的。你去过那里吗？"

默瑟知道这家餐厅，但价格太贵，她吃不起。

"你知道我住在哪儿吗？"她问道。但突然间意识到自己真是天真，这些人什么不知道？她不禁为提出这个幼稚的问题而感到尴尬。

"哦，我知道。晚上七点见。"

5

来接她的是一辆黑色的轿车，看起来跟伊莲的身份一样，神秘兮兮，引人怀疑。她在车道旁等车开过来停下，然后迅速打开后车门，跟伊莲一起坐在后排。汽车一路驶向餐厅，默瑟坐得很低，四下张望，看看有没有人在看她。干吗这么小心翼翼的呢？反正三个星期后，她的房租就到期了，可以永远地离开这里了。之后，她的计划是先暂时住在查尔斯顿一个闺蜜家的车库里，再另作打算。

伊莲换了一身休闲装，一条牛仔裤，配上海军蓝的上衣，一双浅口高跟鞋，看起来价格不菲。她面带微笑地说："我的一个同事就是在这所大学毕业的，总是跟我们说起大学里的事情，特别是篮球赛。"

"篮球比赛的确是挺狂热的。不过我不太感兴趣，这里又不是我的母校。"

"你在这里过得愉快吗？"

他们到了富兰克林街，在历史古迹区减速慢行，经过了一排排精致漂亮的房屋，每座房子的院子里都有修剪整齐的草坪。接着汽车开到了希腊区，这里的房子被改建成了学生活动中心，女生联谊会和男生联谊会都在这里举办。雨已经停了，房子的门廊和庭院里到处都是学生的身影，他们一边喝着啤酒，一边听着音乐。

"还行吧，"默瑟毫无表情地说，"不过我并不适合在大学教书。教书的时间越长，我就越想专心写作。"

"你在大学报社的一次采访中说，希望能在教堂山校区执教期间，写完你的这部小说。现在小说进展如何？"

"你怎么知道这件事的？那次采访是在三年前，我刚到学校任教的时候。"

伊莲微微一笑，看向窗外。

"你的情况我们都仔细调查过了，几乎无一遗漏。"她说话的语气很镇定，也很轻松，声音低沉，显出超出常人的冷静和自信。她和她所在的神秘机构掌控着一切，默瑟心想，不知道这个伊莲执行和指挥过多少次这样的秘密任务。当然，她面对过的那些敌人肯定远比那个小镇上的书商更狡猾、更危险。

宫灯餐厅位于富兰克林大街，经过学生活动中心，再过几个街区就到了。司机把车停在餐厅门口，她们下了车走进餐厅，这里优雅舒适，几乎空无一人。她们预定的桌子靠着窗户，距离人行道和街道只有几步之遥。过去的三年里，默瑟在当地杂志上看过很多关于这家餐厅的报道，全都赞不绝口。它也获奖无数，有口皆碑。默瑟用手机在网上查了一下餐厅的菜单，看着诱人的菜品，肚子饿得咕咕响。一位女服务员热情地接待了她们，并倒了两杯水。

"您二位想喝点什么？"她问道。

伊莲看了一眼默瑟，默瑟没等伊莲张口，立刻说"我要一杯马提尼，要加琴酒和橄榄。"

"我要一杯曼哈顿鸡尾酒。" 伊莲说。

等服务员走后，默瑟说："我想你应该经常出差吧。"

"是的，的确很频繁。我有两个孩子，都在上大学。我的丈夫在能源部工作，一个星期里有五天都是在飞机上。我厌倦了一个人坐在空荡荡的房子里。"

"这就是你的工作吗？专门追查被盗的物品？"

"我们的工作范围很广。不过，我的主要工作是追踪被盗物品。我一直都在研究艺术，机缘巧合做了这个工作。基本上，我们处理的案件大部分都是涉及画作失窃或者伪造赝品，偶尔也有雕塑被盗的案件，不过并不太多，因为雕塑不容易搬运。近几年，盗窃书籍、手稿和古代地图的案件屡见不鲜。但一直查不到什么线索，就像这次的菲茨杰拉德手稿被盗案一样。我们投入了几乎所有的人力和物力，但是结果你也看到了。"

"我有很多问题要问。"

伊莲耸耸肩说道："我有的是时间，尽管问吧。"

"那我想到哪儿就问到哪儿了。为什么联邦调查局不出面查这件案子呢？"

"这个案子就是由联邦调查局领导的。稀有资产追回部是其下属部门，他们也在全力进行调查。在盗窃案发生二十四小时之内，联邦调查局差一点儿就破案了。其中一名盗贼名叫斯汀贾登，在犯罪现场的保险库外面留下了一滴血迹。联邦调查局根据这一线索，顺藤摸瓜，迅速抓获了他和另外一名同伙——马克·德里斯科，并把他们关押起来。我们怀疑其他的同伙察觉到这两个人被警方逮捕，所以吓得躲了起来，连同手稿一起消失无踪了。老实说，我们认为联邦调查局的行动有些太着急太鲁莽了。如果他们沉住气再对那两个嫌疑犯多监视几周，也许就可以把这个犯罪团伙一网打尽。"

"联邦调查局知道你们想招募我吗？"

"不知道。"

"那联邦调查局怀疑布鲁斯·凯布尔了吗？"

"没有，至少我认为还没有。"

"所以你们和他们是分别在进行调查，互不相干。"

"从某种程度上来说，我们与联邦调查局资源并不互享。不过，是的，我们经常按照各自的不同方式进行调查，互不干涉。"

"这是为什么呢？"

这时一位女服务员端来了酒水，询问还有什么需要。因为两个人都忙着谈话，还没有看过菜单，于是礼貌地把服务员支走了。餐厅里陆陆续续来了不少客人，默瑟环顾四周，看看有没有认识的人，结果并没有发现什么熟人。

伊莲喝了一口酒，微微一笑，然后放下酒杯，思考了一下该怎么回答默瑟的问题。

"如果怀疑有人持有偷窃而来的字画、书籍或地图，我们会用各种办法来进行验证核实。我们有最领先的科技、最先进的设备和最专业的人才来进行鉴定。我们当中的一些技术人员曾经是非常优秀的情报人员。如果一旦证实被怀疑对象所持有的物品是偷来的，我们就会通知联邦调查局，或者自行采取行动，这要看具体情况而定，因为每一宗案件的情况都有所不同。"

"你们自行采取行动？"

"是的，记住，默瑟，我们是在跟藏有珍贵艺术品的盗贼打交道，我们的客户在这件艺术品上投了巨额保险。这件东西是小偷偷来的，小偷会寻找各种办法把它卖出去赚大钱，所以形势非常严峻。时间在一分一秒地流逝，可我们却必须保持耐心，沉住气，"她又喝了一口酒，然后措辞谨慎地说，"警方和联邦调查局在明处，他们走的每一步都必须谨慎小心，要考虑每一步行动有可能带来的后果，并且还要有足够的证据申请到搜查令才能行动，所以很多事情身不由己。但我们却相对来说比较自由，不受这些政令规定的束缚。"

"所以你们要暗中潜入别人的住所？"

"我们从不违法潜入他人住所，但有时候为了核实猜测，寻找有用的线索，也会暗中潜入。几乎所有的地方我们都能够悄无声息地潜入，那些小偷没有他们想象中的那么聪明，要想找到藏匿偷盗物品的地方，其实并没有那么难。"

"那你们也会窃听电话，侵入别人的电脑吗？"

"嗯，偶尔也会听听。"

"那你们知道这样做是违法的吗？"

"我们称之为'灰色地带行动'。我们会窃听别人的电话或者悄悄潜入民宅，然后证实被怀疑对象持有盗窃而来的艺术品。大部分情况下，我们都会把调查到的信息告知联邦调查局。他们收到消息后，会申请搜查令，依法采取行动，将失窃的艺术品物归原主，把盗贼送进监狱，所有的功劳都归联邦调查局。于是所有人都皆大欢喜，当然，除了小偷以外，不过也没人在乎他们的感受。"

酒过三巡之后，默瑟渐渐放松下来，她问道："这么说来，你们很厉害啊，那为什么不悄悄潜入凯布尔的地下室，看看有没有被盗的手稿呢？"

"凯布尔不是盗贼，而且他比一般的被怀疑对象更聪明。他看起来十分警惕，反倒更加深了我们对他的怀疑，所以必须谨慎行事，稍有不慎的话，手稿就有可能再次消失无踪。"

"可既然你们在窃听他的电话,黑入他的电脑,监视他的一举一动，为什么不能找到证据把他抓起来呢？"

"我并没有说我们正在监视他。不过也许很快就会这么做的。但现在还需要更多的情报。"

"贵公司的人都没有因为做这种违法的事而受到指控吗？"

"没有，完全没有。我再重申一次，我们一直在灰色地带游走，所以只要抓到罪犯就完事了，谁还在乎这些细节呢？"

"也许小偷在乎。虽然我不是律师，但小偷不会反驳有人进行非法搜查吗？"

"也许你应该当个律师。"

"我真想不出还有什么比这更糟糕的事了。"

"答案是：不会的。小偷和他的律师都不知道我们也牵涉其中。他们甚至从来没听说过我们，因为我们不会在现场留下任何蛛丝马迹被人发现。"

她们专心致志地喝着鸡尾酒，看着菜单，一时都没有说话。女服务员匆匆走来，伊莲彬彬有礼地告诉服务员她们现在先不着急点菜。终于，默瑟开口道："看起来，你给我的这个工作极有可能会把我带进你们所谓的灰色地带，也就是违反法律的委婉说法。"

伊莲心想，至少默瑟在考虑这件事。在那顿突然结束的午餐之后，她相信默瑟肯定回想过她们所谈的事情。现在的挑战就是如何跟她达成协议，让她接受这份工作。

"完全不会，"伊莲向她保证，"你想想你会触犯哪项法律呢？"

"这应该是你来告诉我吧。你们公司的人在那里监视，我敢肯定他们都还没走。而且我也肯定他们会像监视凯布尔一样密切监视我的一举一动。所以从某种程度上说，你们是一个团队，一个各司其职互相配合的组织，我不知道你那些隐藏在身边的同事会做些什么。"

"别担心，他们都是经验丰富的专业人员，从来没有暴露过。听着，默瑟，我向你保证，我们所要求你做的每一件事都是合法的，绝不会让你违反法律，我发誓。"

"你我之间还没那么亲密，我并不了解你，所以即使你发誓，我也不会相信，也没有理由相信。"

默瑟喝光了杯中的马提尼酒，说道："我要再来一杯。"在这样的谈判中，酒精总是能发挥重要的作用。于是伊莲把杯中剩余的酒一饮而尽，然后朝女服务员挥了挥手。新的酒水被送来了，他们还点了越南风味猪肉和蟹肉春卷。

"跟我说说诺艾尔·伯内特吧，"默瑟为了缓和紧张的气氛，说道，"我想你们肯定做过充分的调查了。"

伊莲笑着说："是的，不过我敢肯定今天下午你也上网查了她的资料。"

"是的，我查了。"

"到目前为止，她出版了四本书，都是普罗旺斯风格的古董和装饰品鉴，所以她在书中也透露了一些自己的藏品。她经常旅行，见识广博，也写了很多见闻，一年中有一半的时间都住在法国。她和凯布尔在一起生活已经十年了，看起来夫妻恩爱，琴瑟和鸣。二人没有孩子，诺艾尔之前离过一次婚，凯布尔之前没有结过婚。他并不经常去法国，因为他几乎步不离那间书店。诺艾尔的古董店就在凯布尔书店的隔壁。凯布尔是那栋楼的所有者，三年前，他把隔壁的男装店店主赶走，然后给他妻子改造成了古董店。显然，凯布尔从不参与诺艾尔的生意，而诺艾尔也从不干涉书店的事情。诺艾尔的第四本书是介绍他们的家，一座维多利亚风格的建筑,距离市中心仅几个街区之隔。那本书倒是值得一看。你想了解一些八卦传闻吗？"

"快跟我说说，谁不喜欢八卦呢？"

"这十年来，他们对外说是夫妻，在法国尼斯的一个山坡的教堂里结了婚。虽然听起来很浪漫，但事实并非如此。他们没有结婚，而且似乎是一种开放式的婚姻关系。两个人各有各的生活，但离开对方一段时间后，总能又回来，像从前一样，继续生活在一起。"

"你们究竟是怎么知道这些事情的？"

"作家们都是长舌妇，特别喜欢八卦。显然，这个圈子里人多嘴杂，互相往来，几乎没有什么秘密。"

"我可不是，别把我算在里面。"

"这倒是没有，我只是总体来说。"

"那接下来呢？"

"我们经过四处打听和调查，并没有发现他们的结婚登记记录，美国和法国都没有，许多作家都是如此。布鲁斯流连于女人堆里，跟她们暧昧调情，而诺艾尔则跟男人们卖弄风情，勾引搭讪。他们的房子有一座塔楼，塔楼的三楼有一间卧室，那是供来访客人居住的客房。但到了晚上，这些客人可并不孤单。"

"所以你希望我为了你们这个团队牺牲一切，甚至我的肉体吗？"

"我们希望你能尽可能地接近他们。至于怎么做还是要由你自己来决定。"

越南春卷端上来了。默瑟点了骨汤龙虾饺，伊莲点了胡椒虾，还选了一瓶桑塞尔白葡萄酒。默瑟吃了两口，才发觉刚才的那杯马提尼酒酒劲太烈，把她的味觉神经都麻痹了，什么味道都尝不出来。

伊莲开口道："我能问你一些私人问题吗？"

默瑟突然大笑，也许笑得有些太大大声了，她略显尴尬地说："哦，行啊，你们还有什么不知道的吗？"

"不知道的事情有很多。比如，为什么自从泰莎去世后，你就再也没回到过那间小屋了呢？"

默瑟别过头，看起来有些伤心，同时也在想怎么回答。

"那些回忆太痛苦了。从六岁一直到十九岁，每年夏天我都是在那里度过的，只有泰莎和我，我们一起在海边散步，在海里游泳，一直聊啊聊啊，有说不完的话。她不仅仅是我的外婆，也是我心中的磐石，我最好的朋友，我生命中的一切。每年上学的九个月是如此的难熬，我跟我的父亲一起生活，每天都在掰着指头数放暑假的日子，盼着到了暑假就立刻逃离家里，飞奔到海边，和泰莎在一起。我乞求父亲让我和泰莎每天都生活在一起，但他却始终不同意。我想你知道我母亲的事情吧。"

伊莲耸了耸肩，说："什么事呢？我们只知道公开记录里的信息。"

"我六岁的时候，她被送走了，人们说她是被恶魔逼疯了，但我怀疑把她逼疯的人是我父亲。"

"你父亲和泰莎关系如何？"

"别傻了。我们家里没人能跟别人相处融洽。他恨泰莎，因为她是个势利小人，觉得我母亲嫁得不好。赫尔波特是个来自孟菲斯贫民区的穷小子，靠卖二手车发了点儿财，然后才有本钱卖新车。泰莎出自孟菲斯的名门，她的家族有悠久的历史，虽然家族名气很大，但是却没什么钱。你听说过一句老话吧，'穷得刷不起好油漆，又傲得不肯刷大白①。'这就是泰莎家族的真实写照。"

"她有三个孩子。"

"是的。我的母亲，我的阿姨简，还有我的叔叔霍尔斯特德。谁

①大白：一种白色的房屋粉刷涂料，比房屋油漆涂料便宜，一般都是买不起油漆的穷人使用。据说这句谚语是在南北战争之后产生的，当时大庄园的房屋年久失修，油漆剥落，上流社会的家庭没有多余的钱买好油漆，又不想让人看出自己没钱，所以不愿意刷大白。

会给一个孩子取名叫霍尔斯特德呢？只有泰莎，因为这是泰莎家族的名字。"

"那你的霍尔斯特德叔叔住在加利福尼亚吗？"

"是的，五十年前他举家南迁，搬到了一个公社，他最终跟一个瘾君子结为夫妻，生了四个孩子，而且这四个孩子全都精神不正常。因为我的母亲，所以他们都认为我们是疯子，但其实他们才是真正的疯子。这一家子都是奇葩。"

"这也太残忍了。"

"我其实真的很善良。他们家里没有一个人来参加泰莎的葬礼，所以我从小就没怎么见过他们。而且，他们也从来没有跟家人重聚的打算，是的，这是真的。"

"《十月秋雨》讲述的就是一个不健全家庭的故事。所以这是你的自传吗？"

"他们当然是这么认为的。霍尔斯特德给我写了一封信，信里全是污言秽语，都是一派胡言。那封信彻底斩断了我们之间的联系。"默瑟吃了半个春卷，然后喝了一口水，继续说道，"咱们谈点儿别的吧。"

"好主意。你刚才说你有问题要问我。"

"你刚才问我为什么一直没有回过海边小屋。因为它是在我的生命中最特别的存在，而且留下了许许多多的回忆，让我不知道该如何去面对。你想想看，在我三十一年的人生中，最难忘的就是小时候与泰莎在一起的生活，所有快乐的时光都是跟泰莎在那间小屋里度过的。所以我不知道自己能不能鼓起勇气回去。"

"你不用有那么大的压力。我们会为你租一套漂亮的公寓，租期为六个月。不过如果你住进那座小屋的话，更有利于掩饰你的身份和目的。"

"也许可以。我的姐姐每年七月会去那里住两个星期，也许还有其他的租客前来租住。我的阿姨简负责照看那间小屋，有时会把它租给朋友。有一家加拿大人每年十一月会来小屋租住。简每年冬天都住在小屋里，从一月住到三月。"

伊莲吃了一口春卷，然后喝了一口葡萄酒。

"只是好奇而已，" 默瑟问道，"你见过那间小屋吗？"

"是的，在两个星期前。这也是我们准备工作的一部分。"

"它看起来怎么样？"

"非常漂亮，而且被照看得很好。连我都有些动心，想住在那里了。"

"海滩上还有出租小屋吗？"

"是的，当然。我怀疑这十一年来基本没什么大的变化。那个地方给人的感觉仍然像是一个自然古朴的度假之地。海滩非常漂亮，而且没有拥挤的人潮。"

"以前我们就住在那个海滩上。泰莎带着我一起晒太阳，一起观察海龟，到了晚上的时候，那些新上岸的海龟就会在海滩上搭窝筑巢。"

"你在小说里写过这个情节，很温馨，很感人。"

"谢谢你的赞赏。"

主菜端上来时，她们正好喝完了酒。伊莲很喜欢这种红酒的味道，于是让女服务员又倒了两杯。默瑟吃了一口主菜，然后放下手里的叉子，说道："是这样的，伊莲，我并不能胜任这份工作，你们找错人了，明白吗？我不是个擅于说谎的人，也不会骗人。我没办法接近布鲁斯·凯布尔和诺艾尔·伯内特的生活，也挤不进他们那个小作家圈子，更挖不到任何有价值的消息。"

"这些话你刚才已经说过了。你是个作家，要在家族的小屋里住上几个月。你正在潜心创作一部小说，这是个再好不过的理由。默瑟，因为这些都是事实。而且你性格很好，为人真诚。如果我们需要一个会花言巧语、招摇撞骗的艺术家的话，那也不会来找你谈了。你是有些害怕吗？"

"不，我不知道，我应该害怕吗？"

"不，我已经答应过你，绝不会让你做违法的事情，也绝不会让你陷入任何危险之中。我们每周都会见面——"

"你会在那里吗？"

"我会不定期地往返那里，如果你需要一个帮手的话，不管是男的还是女的，我们都可以帮你安排。"

"我不需要被一个保姆看着，我什么都不怕，就担心会失败。你们付给我很多钱，让我做一些我无法想象，但对你们来说十分重要的事情，所以显然希望能得到好的结果。但是万一凯布尔跟你们预想的一样聪明狡猾，什么马脚也露不出来呢？万一我做了什么不该做的蠢事，引起他的怀疑，然后手稿被转移走了，这该怎么办呢？我已经想到了无数种会把事情搞砸的情况，伊莲。我完全没有经验，也不知道该如何去做。"

"我喜欢你的坦诚。所以我才说你是最完美的人选，默瑟。你很坦率、真诚而且心无城府。你很有魅力，凯布尔会立刻喜欢上你的。"

"我得和他上床吗？难道这也是工作的一部分吗？"

"不，我再说一遍，你所做的一切都取决于你自己。"

"可我不知道该怎么做！"默瑟忍不住提高了嗓门，引起了邻桌食客的关注，纷纷投来惊讶的目光。她尴尬地低下头，小声说"对不起。"于是两个人默默地吃了一会儿东西，谁也没有说话。

"你喜欢这酒吗？"伊莲问道。

"是的，这酒非常好喝，谢谢你的款待。"

"这是我最喜欢的红酒之一。"

"要是我再次拒绝呢？你会怎么样？"

伊莲用餐巾轻轻擦了擦嘴，然后喝了点儿水，说道："我们也有其他为数不多的几个候选作家，但都没有你这么完美。说实话，默瑟，我们非常确信你就是最合适的人选，我们，把所有的赌注全押在了你的身上。如果你拒绝的话，我们也许会推翻整个计划，并且准备进行下一个计划。"

"下一个计划是什么？"

"我不能告诉你。我们有充足的资源，而且顶着巨大的压力，所以会立刻换一条路走，而不会停滞不前。"

"凯布尔是唯一的嫌疑人吗？"

"对不起，我不方便透露。如果你愿意接受这个任务，回到那个熟悉的海边，到时我们会一起在沙滩上散步，我会告诉你更多的信息。我们会有很多事情要讨论，包括你该如何采取行动。但是现在我还不能说。毕竟，这是十分机密的事情。"

"我明白了。我会保守秘密，这是我从家里人身上得到的第一个教训。"

伊莲笑了笑，似乎理解了她的意思，并且完全相信默瑟的话。女服务员又给她们倒了些酒，两人继续用餐。默默无语地吃了很长时间后，默瑟紧张地咽了咽唾沫，深吸一口气，说："我有六万一千美元的助学贷款债务，而且银行紧逼不舍。这个沉重的负担压得我喘不过气来，每时每刻都在折磨着我，都快把我逼疯了。"

伊莲又笑了笑，好像她早就清楚似的。默瑟差点儿脱口而出，问她是不是知道了，但最终忍住没问，因为她实在不想知道答案。伊莲放下手中的叉子，两只臂肘撑在桌子上，指尖轻轻敲着桌面，说："我们会帮你解决助学贷款的事情，另外再加十万美元，先给你五万，六个月后再给你剩下的五万。现金、支票、金条，各种支付方式任你选择。当然，是私下交易，不纳税，不入账的。"

默瑟肩上的千斤重担突然被卸了下来，消失得无影无踪。她屏住呼吸，一手捂住嘴，眨了眨突然湿润了的眼睛。她想要说话，却什么也说不出来。她的嘴唇很干，于是立刻喝了口水。伊莲看着她的一举一动，注视着她脸上的每一个表情变化，一如既往地在心里盘算着。

默瑟被这突如其来的现实所惊呆了。沉重的助学贷款压力，仿佛八年来缠绕在身上的梦魇，竟然一下子就没了。她深吸了一口气——连呼吸都变得顺畅多了，然后又吃了一个龙虾饺，吃完龙虾饺，她又喝了一口红酒，现在她才终于品尝到红酒的香醇味道。这几天她要再喝几瓶，好好喝个痛快。

伊莲感觉时机成熟了，于是单刀直入，直奔主题。

"你多久以后能到那里？"

"两周后考试就结束了。不过我想到时再做决定。"

"当然可以，"女服务员正在一旁徘徊，伊莲问道，"我想来点儿意式奶冻，你呢，默瑟？"

"我也来一份，再来一杯餐后甜酒。"

6

由于行李不多，所以搬家只花了几个小时。她的那辆大众甲壳虫被塞得满满的，里面有衣服、电脑、打印机、各种书籍和锅碗瓢盆。收拾妥当之后，默瑟开着车离开了教堂山，没有一丝留恋。她在这里并没有留下什么美好的回忆，只结交了两个关系不错的女性朋友，但也只是泛泛之交，估计保持联系几个月之后就没有下文了。她搬过很多次家，也无数次与人离别，所以她知道什么样的友谊会天长地久，什么样的友谊会人走茶凉。她估计以后不会再见到这两位朋友了。

她先沿着州际公路西行，在美丽的阿什维尔镇停下来吃午饭，然后开车转了一圈，接着又沿着窄小的高速公路蜿蜒而行，穿过山区，进入田纳西州。天快黑的时候，车终于在田纳西州东部的诺克斯维尔郊区的一家汽车旅馆停了下来。她支付现金，要了一个小房间，然后走到隔壁的墨西哥玉米卷店吃了晚饭。之后，回到旅馆，倒头就睡，整整八个小时，一觉到天亮。天蒙蒙亮她就醒了，准备迎接漫长的一天。

希尔蒂·曼恩是东州医院的病人，已经在这座医院住了二十年。默瑟每年至少探望她一次，有时一年里会探望两次，但从没超过两次。除了默瑟，没有别人来看她。当赫尔波特意识到自己的妻子再也回不了家的时候，他就悄悄地办理了离婚手续。但也没人责怪他。虽然默瑟的姐姐康妮家距离这里只有三个小时的路程，但这么多年来，从没看望过自己的母亲。作为家里的老大，康妮是希尔蒂的法定监护人，但她一直忙着自己的事，没时间去探望。

默瑟耐心地办理没完没了的登记手续。她见到母亲的医生，跟他谈了十五分钟，医生的诊断跟她预测的一样，令人绝望。病人患的是一种衰弱的偏执型精神分裂症，并伴有妄想、幻听和幻觉等症状。二十五年来，她的病丝毫不见起色，也没有任何治愈的希望。她每天靠大量的药物维持，默瑟每次来探望时，都能明显察觉到这些药物多年来给母亲造成了多大的伤害，但是她却没有办法，因为除此之外，别无选择。希尔蒂住在这家精神病医院的永久病房，将会一直住到生命结束。

由于有人探视，所以护士们不再给她穿标准的白色套衫病服，而是换上了一件淡蓝色的棉质太阳裙，这是默瑟几年前给她带来的几件衣服之一。希尔蒂坐在床边，光着脚，看着地板，默瑟走进来，吻了一下她的前额，然后坐在她身边，拍着她的膝盖，告诉母亲自己十分想念她。

希尔蒂露出了开心的笑容作为回应。默瑟始终对她的外表所显示出的年龄感到惊讶。希尔蒂实际上只有六十四岁，但看起来却像个八十多岁的老太太。她形如枯槁，骨瘦如柴，白发苍苍，皮肤干瘪得几乎只剩下一副骨架。怎么会这样？几年前，护士们还会带她到休闲娱乐区走走，每天遛一个小时左右，但后来希尔蒂却抗拒走出病房，有时候走到外面时，她反应很激烈，像是有什么东西让她觉得很惊恐害怕。

默瑟滔滔不绝地向病床上的母亲讲述自己的事情，聊着自己的生活、工作、朋友，以及各种各样的事情，有的是真的，有的是编造的，但母亲却没有一丝反应。希尔蒂似乎什么也没听进去。她的脸上始终保持着同样呆滞的笑容，眼睛直直地盯着地板，目光一刻也没有离开。默瑟安慰自己说，希尔蒂听出了她的声音，但她也不能确定。实际上，她甚至都搞不懂自己为什么要来探望她。

也许是出于内疚吧。康妮可能忘记了自己的母亲，但默瑟却始终因为无法经常探望母亲而感到内疚。

希尔蒂上次跟她说话还是在五年前。那时，她认出了自己的女儿，叫出了她的名字，甚至感谢她前来看望。几个月后，当默瑟再次来看她的时候，希尔蒂变得非常暴躁和气愤，就像变了个人似的，最终一名护士前来，把激动暴躁的希尔蒂控制下来。默瑟经常想，是不是当医院知道她要来探望的时候，加大了注射的药量，才让希尔蒂在短时间内能变得镇定而安静。

泰莎说，希尔蒂小的时候就喜欢艾米莉·狄金森[1]的诗，所以在她住院的最初几年里，泰莎经常给她朗读诗歌。那时，希尔蒂还能听懂，甚至做出反应，但随着时间的推移，她的病情就变得越来越严重了。

"我来给你读首诗好吗，妈妈？"默瑟一边问，一边拿出了一本厚厚的、破旧的诗集。这是泰莎很多年前给她带来的书。

默瑟拉过一把摇椅，坐在床边给母亲读诗。默瑟读诗的时候，希尔蒂仍旧笑着，不发一语。

7

在孟菲斯市中心的一家餐厅里，默瑟与父亲正共进午餐。

赫尔波特住在得克萨斯，他又娶了一位妻子，但默瑟没有一点儿兴趣，既不愿见她，也不愿谈论她。父亲当年卖车的时候，满口谈论的都是车，而现在，他成了金莺队的球探，翻来覆去谈论的都是棒球。默瑟不知道还能找出什么话题可聊，于是只能呆呆地听着，尽量让这顿午餐气氛愉快些。她每年见父亲一次，过了三十分钟后，才想明白为什么这么做。赫尔波特说在城里找到了"大买卖"，但是默瑟根本不信。他的大买卖早在她大学一年级的时候就像烟花一样短暂繁华之后，灰飞烟灭了，最后把她撂在旱地，只能靠助学贷款完成学业，结果欠了一屁股债。

她仍然不敢相信债务已经还清的这个事实，恨不得揍自己一拳，

---

①艾米莉·狄金森：美国十九世纪著名女诗人，诗风凝练，比喻尖新，常置格律、语法于不顾。生前只发表过几首诗，默默无闻，死后近七十年开始得到文学界的认真关注，被现代派诗人追认为先驱。

看看是不是在做梦。

饭后，赫尔波特回到高中棒球馆，滔滔不绝地讲着这所高中将有多么辉煌的前景，却从未询问过她的近况或者最近写的小说。如果他读过默瑟出版过的小说，他就不会对她此置之不问了。

漫长的一个小时过去之后，默瑟差不多结束了这次东州之行。尽管说不出话，但她那可怜的母亲却不像她自吹自擂、自以为是的父亲那样无聊。不过父女二人还是相拥告别，并一如既往地承诺以后一家人要多见面聚聚。她告诉父亲，接下来的几个月里，她要住在海边的小屋，完成一部小说。但说话时，他的父亲已经拿起手机，干别的事情了。

午饭后，她开车去了紫檀木公墓，在泰莎的墓前放了一束玫瑰。她背靠着墓碑，放声痛哭。泰莎去世时已经七十四岁，但当时仍然健朗。如果她还健在的话，已经八十五岁了，而且毫无疑问仍然精神矍铄，仍旧会每天到海边散步，到海滩上捡贝壳，保护海龟产下的蛋，在花园里劳作，也仍旧会等着她心爱的外孙女过来玩儿。

是时候回去了，去听听泰莎的声音，去抚摸属于她的东西，去追溯她们祖孙二人曾经的脚步。一开始触景生情，肯定会感到痛苦，但默瑟早在十一年前就知道这一天终究还是会来的。

她和一位高中的老同学吃了晚饭，睡在她家的客房里。第二天一早就跟她告别离开了。卡米诺岛距离这里有十五个小时的路程。

8

默瑟在塔拉哈西附近的一家汽车旅馆里住了一晚，并按计划在第二天的中午时分抵达了卡米诺岛海边的小屋。小屋现在被漆成了白色，而不是泰莎喜欢的浅黄色，不过除此之外，周围的一切都没有什么太大的变化。狭窄的过道摆着满满的一排牡蛎壳，两边是修剪得很整齐的百慕大草坪。默瑟的阿姨简说，花园的园丁拉里仍然在照看着这个地方，过一会儿他会过来跟她打个招呼。前门距离费尔南多街不远，所以为了保护隐私，泰莎用矮棕榈和接骨木灌木将小院的边界围了起来。如今，这些灌木长得又厚又高，连邻居家也看不见了。背阴的花坛里长满了秋海棠、薄荷和薰衣草，以前泰莎每天早上都在这里打理花坛。门廊的柱子上长满了攀爬的紫藤。一棵茂密繁盛的枫香树，遮住了前院大部分的草坪。简和拉里把小屋的院子打理得井井有条，泰莎如果泉下有知的话，也会很高兴的。不过要是泰莎来打理的话，一定会弄得更漂亮。

钥匙可以打开门锁，但是门却被卡住了。默瑟用肩膀抵住门，然后使劲推，终于把门打开了。她走了进去，客厅是一个又长又宽阔的区域，角落里摆着一个旧的沙发和几把椅子，对面是一台电视，再往前是一张乡村风格的餐桌，她以前从没见过。餐桌后面是厨房，对面是一面巨大的窗户，透过窗户，可以看到六十多米外海滩尽头的大海。所有的家具都跟记忆中的不一样了，连墙壁油漆的颜色还有地毯也都变了。这里不再有家的感觉，而更像是个出租屋，但默瑟对此早就做好了心理准备。泰莎在这间小屋住了将近二十年，每天都把房间收拾得一尘不染。而现在这里成了度假出租屋，需要好好打扫一番。默瑟穿过厨房，走到外面，走上宽阔的甲板，甲板上堆满了旧的柳条家具，周围有棕榈树和紫薇花环绕。她拂去摇椅上的尘土和蜘蛛网，然后坐了下来，凝视着沙丘和远处的大西洋，听着轻柔的海浪声。她跟自己保证绝不会哭，于是忍住了眼中的泪水。

孩子们在海边嬉戏玩耍。她听得到笑声，却看不到发出笑声的孩子们，因为沙丘挡住了视线，看不到海浪。海鸥和鱼鸦在沙丘和水面上盘旋，时而从高空俯冲，时而从水面冲上云霄，展翅翱翔。

现在岛上到处都留有儿时的记忆，那是一段珍贵的流金岁月。默瑟的母亲生病后，泰莎就收留了她，每年至少有三个月的时间把她接到海边的小屋。剩下的九个月，默瑟都在盼望着能快点儿来到这个地方，黄昏时分，太阳渐渐落下之后，坐在海边的摇椅上，享受着惬意的时光。日落黄昏是她们一天之中最喜欢的时刻，炽烈的热浪渐渐褪去，她们会沿着海滩步行，来到南岸码头，然后再往回走，沿路寻找贝壳，在海浪中追逐嬉戏，和泰莎的朋友们聊天，跟晚上出来散步的岛上居民们相聚。

如今，泰莎的那些朋友们也不在了，有的已经去世，有的被送到了养老院。

默瑟在摇椅上坐了很久，然后站起身来。她走过小屋的每一个角落，发现几乎没有什么能勾起她对泰莎的回忆，这样也好。在这间小屋里，一张外婆的照片都没找到，只看见卧室里摆了几个相框，里面都是简和她家人的照片。葬礼之后，简就给默瑟寄去了一盒子照片和图画，以及她觉得默瑟会喜欢的拼图，默瑟把其中一些照片保存在相册里。她打开行李箱收拾了一下，然后去杂货店买了一些基本的生活用品。她为自己做了一顿简单的午饭，吃过饭后，想要看一会儿书，但怎么也集中不了精神，于是索性躺在甲板的吊床上睡着了。

拉里走了过来，脚步声吵醒了默瑟。他们礼貌地拥抱了一下，然后聊了聊这些年来各自的生活。

拉里说默瑟还像以前一样漂亮，现在是个"完全成熟的女人"了。他看起来跟以前相比也没有什么变化，只是头上多了几缕白发，脸上多了些许皱纹。他的皮肤因为久经日晒，变得更加黝黑和粗糙。他又矮又瘦，戴着一顶草帽，和她记忆中的那顶草帽一模一样。过去那些关于他的记忆已经有些模糊了，默瑟一时间有些想不起来。她记得拉里来自遥远的北方，好像是从加拿大移居到佛罗里达来的。他曾经是个自由职业者，靠给人当园丁和干些杂活为生。他和泰莎经常为了如何照料花草而争吵拌嘴。

"你早就应该回来了。"他说。

"我也这么想。来点儿啤酒吗？"

"不，几年前就不喝了，我老婆让我把酒戒了。"

"那你就再娶一个老婆。"

"我也找过了。"

默瑟记得他有好几个老婆，泰莎说他是个情场高手。默瑟走到摇椅旁，说："坐下来，咱们好好聊聊。"

"好吧，"他的运动鞋几乎都染成了绿色，脚踝上沾满了碎草屑，"我来点儿水就行了。"

默瑟微微一笑，就进屋去拿喝的东西了。回来的时候，她拧下了啤酒瓶盖，说："你最近在忙什么？"

"和以前一样，你呢？"

"我一直在教书和写作。"

"我读过你的书，很喜欢。我经常翻到书背面看你的照片，然后说：'哇，我认识她。我们很早以前就认识了。'泰莎一定会为你骄傲的，你知道吗？"

"嗯，她一定会的。对了，岛上有什么有意思的八卦吗？"

拉里大笑着说："你离开了这么多年，一回来就想听八卦。"

默瑟看了看远处，然后转过头来问："隔壁的班克罗夫特家这几年过得怎么样？"

"他两年前就过世了，是癌症。他的妻子还健在，不过孩子们把她接走了，把房子也给卖了。新来的主人不怎么喜欢我，我也不喜欢他们一家人。"听着这些，默瑟心想拉里还是记忆中那个说话率直、惜字如金、言简意赅的人。

"那街对面的亨德森夫妇呢？"

"都不在人世了。"

"泰莎去世后，我和亨德森太太还保持了好几年的书信往来，但后来随着时间的推移，我们的联系也就慢慢断了。"

"到处都是新建的房子，所有的海滩设施也都建好了，丽兹酒店在这里盖了一些豪华的公寓，旅游业也发展起来了，我想这是好事。简说你要在这里住上几个月。"

"计划是这么安排的。不过也说不定，走一步看一步吧。我正在待业中，正好趁这个时间打算写完一本小说。"

"你从小就喜欢看书，对吧？我记得你很小的时候，房间里就到处堆满了书。"

"泰莎每周带我去两次图书馆。我上五年级的时候，学校有一个暑假阅读比赛，那年夏天我读了九十八本书，赢得了优胜奖杯。迈克尔·关以五十三本名列第二。其实那时我的目标是读一百本书。"

"泰莎总是说你太好胜了，不管是跳棋、象棋，还是大富翁，只要是比赛，你总是必须要赢。"

"是啊，不过现在回头来看真是挺傻的。"

拉里喝了一口水，然后用衬衣的袖子擦了擦嘴。他凝视着大海，说道："你知道吗，我真怀念你外婆，那个老太婆，总是跟我斗嘴。我们经常在花坛边和肥料堆旁吵个不停，但她是个热心人，愿意为朋友做任何事。"

默瑟点点头，但是没有说话。沉默许久之后，拉里说："很抱歉，又提起这些伤心事。我知道你心里仍然很难受。"

　　"我能问你点儿事吗，拉里？我从来没有跟任何人谈论过泰莎是怎么死的。后来，葬礼结束很久之后，我看了报纸上的新闻，才知道发生了什么事。但是不是还有什么我不知道的事情呢？还有别的什么消息吗？"

　　"没人知道，"他转头看向大海，说道，"她和波特出海，距离海岸六公里的时候，突然不知从哪里吹来了一股风暴。那是夏末的一个下午，风浪很大，天气突然就变得恶劣起来。"

　　"当时你在哪？"

　　"我正在家里待着。转眼间，天就黑了，狂风呼啸，大雨倾盆。大风刮断了好几棵树，然后就大面积停电。据说波特已经发送了求救信号，但是我估计那时已经太迟了。"

　　"我上过那艘船十多次，但我不喜欢航海，我一直觉得航海太危险也太无聊了。"

　　"你也知道，波特是个好水手，而且他很喜欢泰莎，不过这种喜欢与爱情无关，毕竟他比泰莎小二十多岁呢。"

　　"这个我真不能确定，拉里。他们一直很要好，而且我越长大，就越对他们的关系表示怀疑。我曾经在泰莎的衣柜里发现了一双旧的甲板鞋，那是波特的鞋。我四处窥探，当然，小孩子都会这么做。我并没有出声，只是静静地听着屋里的动静。我感觉当我离开小屋的时候，波特经常去那里跟泰莎在一起。"

　　拉里摇了摇头，说道："不，如果真是那样的话，你觉得我会不知道吗？"

　　"也许吧。"

"我每周来这里三次，一直留意着这个地方。要是有男人在这里逗留，是绝对逃不过我这双眼睛的。"

"好吧，可她真的很喜欢波特。"

"人人都喜欢他。他是个好人。但我们一直没有找到他，也没有找到他的船。"

"那他们在海上搜救了吗？"

"哦，当然，这是我见过的最大规模的海上搜救。几乎岛上所有的船都出去找他们了，连我也去了。海岸警卫队还有直升机也都出动了。一天清晨，一个晨跑的人在北岸码头发现了泰莎。我记得那是在事发的两三天之后。"

"她游泳技术很好，所以我们下海玩儿的时候从没用过救生衣。"

"暴风雨来的时候，就不一样了，即使水性再好，也无济于事。所以，我们永远也不会知道当时发生了什么。很抱歉。"

"没关系，这个问题是我提起来的。"

"嗯，时间不早了，我得走了，还有什么需要帮忙的吗？"他慢慢地站起来，伸了伸胳膊，说道，"有什么事情给我打电话。"

默瑟也站了起来，轻轻拥抱了他一下，说："谢谢你，拉里，很高兴又见到你了。"

"欢迎你回来。"

"谢谢。"

9

当天晚上，默瑟脱掉凉鞋，朝海滩走去。海边的木板栈道从甲板处开始，随着沙丘的高低而起伏延伸，这些沙丘是禁止踩踏的，而且受法律保护。她沿着木板道缓缓而行，一路上寻找着哥法地鼠龟。这是一种沙地乌龟，已经濒临绝种。泰莎一直以来都热衷于保护这种乌龟的栖息地。默瑟八岁的时候，就已经能认识和分辨出这里所有的植物，比如蒺藜草、小金梅草、凤尾丝兰和西班牙剑兰。泰莎曾经教她认识这些植物，并且每个夏天都让她记一遍。

默瑟走到窄窄的木板栈道尽头，走下栈道，沿着海边向南而行。她一路上遇见了几个在海滩散步的人，他们见到她的时候都对她微笑着点点头。大多数人都是牵着狗出来遛弯的。此时，有一个女人朝她迎面走来。这个女人穿着漂亮的卡其色短裤和格子衬衫，肩上披着一件棉质的毛衣，看上去就像是时装杂志上的模特。默瑟终于看清了那个女人的脸，是伊莲·谢尔比。她笑着跟默瑟打招呼。两个人握了握手，然后踏着被海浪冲刷的海滩，并肩而行。

"那座小屋怎么样？"伊莲问道。

"挺好的，简阿姨照看得很好。"

"她问了你很多问题吗？"

"没有。她很高兴我终于想住在这里了。"

"所以直到七月初为止，你都可以安心地住在这里吗？"

"到七月四号左右吧，那时康妮和她的家人将会来这里待两个星期，所以那段时间我不住在小屋里。"

"我们会在附近帮你找个房子住的。还有其他的租客要租那间小屋吗？"

"没有了，十一月之前没有租客会来。"

"嗯，反正到那个时候你的任务应该已经完成了。"

"但愿如此吧。"

"现在有两个初步的想法。"伊莲直接进入正题。表面上看是两个人在海滩上悠闲地散步，但其实是在商谈十分重要的事情。迎面走来一个牵着金毛犬的人，那只金毛犬似乎很喜欢她们，跑过来跟她们打招呼。两个人揉了揉金毛犬的脑袋，跟金毛犬的主人礼貌地寒暄了一阵。之后，她们继续沿着海边散步。

伊莲说："首先，如果是我的话，我会远离那家书店。要让凯布尔主动接近你，而不是你去找他。"

"那我该怎么做呢？"

"岛上有一位名叫梅拉·贝克维兹的女士，她是一位作家，你也许听说过她。"

"没听说过。"

"这我真没想到。她写了很多书，都是一些低俗小说，销量不错。她几乎每一本小说都换不同的笔名。不过随着年纪渐长，她创作的速度和知名度都下降了。她跟女伴住在市中心的一座老房子里。她是个体型高大的女人，膀大腰圆，像个彪形大汉一样。你见到她时，绝对不会相信会有男人喜欢她，不过她实在是很有个性，令人印象深刻。她的性格古怪，行为张扬，八面玲珑，可以说是文学圈的社交女王。当然，她和凯布尔是老朋友。你可以给她写封邮件，介绍一下自己，告诉她你要在这里做什么等等一些基本的情况，并告诉她你想登门拜访，打个招呼，一起喝一杯，聊聊天。不出二十四小时，凯布尔就会知道这件事。"

"她的女伴是谁？"

"丽·特雷恩，也是一名作家，你也许听说过。"

"没听说过。"

"不会吧。她喜欢写文艺小说，不过因为实在是晦涩难懂，所以一直是各大书店里的滞销货，基本上卖不出去。她的上一本小说销量只有三百本，而且还是八年前出版的。不论从哪个方面来看，她们都是奇怪的一对儿。不过她们俩就是鱼饵，跟她们在一起，就会引来别人的目光。一旦她们认识了你，那么凯布尔也就离你不远了。"

"这太简单了。"

"第二个想法有点风险，但我确信这个办法会很有效。有一位年轻的作家，名叫赛琳娜·洛奇。"

"咦，这个人我听说过。虽然我没见过她，但我们的书都是同一家出版商出版的。"

"对，没错。她最新的小说几天前刚刚出版。"

"我看过简介，感觉挺恐怖的。"

"这不重要。重要的是，她正在进行巡回签售，下周三就会来凯布尔的书店做签售活动。我有她的电子邮件地址。你可以给她发一封邮件，吹捧她几句，说你想跟她喝杯咖啡什么的。她跟你的年纪相仿，也是单身，所以应该会很谈得来。如果要去凯布尔书店的话，参加赛琳娜的签售会是个不错的理由。"

"而且她年轻漂亮又是单身，所以我们相信凯布尔到时候一定会使出浑身解数，大献殷勤。"

"因为你要在镇上住一段时间，而且还陪同洛奇小姐出现在她的签售会，所以凯布尔和诺艾尔很有可能会在签售会结束后邀请你们共进晚餐。顺便说一下，诺艾尔这段时间也在城里。"

"至于你是怎么知道这些的，我就不用问了。"

"很简单，我们今天下午去了诺艾尔的古董店。"

"可是你刚才说这个办法会有些风险。"

"嗯，是的。在酒桌上聊天的时候，你们就会谈到你和赛琳娜以前从来没见过。也许这太过巧合了，会引起怀疑。"

"我觉得不会，"默瑟说，"因为我们出自一个出版商，所以我顺便过来跟她见个面还是可信的。"

"好吧，明天早上十点左右会有一个盒子送到你的小屋里。盒子里有几本书，其中四本是诺艾尔的书，还有三本是赛琳娜的。"

"这是留给我的作业吗？"

"你喜欢读书，不是吗？"

"这是我工作的一部分。"

"另外我还顺便往盒子里扔了几本梅拉的垃圾小说，你看着玩吧。虽然是垃圾，不过倒是挺上瘾的。我只找到了一本丽·特雷恩的小说，将来也许会有收藏价值，因为她的书已经绝版了，这也算是个收藏的好理由吧。不知道那本小说是不是太无聊了，我连第一章都没看完。"

"我都等不及了。你要在这里待多久？"

"我明天就要走了。"

她们在海边上默默地走着，光着脚踩着浪花。

伊莲说："咱们在教堂山吃晚饭的时候，你问过我关于这次行动的很多问题。当时我不能说太多，不过最近我们悄悄地在重金悬赏，鼓励知情人士提供重大线索。两个月前，我们找到了一个住在波士顿的女士，她曾经嫁给过一个图书收藏家，这位收藏家喜欢收集珍本图书，而且经常在黑市里交易图书。显然，他们最近才刚刚开始办理离婚手续，这位女士正在分割财产。她告诉我们她的前夫对菲茨杰拉德手稿的事情非常了解。她认为他从黑市交易中赚了一百万美元。但我们没能查到那笔钱的任何线索，那位女士也没找到那笔钱。如果是真的话，那么那笔钱很有可能是通过离岸的秘密账户进行交易的。现在我们还在进行调查。"

"你和她的前夫谈过了吗？"

"还没有。"

"那他是把手稿卖给了布鲁斯·凯布尔吗？"

"她告诉我们交易的对象就是凯布尔。之前她跟他前夫一起做生意，直到后来他们感情破裂，所以她知道一些交易的内情。"

"那他为什么要把手稿带到这里来呢？"

"为什么不呢？这里是他的家，所以才安全，让他放心。我们认为那几份手稿应该还在这里，不过这只是我们的推测，很可能判断有误。就像我说过的，凯布尔非常聪明，知道自己在干什么。他太精明了，肯定会把手稿藏在一个别人猜不到的地方。不过谁知道呢？我们只是在假设，必须得等到掌握更多的信息后，才能继续采取相应的对策。"

"那需要什么样的信息呢？"

"我们需要在书店里安插内线，特别是密切留意书店里的初版书籍展览室。等到你结识了他，开始频繁出入书店，在那里买书或者参加作者的签名售书活动，等等，到时候你就会逐渐对他的珍本产生兴趣和好奇。你可以拿出泰莎留下的一些旧书，把这些书作为诱饵，引他上钩。比如你可以问他，这些书值多少钱？他有没有兴趣要买？我们现在无法预测结果如何，但至少在内部安插进了内线，并且不会引起凯布尔的怀疑。到了一定的时候，你就会听到一些消息，不过现在谁也不知道你会探听到什么消息。也许你们会在餐桌上讨论被盗的菲茨杰拉德手稿。就像我跟你说过的，他喜欢喝酒，酒后吐真言，没准喝多了之后就会吐露出什么秘密。"

"很难相信他还有说漏嘴的时候。"

"是啊，不过说漏嘴的没准另有其人。现在最关键的是安插进内线，对凯布尔和他的书店进行监视，伺机打探消息。"

她们在南岸码头停了下来，然后转身向北走去。伊莲说："跟我来。"

于是她们走上了木板栈道，沿着台阶，走上一块小平地。伊莲指着远处的一座两层的三套式联排住宅楼，说道："右边的那套房子是咱们的，至少现在是，那也是我住的地方，过两天会有别的人住进去。我会告诉你他们的电话号码。"

"你们会监视我吗？"

"不会的。你有充分的人身自由，不过你应该有个朋友在身边，以防万一。希望你每天晚上能给我发封邮件，告诉我当天的进展情况，好吗？"

"当然可以。"

"我要走了。"她伸出右手，与默瑟握了握手，然后说，"祝你好运，默瑟。就把这份工作当成一次海滩度假吧。等你结识了凯布尔和诺艾尔，你会喜欢上他们，并跟他们愉快相处的。"

默瑟耸了耸肩说："我们走一步看一步吧。"

10

邓巴顿画廊位于乔治城威斯康星大街的一个街区里。那里有一座红砖砌成的老房子，那间小小的画廊就在这栋房子的一楼。不过这栋房子的确需要好好粉刷一下了，也许屋顶也需要翻修一下。尽管这里距离人流量大的闹市只有一个街区之隔，但这间画廊却鲜有客人光顾，墙上也基本上光秃秃的，没有什么画作展示。

这间画廊专注于极简主义的现代派作品，显然这种风格太小众，并不广受欢迎，至少在乔治城是这样，但画廊的主人并不在乎。他叫乔尔·利比科夫，五十二岁，曾是一名被判有重刑的罪犯，因盗窃贵重物品而被捕过两次。

一楼的画廊只不过是个幌子,一个迷惑外人的把戏。被判两次入狱,在监狱坐牢八年之后,虽然他已经改过自新,走上正道,现在只是个在华盛顿苦心经营画廊,艰难维持生计的画廊老板,但他始终相信有人在暗中监视他。他只好跟那些人周旋,举办一些展览,结交几位艺术家,接待寥寥无几的顾客,懒懒散散地维护着画廊的网站,这些其实都是作秀,故意给监视他的人看的。

　　他住在这座房子的三楼,二楼是他的办公室,真正的买卖是在这里进行的——交易被盗的油画、版画、照片、书籍、手稿、地图、雕塑,甚至还有伪造的所谓已故名人的亲笔信件。即使蹲过两次大牢,乔尔依然不肯老老实实地遵纪守法。对他来说,他可不想一辈子苦守着一间冷清的小画廊,推销没人买的画作,黑市交易远比正经生意更刺激,利润也更大。他喜欢在盗贼和失主之间,或者在盗贼和买主之间做中间人,为他们牵线搭桥,在各方和各类人士当中周旋协商,最终达成交易,将价值连城的艺术品在黑市中转卖,并赚取高额的佣金和利润,而所有这些在黑市中流动的钱都是通过离岸账户进行的。他很少染指这些被盗艺术品,而是更愿意做一个精明的中间人,虽然身处黑市,但不经手任何赃物。

　　当普林斯顿大学收藏的菲茨杰拉德手稿被盗一个月之后,联邦调查局曾经来找他进行调查。乔尔当然对此一无所知。一个月之后,他们又回来找他问话,他还是什么也不知道。之后,他就更谨慎小心了。乔尔害怕联邦调查局监听他的电话,于是悄然离开了华盛顿,躲藏了起来。他用预付费和一次性手机与盗贼取得联系,在马里兰州亚伯丁镇附近的州际公路旁一家汽车旅馆里与盗贼见面。这名盗贼名叫丹尼,他的同伙名叫鲁克。两个人看起来都不是好惹的人。在旅馆七十九美元一晚的廉价双人间里,乔尔看到了摆在床上的五份菲茨杰拉德手稿,这几份手稿价值连城，甚至超过了这三个人的想象。

乔尔察觉到，丹尼无疑是这个团伙的头目，或者说是团伙里漏网的这些盗贼的头目，他现在迫于形势压力，急于把这些手稿出手，换来钱好潜逃出国。

"我要一百万美元。"他说。

"我现在凑不出那么多钱，"乔尔回道，"我认识的人里只有一个人会对这些手稿感兴趣。黑市圈子里所有的交易商现在都胆战心惊，因为到处都有联邦调查局的人。我最多，不，我只能出五十万。"

丹尼咒骂了一声，气得在房间里走来走去，时不时停下来，躲在窗帘后面，瞥一眼停车场。乔尔厌倦了这种戏剧性的场面，不耐烦地说他要走了。丹尼最终还是妥协了，同意了这笔交易，于是他们坐下来商量细节。乔尔最后什么东西也没有拿，带着自己的公文包走了。入夜后，丹尼带着手稿开车到了普罗维登斯，在那里等候。鲁克曾经也是个老兵，退役后从事犯罪活动，后来遇到了丹尼。三天后，在另一位中间人的协助下，他们完成了交易。

而现在丹尼跟鲁克一起回到了乔治城，寻找他当初贱卖的手稿。利比科夫上一次狠狠敲诈了他一笔，这一次再也不会让他得逞了。

五月二十五日星期三，晚上七点，画廊关门以后，丹尼走到画廊前门，鲁克撬开了乔尔办公室的窗户。他们把所有的门都锁上，所有的灯都关闭，找到乔尔之后，把他带到了三楼的公寓，绑起来，然后开始严刑拷问，逼他说出手稿的下落。

04

海滩来客

1

在泰莎看来，一日之计在于晨。太阳还没出来，她就会把默瑟从床上拉起来，带到甲板上。她们在那里喝咖啡，等着欣赏清晨的第一缕阳光从海平面上升起，散发出橘红色的光芒。太阳升起之后，他们就会沿着木板栈道来到海滩，一起散步，享受美好的清晨时光。上午，泰莎会到小屋西边的花圃里劳作，而默瑟则通常会躺到床上再舒舒服服地睡个回笼觉。

十岁的时候，经过泰莎的允许，默瑟第一次喝到了咖啡，十五岁的时候，喝了人生中的第一杯马提尼酒。"凡事要适度。"这是她外婆最喜欢说的一句话。

可如今泰莎已经永远地离开了她。默瑟看够了日出，每天睡到九点，才慵懒地睁开眼睛，不情不愿地从床上起来。煮咖啡的时候，她在小屋周围溜达，寻找一个绝佳的写作之处，但走了一圈也没有找到。她觉得毫无创作的欲望，于是决定等有了灵感之后再开始动笔。这部小说在三年前就开始酝酿了，如果纽约的出版商三年都能等的话，那也不差再等一年。她和出版商之间很少联系。从教堂山到孟菲斯再到佛罗里达，一路上她的脑子都在酝酿构思着小说的情节，有时似乎感觉到灵感正呼之欲出。她打算把以前写过的那些片段全都抛弃，开始重新创作。但这次，一定要好好写一个精彩的开头。现在她已经没有债务的压力和负担，也不再担心找工作的事情，更无须为生活的琐事而烦恼。等安顿下来之后，她就会心无旁骛地投入到写作中去，每天至少写一千字。

但是现在的工作，虽然报酬丰厚，她却不知道自己要做什么，也不知道这个"任务"多久才能完成，她决定抓紧时间，因为浪费时间对自己是没有好处的。她上网查看邮件，毫无意外一向办事高效的伊莲晚上果然发来了邮件，给了几个作家的邮箱和地址。

默瑟给那位"社交女王"梅拉发了一封邮件："亲爱的梅拉·贝克维兹，我叫默瑟·曼恩，是一个小说作家，目前正住在海边的小屋里，打算住上几个月，完成我的小说。我在这里几乎谁也不认识，所以想借这个机会冒昧拜访，想请你们——你和特雷恩女士，我们三个一起出来喝一杯。我会带一瓶红酒前去拜访。"

十点的时候，门铃响了。默瑟打开门，发现门廊上放着一个盒子，不过送包裹的人却不见踪影。她把盒子搬到厨房的桌子上，打开盒子，把里面的东西拿出来。正如伊莲昨天所说，里面有四本很大的画册，是诺艾尔·伯内特写的，还有三本赛琳娜·洛奇的小说，一本很薄的文艺小说，作者是丽·特雷恩，另外还有六本火辣辣而又充满激情的情色小说。每本情色小说的封面上都画着年轻貌美性感火辣的女孩，身边是她们英俊潇洒、身材诱人的情人，一个个衣着裸露，摆出撩人的姿势。每一本情色小说的作者署名都不一样，其实都是梅拉·贝克维兹写的。她想，这些书还是留着以后再看吧。

她大致翻了一下这些小说，但都没有激发出灵感。

她一边吃着燕麦片，一边看着诺艾尔的那本关于玛奇班克斯豪宅的书。

十点三十七分，默瑟的手机响了，是个未知号码。还没等她说"你好"，电话那头就传来一个兴奋异常而又高亢的声音："我们不喜欢喝红酒。我喜欢喝啤酒，丽喜欢朗姆酒。酒柜里的酒都满了，所以你不用带酒来了。欢迎来到卡米诺岛。我是梅拉。"

默瑟轻声失笑，说道："荣幸之至，梅拉。没想到这么快就收到了你的回复。"

"嗯，我们一直都闲得无聊，在找新的朋友。你能下午六点来吗？因为我们一般六点之后才喝酒。"

"好的，到时候见。"

"你知道我们住哪里吗？"

"嗯，在阿什街。"

"好的，不见不散。"

默瑟放下电话，回想对方说话的口音。肯定是南方人，也许是来得克萨斯州东部。她从盒子里选了一本平装书，作者署名为鲁尼恩·欧·肖内西，她拿起书开始细细阅读。小说的主人公是个"粗犷型的帅哥"，他在一座城堡里，虽然不受人欢迎，但仍然放浪形骸，肆意妄为。读到第四页的时候，他已经跟两个女仆上了床，而且还在暗中跟踪第三个女仆。到第一章结束的时候，不管是小说里的人物还是作为读者的默瑟都已经精疲力尽。她停下来喘口气，发现自己心跳加快，热血沸腾。她估计自己没有足够的体力和精力能一口气读完剩下的五百多页。

默瑟拿着丽·特雷恩的小说去了甲板上，找了遮阳伞下的一把摇椅坐下来。这个时候已经是上午十一点钟，佛罗里达正午的太阳正直射着大地。所有没有阴凉遮挡的东西，都被炙热的太阳晒得滚烫。特雷恩的小说讲述的是一位年轻的未婚女子，有一天突然发现自己意外怀孕，却不能确定腹中孩子的父亲是谁。过去的一年里，她日日买醉，过着醉生梦死的生活，酒精的作用导致记忆力严重下降，而放荡的生活，则让她搞不清到底是哪个男人让她怀上了孩子。她拿着日历，努力回想过去发生的事情，经过推算，最后确定了三个"嫌疑人"。她发誓要对这三个人进行秘密调查，等孩子出生后，要向嫌疑人提出做亲子鉴定，找出孩子的父亲，然后获取抚养费。

这个故事剧情设置挺好，不过写作结构太复杂，匠气太重，矫揉造作，读起来非常吃力。每一个情节都交代不清，所以让读者摸不着头绪，不知道剧情会如何发展。特雷恩女士显然是一手拿着笔，一手翻着大辞典，因为默瑟第一次看到这么冗长晦涩的生词。另一个感到无语的地方是，人物的对话竟然没有用引号标出，所以经常看不懂到底是谁说了什么话。她费力地读了二十分钟后，就累得不行，决定躺下来小憩一会儿。

等她醒来时，已经浑身是汗，而且顿感无聊。她最不能忍受的就是无聊，但是由于一直独自生活，所以学会了怎么安排时间，让自己有事可做。小屋需要好好打扫一下，不过这件事倒不急，可以等一等。泰莎是个爱干净而且挑剔严格的主妇，但默瑟并没有继承泰莎的这一性格。既然是一个人生活，何必太在乎房间里是否一尘不染呢？她换了一套泳衣，在镜子前看着自己苍白的皮肤，她发誓一定要把皮肤晒黑，于是走向了海边。

这一天是星期五，周末来此度假的租客正陆陆续续上岛，不过这块海滩上几乎空无一人。她在海里游了很久，接着又在海滩上走了会儿，然后回到小屋洗了个澡，决定到镇上找个地方吃午饭。她换上一件清爽的太阳裙，没有化妆，只是涂了点儿淡淡的口红。

海滩附近有一条叫费尔南多的大街，在沙丘和大海的旁边，沿着海滩绵延足有八公里。大街上各种建筑鳞次栉比，有新旧不一的出租房、廉价的汽车旅馆、漂亮的新房子、公寓楼以及只提供住宿和早餐的小型家庭旅馆。街对面则更热闹，不仅有更多的住宅、出租房和汽车旅馆，还有商店、写字楼、餐厅和快餐店。默瑟开着车沿着街道慢慢行驶，速度始终保持在每小时五十六公里。这里的一切都没有改变，跟小时候的记忆一模一样。圣罗莎镇依然保持完好，还是当年的样子，每隔一段路就有一个小型停车场，还有通向公共海滩的木板栈道。

在她的身后，丽兹卡尔顿酒店和万豪酒店位于豪华高层公寓的旁边。另外还有更多的高档住宅小区，这是泰莎生前一直反对的，因为她认为太多炫目的灯光会干扰和影响绿海龟和红海龟在海滩上筑巢。泰莎曾经是海龟观察和保护组织的活跃成员，也是岛上环保组织的积极成员。

默瑟不是个热心参与组织的积极分子，因为不能忍受没完没了的各种会议，这也是她远离校园和大学教职员工的另一个原因。她随着主街上的车流慢慢地开着车，经过了凯布尔的书店，以及隔壁诺艾尔的普罗旺斯风格古董店。她把车停在了路边，找了一家小咖啡馆，正好咖啡馆的庭院里有空座位。在庭院的阴凉处吃了一顿漫长而又安静的午餐后，她又混在游客中，逛了逛服装店，不过什么也没有买。之后，她向港口走去，看着来来往往的船只。她和泰莎经常来这里跟波特见面，就是那位喜欢航海的朋友。他有一艘九米长的单桅帆船，总是想带她们出海航行。在默瑟的记忆中，那已经是很久以前的事情了。她记得出海的时候，海上从来都没有风，他们几个人在太阳底下干烤着。她总是想躲进船舱里，但是船上没有空调。波特的妻子因患重病去世了，泰莎说他从来没谈起过他的妻子，他搬到佛罗里达来，就是为了忘记那段伤心的回忆。泰莎总是说波特有一双世间最忧郁哀伤的眼睛。

默瑟从来没有因为泰莎出海遇难的事情而责怪过波特。因为泰莎喜欢跟他一起出海，她知道其中的风险。他们出海的时候，从不会离陆地太远，所以从来没想过会有危险。

为了躲避炎热的天气，默瑟走进了港口的一家酒水吧，在空无一人的吧台点了一杯冰茶。她凝视着海面，看见一艘船满载着新鲜的鲯鳅鱼回港。船上的四个渔夫被太阳晒得满脸通红，但都洋溢着开心的笑容。一群摩托艇爱好者出发了，在平静无波的无尾流区海面上飞速疾驰。这时，她看到了一艘单桅帆船正缓缓驶离码头，跟波特的那艘船长度和颜色都一模一样。船上有两个人，一位老绅士在掌舵，还有一位女士戴着草帽。一时间，她仿佛看到了泰莎正慵懒地坐在船上，手里拿着酒杯，时不时地会冒出一些想法，然后向船长提出建议和要求。这些都是多年前的往事了，如今斯人已逝。如果泰莎还活着该多好啊，默瑟真的很想见她，紧紧抱住她，跟她一起开怀大笑，这一幕想起来就让人心痛，不过这种痛苦一瞬间就过去了。那艘单桅帆船渐渐离去，直至消失在视线之内，她付了饮料钱，离开港口。

接着，默瑟来到一家咖啡馆，坐在靠窗的位子，看着街对面的书店。书店的落地窗前堆满了书。窗户上贴着一张海报，宣传即将来此做签名售书的作者。书店里人来人往，络绎不绝，很难相信手稿就藏在这儿，被锁在地下室的保险库里。更令人难以相信的是，居然有人让她设法把手稿弄出来。

伊莲建议默瑟先不要去书店，等凯布尔采取行动。然而，默瑟现在想靠自己的办法采取行动，虽然她还没有想到该从何下手。她不想听命于任何人。命令？根本没有什么明确的计划，哪来的什么命令呢。默瑟就像被扔进了一个没有硝烟的战场，具体该怎么做只能在行动中随机应变了。下午五点，一个穿着泡泡纱西装，打着领结的男人走出了书店，向东而行，那个人无疑就是布鲁斯·凯布尔。默瑟等他走远之后，才穿过街道，走进了海湾书店。多年之后，她终于再一次走进了这家书店。不记得上一次来是什么时候了，她估计应该是十七八岁的时候。

就像逛其他的书店一样，默瑟漫无目的地闲逛，然后找到文学小说区，再按照作者名字的字母顺序，迅速扫一遍书架上的书，找到 M 开头的作者，看看有没有她出版的那两本小说。她会心一笑，因为看到了书架上有一本《十月秋雨》平装版，但是另外一本小说《海浪之音》没有看到，不过这在意料之中。自从那本短篇小说集出版一周后，她就再也没有在哪家书店里见过这本书。

手里拿着最心爱的作品，默瑟悠闲地在书店里徘徊，闻着新书的香气和咖啡的浓香味，远处还飘来一阵烟草的味道。她喜欢书架上有些松垮的搁板，喜欢地上一摞摞的书堆，喜欢那些古朴的地毯，喜欢摆满书架的一本本平装书，还有醒目的畅销书七五折优惠区！她看了一眼书店另一头的初版书籍展览室，里面有一排排精美的书架，外面镶着玻璃门，书架里面有几百本贵重的书籍。她走到楼上的咖啡馆，买了一瓶苏打水，来到二楼外面的凉台，很多人在那里喝咖啡，消磨下午的时光。在凉台的尽头，一位矮胖的男士正抽着烟斗。她翻了翻小岛的旅行指南，然后看了看表。

六点差五分的时候，她下了楼，看见布鲁斯·凯布尔正在前台跟一位顾客聊天。她担心凯布尔会认出她来。他唯一能认出她的线索就是那本《十月秋雨》封面上的黑白照片，不过那本小说是七年前出版的，在他的书店里并没卖出多少本。她本来是计划在这里举办签名售书会的,可惜后来天折了。据说来此签售的作者所有的书他都会提前看一遍,并进行一番调查,所以没准他知道她与这个小岛的关系。更重要的是,从凯布尔的角度来看,她是一个很有魅力的年轻女作家,所以很有可能会认出她来。

不过最终,他并没有认出默瑟。

2

阿什街位于主街以南,与主街相隔一个街区。默瑟要去的那所房子在第五大街交汇处的拐角。那是一座古老而历史悠久的房子,有着雕梁画栋的门廊和山墙。房子外墙被刷成浅粉色,大门、百叶窗和门廊上有深蓝色的花纹。前门上挂着一个小牌子,上面写着:"维克家宅 1867"。

默瑟不记得以前圣罗莎镇有这么一座粉色的房子,不过也不奇怪,这里的房子每年都会被粉刷一次。

她敲了敲门,屋里传来一阵疯狂的犬吠声。一个像猛兽一样的女人猛地拉开门,伸出一只手,说道:"我是梅拉,请进。不用理那几只狗。除了我以外,没人敢咬人。"

"我叫默瑟。"默瑟说着跟她握了握手。

"当然,我知道是你,快进来。"

默瑟跟着梅拉进入门厅,狗也跑了过来。梅拉大吼道:"丽!有客人来了!丽!"丽没有回应,梅拉又说:"稍等一下,我去叫她。"她的身影消失在客厅里,只剩下默瑟和一只与老鼠差不多大小的杂毛狗,那条狗此时正蜷缩在桌子下面,朝着默瑟龇牙咧嘴地呜呜着。默瑟没有理睬它，兀自观察着这座房子。空气中有一股奇怪的味道，像是混合着香烟和狗臭的气味。屋子里的家具像是旧货市场上淘来的，虽然看上去很旧，但是别有味道。墙上挂着几十幅劣质的油画和水彩画，但没有一幅画描绘的是跟大海有关的内容。

房子深处的某个地方，又传来了梅拉的喊声。一位身材小巧的女人从餐厅里走出来，声音柔和地说："你好，我是丽·特雷恩。"但她没有伸出手来。

"很高兴认识你，我叫默瑟·曼恩。"

"我正在读你的书，我很喜欢。"丽笑着说，露出了两排整齐但被烟草熏黄的牙齿。默瑟好久没有听过有人这么说。她犹豫了一下，不知道该怎么回应，只得尴尬地说："嗯，真的吗？谢谢你。"

"两个小时前我在书店买了你的书，写得真不错。梅拉觉得小说的情节设计得很吸引人，正打算好好读一读。"

一时间，默瑟觉得她有必要说个谎，称赞一下丽的那本小说。不过梅拉打断了她们的谈话，省去了默瑟的麻烦。梅拉重新回到门厅，说："你在这儿啊，可找到你了。现在咱们都是好朋友了，酒水已经备好。默瑟，你想喝点儿什么？"

因为她们都不喜欢喝红酒，于是默瑟说："天气很热，我想喝杯啤酒。"

两个女人相互看了看，似乎欲言又止。梅拉说："呃，好吧，不过你要知道，我家的啤酒是我自己酿造的，跟外面的啤酒有所不同。"

"太难喝了，"丽补充道，"在她自己酿造啤酒之前，我还挺喜欢喝啤酒的，现在我完全受不了那味道了。"

"来点儿朗姆酒吧，亲爱的，你会喜欢的，"梅拉看着默瑟说，"这是一种口感有些浓烈的酒。如果不小心喝多了，可是会让你大吃一惊的哦。"

"怎么咱们还站在门厅里呢？"丽问道。

"该死的，这个问题提得好，"梅拉伸手指向楼梯，说道，"请跟我来。"走在前面的梅拉，从背影上看，就像是橄榄球比赛的进攻截锋①。她们在梅拉的带领下走进家庭娱乐室，里面有一台电视和一个壁炉，还有一整面墙的酒，前面是一个大理石的吧台。

"我们有葡萄酒。"丽说。

"那我就来点白葡萄酒吧，"默瑟说。其实什么都可以，只要不是自酿的啤酒就行。

梅拉走到吧台后面准备酒，并开始问问题："对了，你现在住在哪儿？"

"我想你们应该不记得我的外婆泰莎·马格鲁德了。她住在费尔南多大街的一座海边小屋里，她十一年前去世了。"

"我们来这里才十年。"丽说。

默瑟说："我和家人仍然拥有那间小屋，所以现在我就住在那里。"

"你在这里准备待多长时间？"梅拉问。

"几个月吧。"

"为了写完你的小说，对吗？"

"嗯，或者重新开始创作。"

"我们不都是这样吗？"丽说。

"跟出版商签合约了吗？"梅拉拧着酒瓶的瓶塞问道。

"是的，有合约。"

"那就好，你的出版商是哪家？"

---

①截锋是美式橄榄球比赛进攻锋线的重要位置。他们通过快速的脚步移动使得自己的阻挡更有效。通常截锋身高都在一米九以上。

"维京出版社。"

梅拉从吧台后面缓缓走出，把酒递给默瑟和丽。她拿起一杯啤酒，说道："咱们去外面吧，我们好抽几根烟。"显然她们俩多年来一直是在屋里抽烟。

穿过一个木质的走道，她们在一个喷泉旁边的精美铁艺桌子旁坐了下来，喷泉里有一对铜制的青蛙在喷水。古老的枫香树茂密繁盛，在庭院里洒下浓密的树荫，远处吹来凉爽的微风，门廊上的门没有关，狗也出来了，高高兴兴地摇着尾巴跑来跑去。

"这里真美。"默瑟说，这时梅拉和丽都点燃了香烟。

丽的身材又高又瘦。而梅拉则是棕色的皮肤，膀大腰圆，体格健壮。

"很抱歉在这里吸烟，"梅拉说，"但是我们都烟瘾太大，停不下来。很久以前，我们曾试过戒烟，但没有戒成。因为工作太多，又辛苦，又痛苦，所以最后，我们说该死的，戒什么烟，见鬼去吧。反正人早晚是要死的，对吧？"她用力地吸了一口烟，沉默了一会儿，再吐出烟雾，然后喝了一大口自酿的啤酒，问道："你想喝点儿啤酒吗？来吧，尝尝。"

"要是我的话，绝不会喝的。"丽说。

默瑟赶紧抿了一口自己的葡萄酒，摇了摇头，说："不用了，谢谢。"

"那个小屋，你说是属于你家的？"梅拉问，"你很久没有来过这里了吧？"

"是的，那时我还是个小女孩。我和我的外婆泰莎一起在这里度过了很多个夏天。"

"真温馨啊。我喜欢这个故事。"说着，梅拉又喝了一大口啤酒。她的鬓角有一缕灰白的头发散了下来，她的头发已经完全变得灰白。其实她跟丽的年纪差不多大，但是丽的头发却乌黑亮泽，一头长长的黑发紧紧地扎成了一个马尾。

两个人似乎事先准备好了一大堆问题要问，于是默瑟开始回击了。

"是什么原因让你们来到卡米诺岛呢？"

她们互相对视了一眼，似乎说来话长，其中的过程曲折复杂。梅拉说："我们在劳德代尔堡住了很多年，但是受不了那里拥堵的交通和熙熙攘攘的人群。这里的生活节奏要慢得多，人也更淳朴友善，而且房价也更便宜。你呢？之前你住在哪里？"

"过去三年，我一直住在教堂山，在那里教书。不过现在我正处于人生的过渡期。"

"呃，什么意思？"梅拉问道。

"意思是，基本上我算是无家可归，处于失业状态，所以迫切地想要写完我的小说。"

丽咯咯直笑，梅拉也大笑不止，烟雾随着笑声从她们的鼻子里喷了出来。

"这些我们曾经也都经历过，"梅拉说，"我们是三十年前认识的，那时我们俩都身无分文，一穷二白。我正在努力创作历史小说，而丽要写怪异的破文艺小说，到现在还在坚持，不过一本也没卖出去。我们靠政府救济和食品救济券过活，并且打些零工，赚取微薄的工资，前途渺茫，根本没有出头之日。有一天，我们走进一个商场，看见一大群人在排队，都是些中年妇女，不知道在排队等什么。队伍前面是个书店，瓦尔登连锁书店的一家分店，那时候几乎每个商场里都有瓦尔登书店。书店的一张桌子前坐着一位女士，正笑着接待热情的读者，那位女士叫洛贝塔·多雷，是情色小说畅销书作家之一。我也排了队——丽太清高，不愿意加入。我买了她的书，我们俩一起看。小说写的是一个加勒比海盗经常袭击过往船只，跟英国人针锋相对，惹了不少事端。

巧合的是每到一个地方，都会遇到年轻漂亮未经世事的处女，等着他攫取少女的芬芳。整本小说废话连篇，简直是垃圾。于是我们由此想出了一个南方美人的故事，女主人公无法摆脱奴隶的命运，不幸怀孕。我们把洛贝塔书里所有的内容改编一番，全都加在了新的故事里。"

丽补充说："还得买几本情色杂志作为参考，你知道的，有很多我们不知道的东西，那些杂志里都有。"

梅拉大笑起来，然后继续说："我们只花了三个月就把小说写好了。我极不情愿地把它寄给了我在纽约的经纪人。一周后，她打电话来，说有个白痴预付五万美元要我的小说。于是我们就以梅拉·丽的名字出版了这本书。这招很聪明吧？不到一年，我们就赚了一大笔钱，从此就走上了这条路。"

"所以小说是你们一起写的吗？"默瑟问道。

丽马上回复说："是她写的，"就好像要立刻跟梅拉撇清关系似的，"我们一起想故事的大概情节，大约十分钟故事就构思好了，然后她再动笔写，生拼硬凑写出小说。至少以前就是这么干的。"

"丽太清高，不愿参与。不过钱到了之后，她倒是花得挺带劲儿。"

"少来了，梅拉。"丽笑着说。

梅拉吸了一大口烟，然后扭头朝着丽的肩膀吐出一个烟圈。

"那些年就是这么过来的。我们机械式地写了一百本这种小说，用了十几个不同的笔名，速度快得不能再快。小说竟然销路不错，几乎供不应求。你应该试试。"

"我等不及了。"默瑟说。

"别听她的，"丽说，"你这么聪明，才华出众，写这种东西糟蹋了。我喜欢你的作品。"

默瑟很感动，轻声地说："谢谢你。"

"后来写作的速度放慢了，"梅拉接着说，"我们被那个北方来的疯婆子起诉了两次，告我们剽窃她的作品。这完全不是真的。我们的小说再烂，也比她的强多了。不过律师却很害怕，让我们庭外和解了。结果导致我们跟出版商大吵了一架，后来跟经纪人也闹翻了，这一系列事情让我们措手不及，陷入了困境。不知怎么的，我们就得了个剽窃的名声，或者说得了这个坏名声的人是我。丽在我身后躲得挺好，那些脏水全泼到我身上，她连一点儿泥点子也没沾上。她在文学界的名声完好无损。"

　　"少来了，梅拉，又胡扯。"

　　"那你弃笔不写了吗？"默瑟问道。

　　"只是适当地放慢了写作的速度而已。我在银行里还有钱，而且有几本小说还在销售。"

　　"我仍然每天在写，"丽说，"如果不写作，我的生活会很空虚。"

　　"要是不把小说卖出去，我们的钱袋会更空虚。"梅拉嗤之以鼻。

　　"行了，梅拉，你又来了。"

　　默瑟转移了话题，问道："岛上还有其他作家吗？"

　　丽微笑着点点头，梅拉说道："哦，那可太多了。"她"咕咚咕咚"地喝了几大口啤酒，然后咂咂嘴。

　　丽说："有杰，杰·阿克卢德。"

　　现在看来，很明显，丽负责开头，而梅拉负责详细阐述。梅拉说："你想认识他，是吗？他是另一个清高孤傲的文艺小说家，自己一本也卖不出去，还恨那些卖得好的作家。他也是个诗人。你喜欢诗歌吗，亲爱的默瑟？"

　　从语气可以听出来，毫无疑问她对诗歌没有一丝喜爱之情。

　　默瑟说："我读的诗歌并不多。"

"很好，即使你看到了他的诗歌集，也别读。"

"好像我从没听说过他。"

"没人听说过他，他的书销量比丽还少。"

"又拿我说事，梅拉。"

"那安迪·亚当呢？"默瑟问，"他不是也住在这儿吗？"

"他之前是住在这儿，可是后来进了戒毒所，"梅拉说，"他在南边盖了座漂亮的房子，后来离婚时，房子判给了前妻。他虽然生活一团糟，不过倒真是个不错的作家。我很喜欢他的《克莱德船长》系列，我认为这是最好的犯罪小说之一，甚至连丽也喜欢读他的小说。"

丽说："当清醒的时候，他还是个挺不错的男人。可惜他整天酗酒，喝醉了之后，还会跟人打架。"

梅拉立刻接着丽的话往下说："就在上个月，他在主街的一家酒吧跟人打架。一个比他年纪小一半的小伙子把他打得很惨，警察将他带到了警局。布鲁斯花了一大笔保释金才把人弄出来。"

"布鲁斯是谁？"默瑟立刻问道。

梅拉和丽叹了口气，喝了口酒，似乎谈起布鲁斯这个人，得说上好几个小时。丽终于开口说道："布鲁斯·凯布尔，他就是书店的主人。你从来没见过他吗？"

"不好说。我记得小的时候，我去过几次那家书店，但是不确定是不是见过他。"

梅拉说："谈到图书和作家的时候，话题绝对绕不开这家书店。而谈到这家书店，就不得不提到布鲁斯。他可是图书界的灵魂人物。"

"这是一件好事吗？"

"哦，我们喜欢布鲁斯。他拥有全国最好的书店，而且他很喜欢作家。很多年前，我们还没搬来这里，那时我的小说正要出版，他邀请我去书店签名售书。一家正儿八经的书店要请一个情色小说作家签名售书，这真是不寻常。可是布鲁斯一点儿也不在意。活动办得很棒，小说大卖，我们喝了很多香槟酒，书店一直到午夜才关门打烊。天呐，他甚至为丽举办了签售会。"

"快别说了，梅拉。"

"这是真的，她卖出了十四本书。"

"十五本，这是我的书卖得最多的一次。"

"我的最高纪录是五本，"默瑟说，"那是我第一次做签售。然后接下来的那场签售会卖出了四本，第三场一本也没卖出去。之后，纽约的经纪人给我打电话，说后面所有的签售会都被取消了。"

"接着去啊。姑娘，"梅拉说，"你就这么放弃了？"

"是的，如果再有书出版的话，我就不做巡回签售了。"

"你为什么没来这儿呢，来海湾书店做签售？"

"本来是有这个计划的，但我怕又一次被拒绝。"

"你应该从这里开始进行巡回签售的，布鲁斯总是能吸引一大群人前来。天呐，他总是打电话过来，说某某作家要来，而且说我们可能会很喜欢这个人的书。意思就是，他让我们到书店去，参加某个作家的签售会，然后买本这个人的书！我们从来没拒绝过。"

"我们家里有好多书，都是在各个作家的签售会上买的，大部分都没看过。"丽补充说道。

"你去过布鲁斯的书店吗？"梅拉问。

"我在来这儿的路上顺道去了一趟，的确挺不错的。"

"那里是文化的源泉，沙漠的绿洲。咱们找个时间去那儿吃午饭吧，我顺便把布鲁斯介绍给你认识。你一定会喜欢他的，我敢保证，他也会喜欢你的。他喜欢所有的作家，尤其对漂亮的女作家情有独钟。"

"他结婚了吗？"

"哦，是的。他的妻子叫诺艾尔，她经常在凯布尔身边，是一个很有个性的人。"

"我喜欢她。"丽坚定地说，似乎大多数人都不这么认为。

"她是做什么工作的？"默瑟故作好奇地问。

"经营法国普罗旺斯的古董，就在书店的隔壁，"梅拉说，"你们谁还需要再来一杯吗？"

默瑟和丽几乎都没怎么喝酒。于是梅拉独自拿着酒杯回去再斟一杯。不过她不是一个人，狗狗跟在身后。丽又点燃了一根香烟，问道："那跟我说说你的小说吧，你正在创作的那本。"

默瑟浅尝了一口温热的夏布利酒，说："真的不想说太多，这是我的一个小小的原则。我讨厌听别的作家谈论他们的作品，你觉得呢？"

"我想是的。以前喜欢跟梅拉讨论我的小说，但她总是心不在焉，听不进去。我总是觉得跟别人谈论小说会激发出创作的欲望，毕竟，过去八年来，我一直处在写作的瓶颈期，"她笑了笑，然后吐出一口烟雾，说道，"可是她根本就不怎么帮忙。因为她，我差点儿害怕写作。"

一时间，默瑟替她感到难过，差点儿想自告奋勇成为她的读者。但她立刻想起丽的小说里枯燥无味而又晦涩难懂的语言和情节，便打消了这个念头。梅拉回来了，手里拿着满满的一杯酒，坐下来时，忍不住踢了一下跟在她身后的狗。

她说："别忘了那个吸血鬼女孩。叫艾米什么来着？"

"艾米·斯莱特。"丽替她回答说。

"对，就是她。她是五年前跟丈夫和孩子们搬到这里的。靠写吸血鬼一类的系列恐怖小说发了财，写得很差，但销量奇好。哦，处在低谷的时候，我也出版过一些恐怖小说，说真的，你相信我，我闭着眼睛都比她写得好。"

"又来了，梅拉。艾米这个人挺好的。"

"你总这么说。"

"还有其他人吗？"默瑟问道。到目前为止，提到的所有作家在她们眼里都不值一提，都被抨击了一通。默瑟一边听一边享受着作家之间的"战争"。通常，当作家们聚在一起，酒过三巡之后，就会开始互相抨击和评判，这在作家圈子里并不稀奇。

梅拉和丽两个人，一边思考着默瑟的问题，一边喝着酒。

梅拉说："有一群自行发表小说的作家，写完之后自己发到网上，然后自诩为作家。他们自己印了几本书，去书店里缠着布鲁斯把自行印出来的书放在书店门口，之后每隔一天就来一趟，查看书的销售情况，并索要相应的版税，真是让人既心烦又头疼。凯布尔在书店里摆了一张桌子，上面放着所有自行出版的小说，他总是得跟其中的一两个作者为了书籍摆放位置的问题争论不休。你知道吗，有了互联网，现在人人都可以成出过书的作家了。"

"哦，这个我知道，"默瑟说，"我教书的时候，他们会把书和文稿放在我门前的门廊上；通常还会附带一封长信，说他们的作品有多棒，希望我能给他们写点儿好评，帮助宣传。"

"跟我们说说你教书的事情吧。"丽温柔地说。

"哦，还是谈论作家更有意思些。"

"我想到一个人，"梅拉说，"这个家伙的名字叫鲍勃，不过笔名叫 J. 安德鲁·柯布，我们都叫他鲍勃·柯布。他在联邦政府的文职部门工作了六年，负责记录一些企业的不良行为，这段经历锻炼了他的写作能力。他出版了四五本书，都是讲述商业间谍的故事，这也是他最了解的领域。这些小说很有意思，值得一看。所以他还算是个挺不错的作家。"

"我还以为他离开这里了。" 丽说。

"他在丽兹酒店附近有套公寓，他总是去海滩邂逅年轻漂亮的女孩，然后把女孩带到公寓里。他已经快五十了，那些女孩的年龄通常都比他小一半。不过，他倒是个挺招女人喜欢的人，能讲很多关于监狱和犯罪的精彩故事。你要是在海滩遇到他，可一定得小心。鲍勃·柯布总是去海滩猎艳，勾搭小女孩。"

"我会记下来的。"默瑟笑着说。

"还能聊聊谁呢？"梅拉琢磨着。

"差不多了，就说到这儿吧，"默瑟说，"我得好好消化一下，记住刚才说的这些人。"

"你很快就会见到他们的，他们经常在书店进进出出，布鲁斯也总是请他们喝酒吃饭。"

丽笑了笑，放下酒杯，说："这样吧，梅拉，咱们也来办一个晚宴吧，把刚才这贬损的所有作家都请来。我们有好一阵子没请客了，总是布鲁斯和诺艾尔做东。而且我们要正式欢迎默瑟来到岛上，你说怎么样？"

"好主意，这个建议好极了。我会让朵拉帮忙承办晚宴，咱们把房子打扫一下。你觉得怎么样，默瑟？"

默瑟耸了耸肩，心想自己要是拒绝就太傻了。丽回去给默瑟再倒了些葡萄酒。几个人又花了一个小时商量聚会的事，讨论邀请宾客的名单。除了布鲁斯·凯布尔和诺艾尔·伯内特以外，每一个被邀请的人都会有不少槽点可挖，而且越多越好。这绝对会是一个令人难忘的夜晚。

天黑了，默瑟想回去了。丽和梅拉请她留下来吃晚饭，但丽无意中说冰箱里除了剩饭什么也没有，默瑟就知道该走了。喝了三杯葡萄酒，默瑟不能开车了。于是她在市中心闲逛，跟游客一起沿着主街溜达。她发现有家咖啡馆还在营业，于是点了一杯拿铁，坐在吧台，翻着宣传卡米诺岛的精美画册，消磨了一个小时，那本宣传册主要是推销房地产的。街对面的书店依然客流不断，店员忙得不可开交。她终于走出了咖啡馆，凝视着书店的橱窗，但没有走进去，而是走向静静的海港，坐在长椅上，看着岸边的小船在水面上轻轻摇摆，耳朵里仍然回响着刚才从梅拉和丽那里听来的各种八卦消息。她想起梅拉和丽喝醉了酒，抽着烟的样子，不禁莞尔一笑，对即将到来的晚宴愈加期待。

这只是她来到岛上的第二个晚上，却觉得似乎已经适应了这里的生活。跟梅拉和丽喝酒，任何人都会受到她们的感染和影响。炎热的天气和咸湿的空气缓解了压力和情绪。因为无家可归，所以也就没有想家的感觉。她问过自己无数次，到底在这里干什么。这个问题依然萦绕在心头，但随着时间的推移，她心中的疑问正渐渐被冲淡。

3

凌晨三点二十一分，大海开始涨潮。红海龟会乘着上涨的潮水游上海滩，在岸边的海水泡沫中停顿片刻，伺机观察四周的情况。这只雌海龟已经在海上漂泊了两年多，如今又回到了上一次所筑的巢穴附近。它慢慢地向前爬行，动作缓慢、笨拙又不自然。它向前爬的时候，会一边探出前鳍，一边用后腿用力向前蹬，时不时停下来查看海滩的动静，同时寻找干燥的沙地，以躲避捕食者以及任何异常情况。直到确认没有任何异常，它便继续一寸一寸地向前爬行，身后的沙滩上留下了明显的踪迹，很快就会被同类发现。在距离岸边三十米的一个沙丘顶端，它找到了理想的地点，开始用前鳍扒开松散的沙子。那双呈杯形的后鳍充当了铲子的作用，开始在身下刨坑，挖出一个十厘米深的圆形浅坑。它一边挖，一边旋转身体，使坑穴尽量平整。作为生活在海洋中的生物，这项工作对海龟来说十分单调而费力，所以经常得停下来休息。当沙坑挖好之后，它便开始向深处继续挖，构建一个泪滴形的巢穴，好把龟卵产在里面。挖完巢穴之后，它又休息了许久，然后慢慢转身，尾部对着巢穴，头朝着沙丘。这时三枚龟卵同时产下，每个卵上面都沾着黏液，卵壳很软，而且有弹性。雌龟产下了更多的卵，一次产两到三枚。产卵的时候，它纹丝不动，但看上去有些恍惚，同时还会流泪，以排出体内积聚的盐分。

默瑟看到了海龟上岸的足迹，会心一笑。她小心翼翼地跟着这些足迹，直到她看到沙丘附近红海龟的身影。根据经验，她知道海龟产卵时，只要稍有动静或干扰，就会导致雌龟放弃产卵，匆匆回到海里，甚至来不及把产下的卵用沙子盖住。因此，她停下脚步。一轮半月透过云层洒下皎洁的月光，正好能让人看清楚红海龟的身影。

她看得入了迷，雌海龟没有受到丝毫干扰，仍在静静地继续产卵。巢穴里此时已经有大约一百枚龟卵。在产了一夜的卵之后，雌海龟开始用沙子把龟卵埋起来。当龟卵的巢穴被沙子填满时，它堆积起沙子，用前鳍将身下的坑重新填好，把巢穴隐藏好。

之后，它开始移动。默瑟知道此时产卵已经结束，巢穴里的龟卵安全了。于是默瑟悄悄离开那里，让雌海龟安心回到海里。然后她走到另一个沙丘，找到一个暗处，躲藏在黑暗中。她看着那只雌龟小心翼翼地把巢穴周围的沙子铺平，恢复成原来的样子，然后把沙子撒落在各处，好迷惑那些捕食动物。

认为巢穴安全之后，雌龟开始笨拙地爬回到海里，一去不回，不再去管巢穴里的龟卵。每年，雌龟会像这样产卵一到两次，之后便会再次回到几百公里外的觅食地。一两年，或者三四年后，它会再次回到同一个海滩，重新筑巢产卵。

从五月到八月，每个月有五个晚上，泰莎都会来海滩的这片区域散步，寻找红海龟筑巢产卵的踪迹。她的外孙女则一直在她身边，完全被寻找海龟踪迹的事情所吸引，并全情投入。发现海龟的踪迹之后，小外孙女就会特别兴奋。而全程观察雌海龟产卵的过程，简直已经不能用兴奋和激动来形容。

此刻，默瑟靠在沙丘上静静地等着。海龟保护组织的志愿者们很快就会来进行他们的工作。泰莎多年来一直是那个志愿者组织的主席，为保护海龟的巢穴而进行坚持不懈的斗争，并多次斥责那些破坏保护区的度假者。默瑟记得她的外婆至少打电话报了两次警。法律是站在她和海龟这一边的，她要维护法律，并行使法律所赋予的权力。

那铿锵有力、掷地有声的声音永远也听不到了。而海滩也不再是原来的样子，至少在默瑟看来是这样的。她看着远处渔船上的灯光，想起了泰莎和海龟的故事，情不自禁地露出了微笑。起风了，默瑟双臂抱在胸前，好让自己暖和一点儿。

根据沙子的温度，再过六十天左右，孵化出来的小海龟们就会相继破壳而出。在没有母亲帮助的情况下，它们会依靠群体的力量从巢穴里爬出来，这可能需要几天的时间。通常在晚上或者暴雨来临之时，气温较低，它们就会离开巢穴，纷纷奔向大海。到时，一大群小海龟会一齐从坑洞里蜂拥而出，用最快的速度寻找方向，然后迅速涌向水边，游进大海。小海龟存活率很低，因为海洋里危机四伏，拥有众多的掠食者，只有千分之一的海龟能活到成年。

海岸线上有两个人影正从远处走来。当看到海龟留下的踪迹时，他们停下了脚步，然后慢慢循着踪迹，来到巢穴。等确定雌海龟产完卵已经走了之后，他们用手电筒照着巢穴，观察了一番，然后在周围的沙地上转了一圈，用黄色的隔离带把这里围了起来，并立了一块小木板。默瑟可以听到他们轻柔的声音，看来是两个女人，不过她还是悄悄躲了起来，不让她们发现。等天亮了她们会再回来，围上铁丝围栏，立上标志牌，把这里保护起来。这些事情她曾经和泰莎做过很多次。那两个人离开时，再一次小心翼翼地把海龟留下的踪迹清理掉，以便不让其他人或捕食动物发现。

她们走了很久之后，默瑟决定等着看太阳升起。她从来没在海滩上过夜，于是她依偎在沙滩上，舒舒服服地靠着沙丘，睡着了。

4

显然，岛上的作家们都惧怕梅拉·贝克维兹，丝毫不敢拒绝她的晚宴邀请。而且，默瑟也怀疑，没人想错过聚会，因为这样一来，肯定会成为聚会上人们谈论的话题。出于对自身的保护，另外也出于好奇，大家在周日下午晚些时候，纷纷来到维克大宅赴宴，一起喝酒吃饭，欢迎他们的新成员，虽然这位新成员只是在岛上暂住。这个周末正好是阵亡将士纪念日①，也是夏季的开始。邮件发送的邀请函上说的时间是下午六点，但是对一群作家来说，时间毫无意义。没人会准时到场。

最先前来赴宴的人是鲍勃·柯布。他一来就把默瑟叫到后院门廊的角落，开始问她关于作品的问题。他留着一头长长的灰白头发，一身古铜色的皮肤，一看就是长时间待在户外的人。他穿着一件花哨的印花衬衫，衬衫上面的几颗纽扣敞开着，露出古铜色的胸膛。据梅拉说，

---

① 阵亡将士纪念日：美国对阵亡战士的纪念日，每个州的日期不同，一般为五月三十日。

有传闻柯布刚刚把他写好的最新小说发给编辑，但编辑对他的小说并不满意。默瑟问梅拉她是怎么知道的，但梅拉不肯说。

柯布拿着啤酒杯，喝着梅拉自酿的啤酒，说话的时候，故意特别靠近默瑟。幸好此时"吸血鬼女孩"艾米·斯莱特及时过来，救了默瑟，并欢迎她来到岛上。她谈论起她的三个孩子，并说自己能晚上出来简直是太高兴了。丽·特雷恩也加入了进来，但是没怎么说话。梅拉穿着一件跟帐篷一样大的粉红色连衣裙，在屋里来回奔忙着，端送酒水。

接着布鲁斯和诺艾尔也到了。默瑟终于见到了她的目标人物。他穿着一套浅黄色的泡泡纱西装，打着领结，虽然邀请函上清楚地写着"穿着随意"，但他仍然一身正装打扮。默瑟早就知道，文学圈里，无奇不有，柯布还穿着橄榄球短裤呢。诺艾尔很漂亮，她穿着一件简约的白色直筒连衣裙，非常完美地勾勒出纤细苗条的身材。讨厌的法国人，默瑟心想。她喝了一口夏布利酒，继续跟艾米等人简短地闲聊几句之后，结束了谈话。

有些作家能言善辩，风趣健谈，总有说不完的故事，时不时冒出几句俏皮话，简直妙语连珠；而有些作家则内向寡言，不善言谈，在孤独的世界里苦苦挣扎，想要融入人群，敏感又害羞。默瑟则介于两者之间。童年的孤独，给了她足够的能力可以生活在自己的世界里，可以沉默不言，不与人交流。也正因为如此，她长大后才逼迫自己跟人交谈，渐渐变得能说会道，滔滔不绝，谈笑风生。

安迪·亚当来了，一来就要了加冰块的双份伏特加。梅拉把酒递给他，然后瞥了一眼布鲁斯。他们知道安迪戒酒失败，酒瘾又复发了，所以都替他感到担忧。当他向默瑟介绍自己时，默瑟立刻注意到他左眼上方有一个小小的疤痕，让她想起了他在酒吧跟人打架的那件事。他和柯布年纪相仿，都离了婚，也都是酗酒成瘾的海滩流浪汉，只不过幸运的是，他们的书都卖得很好，所以有钱享受放荡不羁的生活。他们很快就凑到一起，开始谈论起钓鱼的话题。

杰·阿克卢德，这位阴郁的诗人、失意的文学明星，七点之后才来。据梅拉说，对他而言，这还是早的呢。他拿了一杯红酒，向布鲁斯问好，但并没有向默瑟介绍自己。众人都到齐了，于是梅拉请大家安静，并举杯祝酒："这一杯要敬我们的新朋友默瑟·曼恩，她要在这里待上一阵，希望岛上的阳光和海滩能赋予她灵感，让她能如期完成那本三年前就开始创作的小说，干杯！"

"才创作了三年而已吗？" 丽说完便哈哈大笑起来。

"默瑟，你来说几句。"梅拉提议道。

默瑟笑着说："谢谢大家，很高兴来到这里。从六岁起，我每年夏天都会来这里，跟我的外婆泰莎·马格鲁德住在一起，有些人可能认识她。至少到目前为止，我人生中最快乐的时光，是和她在这个岛上，在这里的海滩上度过的。这是很久以前的事了。不过很高兴，我能再次回到岛上。同时，我也很高兴今晚能来到这里。"

"欢迎你。"鲍勃·柯布举起酒杯说道。

其他人也纷纷举起酒杯表示欢迎，由衷地说道："干杯！"之后，大家又开始畅谈起来。

布鲁斯走到默瑟身边，轻声说："我认识泰莎，她和波特死于一场暴风雨。"

"是的，那是在十一年前。"默瑟说。

"我很抱歉，提起了你的伤心事。" 布鲁斯有些尴尬地说。

"不，没关系的，已经过去很长时间了。"

梅拉这时突然说道："好了，我饿了。拿着你们的酒到餐桌这儿来，我们要吃晚饭了。"

于是大家纷纷走进餐厅。桌子很窄，也不够长，容纳不下九个人。不过即使来二十个人，梅拉也会让他们挤在一张桌子上。桌子周围是几把不同样式的椅子，并不匹配。不过上面的摆设倒是挺漂亮的，中间有一排短蜡烛，还有许多鲜花。瓷器和高脚杯看起来年代久远，但搭配得相得益彰。复古的银器布置得非常完美。白色的布艺餐巾熨烫平整，叠得整整齐齐。梅拉拿起一张纸，上面写着座位的安排，这是她跟丽经过了一番激烈的争论才定下来的。默瑟被安排坐在布鲁斯和诺艾尔中间，像往常一样经过了一番抱怨和不满之后，大家纷纷入座。就在宴会承办人朵拉倒酒的时候，至少有三组人已经开始交谈起来了。天气有些热，窗户都打开了。头顶上有一台老式的风扇正嘎嘎作响。

　　梅拉说："好吧，现在我宣布规则，不许谈论你们自己的书，也不许谈论政治，因为这里有一些共和党人。"（注：美国的文艺界都普遍偏向左翼，即民主党，因此多数文艺界人士都支持民主党。）

　　"什么！"安迪说，"谁邀请的他们？"

　　"我邀请的，如果你不喜欢，现在就可以离开。"

　　"哪些人是共和党人？"安迪问道。

　　"我。"艾米自豪地举起手说。显然这种事情以前也发生过。

　　"我也是共和党人，"柯布说，"尽管我曾经坐过牢，受到过联邦调查局的粗暴对待，但我仍然是一个忠诚的共和党人。"

　　"求上帝保佑我们。"安迪喃喃地说。

　　"明白我的意思了吧，"梅拉说，"不许谈论政治。"

　　"那足球怎么样？"柯布问道。

　　"也不许谈论足球，"梅拉笑着说，"布鲁斯，你想谈些什么？"

　　"政治和足球。"布鲁斯说。一句话把大家都逗笑了。

　　"下个星期书店有什么活动吗？"

"嗯，星期三赛琳娜·洛奇会回来做签售。我期待能在书店的签售会上看到大家。"

"今天早上她的小说在《纽约时报》上被评论家狠狠地批了一通。"艾米带着一丝幸灾乐祸的语气说道，"你们看了吗？"

"谁看《纽约时报》啊？"柯布说，"都是左翼的垃圾。"

"我宁愿被《纽约时报》或者其他报刊的评论家批评，起码还出名呢。"丽说道，"她的书是关于什么的？"

"这是她的第四部小说，讲述的是一个纽约的单身女人，遇到了各种感情问题。"

"真是够老套的啊，"安迪讽刺地说，"我迫不及待想拜读一下了。"他喝完第二杯伏特加酒，又向朵拉要了一杯。朵拉朝布鲁斯皱了皱眉，布鲁斯耸了耸肩，像是在说："他是个大人，又不是孩子，谁也管不了。"

"西班牙凉菜汤，"梅拉一边说，一边拿起勺子，"都盛点儿尝尝。"没过一会儿，大家就三三两两地各自聊了起来。柯布和安迪特别小声地讨论着政治。丽和杰挤在桌子的最边上谈论着某个人的小说。梅拉和艾米正兴致勃勃地聊着一家新开的饭馆。布鲁斯温柔地对默瑟说："我很抱歉，提起了泰莎的死，是我太鲁莽了。"

"不，没事的，"她说，"这已经是很久以前的事了。"

"我跟波特很熟。他是书店里的常客，特别喜欢侦探小说。泰莎每年都会来书店一次，不过并不会买很多书。我依稀记得很多年前她带着她的外孙女来过书店。"

"你打算在这里住多久？"诺艾尔问道。

默瑟确信梅拉已经将她知道的一切都告诉了布鲁斯。

"几个月吧，我目前正在待业，或者应该说失业了。在过去的三年里，我一直在教书，不过都已经是过去式了。您呢？跟我说说您的商店吧。"

"我卖法国的古董，店铺就在书店的隔壁。我是从新奥尔良来的，但是遇到布鲁斯之后，就搬到了这里，就是在卡特里娜飓风之后。"

她声音柔美，表达清晰，措辞恰当，没有一点新奥尔良的口音，没有任何疑点可循。虽然身上戴着很多珠宝首饰，却没有戴结婚戒指。

默瑟说："那场飓风是在二〇〇五年，泰莎出事的一个月后，所以我记得很清楚。"

布鲁斯问："事情发生的时候你在这里吗？"

"不，那年夏天是我十四年来第一次没有过来跟泰莎一起住。因为我必须找一份工作来支付大学学费，所以那时候正在我的老家孟菲斯打工。"

朵拉正在端菜倒酒。安迪的声音越来越大。

"你们有孩子吗？"默瑟问道。

布鲁斯和诺艾尔都笑着摇了摇头。

"我们一直都没有时间，"她说，"我经常出差，主要是去法国，买来古董，然后运到这里来卖。而布鲁斯一周七天都在店里。"

"你不和她一起去吗？"默瑟问布鲁斯。

"不经常去，不过我们是在那里结婚的。"

不，不是的。这是一个再简单和随意不过的谎言。他们在一起已经生活了这么长时间，一直以来都是在撒谎。默瑟喝了一小口酒，提醒自己坐在她旁边的是全国最厉害的失窃珍本交易商。他们谈了谈法国南部的风情和古董生意，默瑟不禁感到好奇，究竟诺艾尔对布鲁斯的生意了解多少。如果他真的花一百万美元买下菲茨杰拉德的手稿，那她肯定会知道的，不是吗？他不是在全世界都数一数二的富豪大亨，只是一个小镇上的书店老板，靠在书店里卖书赚钱。他不可能背着诺艾尔藏这么多钱，不是吗？诺艾尔一定知道些什么。

布鲁斯说他很欣赏默瑟的那本小说《十月秋雨》，并且很好奇为什么她的第一次巡回签售会戛然而止。梅拉无意中听到他们的谈话，于是叫大家安静下来，让默瑟讲讲她签售会的故事。朵拉端上烤好的鲳参鱼，大家谈论起图书签售会的话题，人人都有自己的故事。丽、杰和柯布都承认，他们都有过不愉快的签售经历——在书店的长桌后坐了一两个小时，结果一本书也没卖出去。安迪的第一本书倒是吸引了一小波读者，但当喝醉酒侮辱了一些不愿买他书的顾客之后，毫无疑问他就被书店给赶了出来。就连畅销书作家艾米，在出版吸血鬼系列小说之前，也有过几次尴尬的签售经历。

吃饭时，安迪没再喝酒，而是换成了冰水。整桌的人都松了一口气。

柯布讲述了一个监狱里的激动人心的故事。故事的主人公是一个十八岁的男孩，遭受到同牢房狱友残暴的虐待。几年后，两个人都获假释出狱。男孩追踪当年的狱友，找到了对他施暴的人，发现他住在郊区过着平静的生活，过去的事情早已忘却。但这个孩子还记得，于是他决定复仇。

这是一个漫长而有趣的故事，当柯布讲完时，安迪说："全是胡扯，太假了吧？这是你的下一部小说？"

"不，我发誓这故事是真的。"

"胡说，你以前就总是这样，假装给我们讲一个离谱的故事来逗我们开心，其实是看看大家的反应和评价，结果一年后，这个故事就成了一部小说出版了。"

"嗯，是啊，我的确是构思很久了，你们觉得怎么样？有市场吗？"

"我很喜欢，"布鲁斯说，"但是在监狱虐待的描写上可得悠着点儿，我觉得你把这部分有点儿夸大了。"

"你的口吻跟我的经纪人一样。"柯布嘟囔着说。他从衬衫口袋里掏出一支笔,似乎想要做笔记,"还有什么建议?默瑟,你觉得呢?"

　　"我也可以说吗?"

　　"当然,为什么不呢?你的建议跟其他人的一样重要,我都会认真考虑的。"

　　"我可能会用这个故事,"艾迪说,逗得大家哄堂大笑,"好吧,你这可恶的家伙的确需要一个好故事。你在截稿日期前写完这部小说了吗?"

　　"是的,我已经把它寄出去了,他们也提出了修改意见,指出了一些结构性问题。"

　　"和你的上一本书一样,不过最终不还是出版了嘛。"

　　"对他们来说是个不错的选择,但他们的印刷速度太慢了。"

　　"好了,孩子们,"梅拉说,"你们违反了第一条规则。不许谈论你们的书。"

　　"估计一晚上都得谈个没完。"布鲁斯小声对默瑟说,声音刚好能让众人听到。她喜欢这种有趣的玩笑,大家也都喜欢。她从没有见过这样一群作家,喜欢互怼,但却乐在其中。

　　艾米因为喝了红酒,脸颊绯红,她说:"这个监狱里的孩子会不会是个吸血鬼啊?"众人更是乐得捧腹大笑。

　　柯布立刻回答说:"嘿,我还真没想过这个问题。我们可以写一个监狱里的吸血鬼的系列小说。我喜欢这个创意,你愿意合作吗?"

　　艾米说:"我会让我的经纪人给你的经纪人打电话,看看他们有什么想法。"

　　丽正好见缝插针地说:"难怪你的书销量都减少了呢。"

　　大伙儿笑够了之后,柯布说:"我又一次被这群文学界的'黑帮'

给攻击了。"

大家静静地吃饭，一时间安静了许多。柯布笑了笑，问道："结构性问题，这是什么意思？"

"意思就是情节太烂，事实的确如此。说老实话，我从没觉得这个故事的情节有多好。"

"其实，你知道吗，你可以自行把这本小说出版。布鲁斯会把它放在书店后面的那张折叠桌上，那是他的自荐小说书摊。"

布鲁斯马上回答说："拜托，那张桌子已经满了。"

梅拉换个话题，问道："那么，默瑟，你来岛上已经有几天了。我们能问一下你写作的进展吗？"

"这是个糟糕的问题。"默瑟笑着回答。

"你是在原来的基础上继续创作，还是推翻以前的东西重新写？"

"我还不确定，"她说，"现在的这个故事可能会被推翻，然后开始创作一个新的故事。但是我还没有决定。"

"嗯，你来对地方了，如果你需要建议，不论是关于写作还是出版，不管是什么题材，爱情、美食、美酒、旅行、政治等等，任何方面你都可以跟我们探讨。看看餐桌上的这些人，个个都是专家。"

"所以我来了嘛。"

5

午夜时分，默瑟坐在木板栈道最下面的一层台阶上，光脚踩着沙地，任凭海水一浪又一浪向岸边拍打过来。海水的声音她永远也听不厌，无论是平静的大海上海浪轻拍的声音，还是暴风雨中的巨浪翻滚之声。远处的海岸上，一个孤单的身影正向南而行。

她还在回味这顿有意思的晚宴，试着回忆起晚宴上发生的所有事情，越想就越觉得惊奇。满屋子都是作家，他们既自尊又自负，既互相妒忌，又没有安全感。美酒佳肴，觥筹交错，席间任何人都没有争吵，也没有恶语相向。流行小说作家——艾米、柯布、安迪——渴望能获得评论家的称赞和好评，而文学小说作家——丽、杰和默瑟——则渴望能拿到更高的版税，梅拉对这些都不在乎，布鲁斯和诺艾尔保持中立，对所有人都予以鼓励和支持。

　　她不知道该怎么评价布鲁斯。他给默瑟的第一印象很好，不过鉴于他英俊的外表和随和的性格，默瑟敢肯定人人都喜欢布鲁斯，至少第一印象是如此。他说话恰到好处，不沉默寡言，也不夸夸其谈，并且不喧宾夺主，不抢宴会主人梅拉的风头。因为，毕竟这是梅拉举办的宴会，所以她肯定知道一切该怎么安排。他与来宾相处融洽，相谈甚欢，喜欢听他们讲的故事、笑话，也喜欢听大家互相拌嘴贬损。默瑟有一种感觉，布鲁斯会尽全力支持和帮助他们的写作事业。而反过来，这些作家们也对他非常尊敬。

　　他自称很欣赏默瑟的两本书，特别是那本小说《十月秋雨》。他们聊了很多关于这本小说的事情，本来默瑟还以为布鲁斯只是恭维几句，但没想到交谈之中，她发现布鲁斯的确读了她的小说。他说那本小说出版后他就看了，而且安排好了让默瑟来海湾书店做签售。那是七年以前的事情了，但他现在仍然记得很清楚。也许布鲁斯来晚宴之前才粗略地看了几眼这本小说，但不管怎样，这个男人仍然给默瑟留下了深刻的印象。他请默瑟有时间的话光顾他的书店，为他在她的两本小说上签名，好留作收藏。他也读了默瑟的短篇小说集，更重要的是，他期待她的下一本小说或者短篇小说集能够尽快问世。

　　对默瑟来说，她曾经是个颇有前途的作家，但因灵感枯竭而长时间没有新的作品问世，一直以来都担心自己的写作生涯会就此结束。听到这样一位博学多才的读者如此激励和温暖人心的话语，她很受鼓舞。在过去的几年里，只有她的经纪人和编辑对她说过这些鼓舞人心的话。

他当然是个很有魅力的人，但从来都不说也不做出格的事，这并不是她所期待的。他那位迷人的妻子就近在咫尺。说到引诱，假设传言是真的，默瑟怀疑布鲁斯·凯布尔可能在短时间内就会出招勾引她，也可能会打持久战。

晚宴的时候，默瑟看了坐在对面的柯布、艾米和梅拉好几次，想观察他们是否知道凯布尔不为人知的另一面。表面上，凯布尔经营着全国最好的一家书店，而与此同时，他还在暗中做失窃珍本的交易。书店生意兴隆，他赚了不少钱。他拥有令人羡慕的生活，娶了一位美丽的妻子 / 搭档，有良好的声誉，在一座漂亮的小镇上拥有一套历史悠久的豪宅。难道他真的愿意冒着坐牢的风险购买失窃的手稿吗？

他难道不知道一个专业的团队正在追踪他吗？不知道联邦调查局很快就要找上门了吗？想不到几个月之后他很有可能就要蹲好几年的大牢吗？

不，这似乎是不可能的。

他怀疑默瑟了吗？没有，他完全没有起疑心。这就引出了另一个显而易见的问题，那就是下一步要怎么做。一步一步来，不能操之过急，伊莲不止一次这么说。让他主动来找你，然后慢慢地进入他的生活。

听起来挺简单的，对吧？

6

星期一，默瑟前一天睡得很晚，所以又一次错过了日出。她倒了
一杯咖啡，走到海滩。因为今天是假日，所以海滩上的游客比往日要多，
但仍然没有那么拥挤。在海边漫步许久之后，她回到小屋，又倒了一
杯咖啡，然后坐在一张小早餐桌旁，看着大海的景色。她打开笔记本
电脑，看着屏幕上空白的文档，敲了几个字："第一章"。

作家一般分为两种：一种是提前精心地写好大纲和故事梗概，想
好大致的故事结局，再从头开始创作；而另一类作者却不愿用这种方法，
因为他们认为人物角色比故事更重要，一旦构建好了人物，他／她就
会自然而然引发出有意思的故事。原来的小说，就是她刚刚推翻的故事，
过去五年来一直让她绞尽脑汁，却激发不出任何灵感，整整折磨了五年，
让她成了第二种作家。五年之后，架构出的人物角色没有引发出任何
有意思的故事，她厌烦了对这些人物的创造。放弃吧，她终于做出了
这个决定。先把原来的这些放下吧，等有了灵感还可以再回来继续创作。
她写了新小说第一章的故事梗概，然后继续写第二章。

到了中午的时候，她已经写完了小说前五章的大纲，累得精疲力竭。

7

主街上的交通非常拥堵，车流缓慢。人行道上满是形形色色的游客，
来此度假。默瑟把车停在一条小道上，然后走进书店。她想尽量避开
布鲁斯，于是直接去了二楼的咖啡馆，点了一份三明治，然后拿起一
份《纽约时报》看了起来。布鲁斯上楼来拿一杯意式浓缩咖啡，无意
中看见了默瑟，惊讶不已。

"你有时间帮我给那两本书签名吗？"他问道。

"我来这儿就是为了这个。"她跟着布鲁斯走下楼，走进了初版书籍展览室，布鲁斯随手把门关上。展览室有两扇巨大的落地窗户，顾客们在不远处的书架上浏览书籍。在展览室的中间有一张旧桌子，上面堆满了文件和报纸。

"这是你的办公室吗？"她问道。

"办公室之一吧。有些事情进展不顺利的时候，我就会在这里放松一下，然后继续工作。"

"进展不顺利的时候？"

"对啊，这是一家书店。今天可能会人来人往，顾客盈门，没准明天就没人上门了。"他拿出了一个档案盒，里面装着两本精装版的《十月秋雨》。他递给默瑟一支笔，然后拿起了书。

默瑟说："我已经很久没有在我的书上签名了。"布鲁斯打开第一本书的标题页，默瑟签上了自己的名字，然后又签了第二本。他把其中一本书放在桌上，把另一本放回到书架上。这里的初版书籍都是按照作者姓氏的首字母顺序排列的。

"这些是什么？"她指着一面墙上的书问道。

"在这里做过签售会的所有作家的初版书籍。我们每年大约要做一百场签售会，所以二十年后，就收藏了这么一大面墙的书。我查过记录，当年听说你要来这儿做签售，我预订了一百二十本你的小说。"

"一百二十本？为什么订这么多？"

"我有一个初版书籍俱乐部，里面至少有一百位客户，每一本作者亲笔签名的初版书他们都会购买。这样的书真的很吸引人。如果我能保证卖出一百本书，那么出版商和作者们就会强烈要求把我们书店作为巡回签售会的其中一站。"

"那这些客户每次签售会都会来吗？"

"我希望是这样，但通常大约一半的人会来到这里，即使这样也能给签售会积累不少人气。还有百分之三十的人住在离这里很远的地方，所以他们是通过邮寄的方式购买初版书的。"

"那我取消来这里的签售会之后，你们怎么处理的？"

"我把书退了回去。"

"我很抱歉。"

"没什么，这也是图书交易的一部分。"

默瑟沿着书架墙走着，看着上面一排排的书，其中有些书她能认出来，都是孤本书籍。其他的书在哪里？他刚才把自己的一本书放回书架，而另一书放在了桌子上。那些书会存放在哪里呢？

"这些书都很贵吧？"她问道。

"也不尽然。这些都是我心爱的收藏，对我来说意义重大，因为每一本书都是我的宝贝。但是这些书很少能有太高的价值。"

"那是为什么？"

"初版书籍的印刷量很大。你的小说初版印刷量是五千册。这个量虽然并不大，但是只有极为稀缺的书才会有价值。不过有时候我还是能碰上几次好运。"他伸手从书架高处拿下一本书，递给默瑟。

"还记得《醉在费城》这本小说吗？ J.P. 沃特豪尔的名作。"

"当然记得。"

"这本小说荣获了一九九九年国家图书奖和普利策奖。"

"我在上大学的时候读过这本小说。"

"我读了预售的样本，特别喜欢。我断定这是一本极有潜力的小说，于是订购了好几箱，那时还不知道作者不会做巡回签售会。他的出版商破产了，所以没有足够的资金，因此初版印刷量只有六千册。对于处女作小说来说，这个量已经不算小了，但是还远远不够。后来，工人闹罢工，印刷停止了，当时只印出了一千二百册，这还是印刷工厂关门前刚刚印出来的。我很幸运，预订的那几箱书都到货了。评论界对这个小说的评价极好，于是又由另一家出版社出资加印了第二版，印刷量为两万册。第三版印刷量又增加了一倍。这本小说光是精装版就最终售出了一百万册。"

默瑟打开书，翻到版权页，看到了"第一版"三个字。

"那么这本书现在值多少钱呢？"她问道。

"我曾经以五千美元的价格卖出了两本。现在我的要价是八千美元。我手里还有二十五本，放在了地下室里。"

她翻了几页书，但是没有说话，然后把书还给了布鲁斯。她又走到另一面书墙前。

布鲁斯说："这里也是初版书，不过不是每一本都有作者的签名。"

默瑟从书架里拿了一本约翰·欧文的小说《心尘往事》(也译作《苹果酒屋的规则》)，说道："我猜这本小说有很好的市场。"

"那是约翰·欧文的书，是他的处女作也是成名作《盖普眼中的世界》问世七年之后，出版的新作品。所以初版的印刷量就很大。这本书也就值几百美元。我还有一本《盖普眼中的世界》，不过那本是非卖品。"

默瑟把书放回原处，迅速扫了一眼旁边的书，并没有看到那本《盖普眼中的世界》。她想那本书也"放在地下室"里了吧，不过并没有说出来。她想问关于珍本的事情，但话到嘴边又咽了回去。

"昨晚的宴会你觉得怎么样？"他问道。

默瑟笑了笑，转身离开书架，说："哦，非常好。我从来没有跟这么多作家一起吃过晚餐。作家一般都喜欢独来独往,这个你知道吧？"

"我知道，为了能让你开心，他们每个人都表现得很好。相信我,他们平时并不是这样的。"

"为什么呢？"

"这就是作家的本性和特质吧。他们自尊心脆弱，爱喝酒，可能还十分坚持自己的政治观点，所以平时聚在一起的时候会吵翻天，比昨晚可闹腾多了。"

"我都有点等不及了，下一次聚会是在什么时候？"

"谁知道那群人什么时候办聚会呢。诺艾尔说过几周会办一个晚宴，她很喜欢跟你相处。"

"我也是，她很可爱。"

"她是个很有趣的人，而且自己的生意也做得很好。你应该到她的店里去看看。"

"我会的，不过我对那些高级的古董可是一窍不通，完全是门外汉。"

他哈哈直笑，说道："嗯，那你可要小心点。她对自己的专业眼光可是极为自信和自豪。"

"明天赛琳娜·洛奇来书店做签售之前，我会跟她一起喝杯咖啡。你以前见过她吗？"

"当然，她来过这里两次。她比较严肃，不过人挺不错的。这次是跟她的男朋友和公关团队一起来的。"

"还有随行的团队？"

"我想是的。这并不罕见。因为她一直在跟毒品做斗争，所以这个时候的她身心比较脆弱。许多作家为了做巡回签售都得旅途奔波，他们需要一些安全感。"

"她自己一个人就不能出门吗？"

布鲁斯笑了，似乎不愿太过八卦，他说："以后有时间我会给你讲更多故事，好吗？有悲伤的故事，也有滑稽好笑的故事，总之应有尽有。咱们找个时间好好聊聊吧，也许下次一起吃晚饭的时候，将是一顿漫长的晚餐。"

"是同一个男朋友吗？因为我正在看她最新的小说，书里的女主人公一直挣扎在男人和毒品之间。作品中应该都会有作者本人的影子。"

"这就不得而知了。不过前两次签售会时，跟她同行的是同一个男人。"

"可怜的女孩，评论家劈头盖脸就对她一通批评。"

"是啊，而且她对于外界批评的处理方式也不太好。她的经纪人今早特地打电话来，让我千万不要提签售会后跟她共进晚餐。他们要让她远离酒精。"

"这次的巡回签售才刚刚开始吗？"

"这里是她的第三站，也有可能是另一场灾难，得到不太理想的结果。我想她随时有可能放弃，取消签售会，跟你一样。"

"我倒是强烈赞成。"

这时，一名店员从窗户探出头，说："很抱歉，打扰一下，斯科特·图罗打电话找您。"

"我得接个电话。"他说。

"明天见。"默瑟走到门口说道。

"谢谢你为我签名。"

"只要你买我的小说，每一本我都会签名。"

8

三天后，默瑟一直等到天黑才走上海滩。她脱下了凉鞋，放进小背包里，然后沿着海岸往南走。潮水水位很低，海滩显得很宽广，除了有一对夫妇牵着狗遛弯之外，几乎没有什么人。二十分钟后，她经过一排高层公寓楼，走向旁边的丽兹卡尔顿酒店。站在木板栈道前，她冲洗了一下脚上的沙土，穿上凉鞋，越过空荡荡的池塘，走进酒店，看到伊莲正在酒吧里等着她。

泰莎很喜欢丽兹酒店的酒吧。每年夏天，她都会跟默瑟穿着最漂亮的衣服，开车去丽兹酒店先喝点儿酒，然后在酒店的餐厅里吃晚饭，一个夏天最少会来两三次。泰莎总是会先点上一杯马提尼酒，而默瑟则会点一杯无糖汽水。直到默瑟十五岁那年的夏天，她用了假身份证，才第一次跟泰莎一起喝了马提尼酒。

巧合的是，伊莲此时正坐在她和泰莎最喜欢的位子上。默瑟坐下来，当年她和泰莎在这里喝酒的记忆仿佛昨日重现一般，一切都没有改变。一位男士正站在钢琴边轻声歌唱。

"我今天下午就来这儿了，觉得你可能会很喜欢在这里享用精致的晚餐。"伊莲说。

"我来过这里很多次了。" 默瑟环顾四周，空气中弥漫着与当年一样的咸湿气味和橡木板的味道，"我的外婆很喜欢这里，虽然她平时不怎么乱花钱，但偶尔也会奢侈一下。"

"这么说来，泰莎的生活很拮据？"

"不，她的生活很宽裕，衣食无忧，只不过她是个很节俭的人。好了，咱们谈谈别的事情吧。"

服务员走了过来，她们点了酒水。伊莲说："看得出来，你这一周过得很愉快。"

虽然她们每天晚上都通过电子邮件联系，通报暗中调查的进展，但默瑟会重新回顾一下一周来的情况，这样有助于他们的调查。

　　"我也不确定现在所了解的情况是不是比刚来的时候更多，不过我已经跟布鲁斯取得了联系。"

　　"然后呢？"

　　"他就像传闻中的一样，富有魅力，风度翩翩，招人喜爱。他把有价值的好书都存放在地下室里，但并没有提到保险库。我感觉地下室里应该有不少藏书。他的妻子现在也在城里，虽然他对作家喜爱有加，但完全没有表示出对我有什么特别的兴趣，对我跟对其他作家并没有什么两样。"

　　"那你得先跟我说说在梅拉和丽举办的晚宴上的事。"

　　默瑟笑了笑，说道："真希望有个隐藏的摄像头，把宴会录下来就好了。"

05

中间人

1

老波士顿书店位于市中心西街的一排房子中间，至今已有六十多年的历史。书店的创立者名叫罗伊德·斯坦，是一位著名的古董商。一九九〇年去世之后，他的儿子奥斯卡接手了这间书店。奥斯卡从小就在书店长大，耳濡目染，也非常热爱图书交易这个行业。不过随着时间的推移，他对这个行业渐渐产生了厌倦。由于互联网的兴起和迅速发展，与图书相关的所有行业都凋敝萧条，一落千丈。他发现在这一行里想要获得可观的利润已经越来越难了。他父亲曾经寄希望于兜售二手书，希望偶尔能捡点儿漏，赚点儿大钱，但奥斯卡渐渐失去了耐性。五十八岁的时候，他正悄悄地寻找新的出路。

星期四下午四点钟，丹尼连续第三天走进这间书店，他漫不经心地浏览着书架和书堆里的二手书。店员是个老妇人，在这间书店已经工作了几十年。她刚离开前台上楼时，丹尼从书架里挑选出一本旧的平装书《了不起的盖茨比》，然后来到收银台结账。

奥斯卡笑着问道："找到您要的书了？"

"就是这本。"丹尼回答。

奥斯卡接过书,说道:"四美元零三十美分。"

丹尼在柜台上放了五美元,然后说道:"实际上,我在找这本小说的原版。"

奥斯卡接过五美元钞票,问道:"您是说《了不起的盖茨比》这本小说的初版吗?"

"不,我是说原始的手稿。"

奥斯卡冷冷一笑,心想这家伙真是个白痴。

"恐怕,这我帮不了你。"

"不,我想你可以帮我。"

奥斯卡愣住了,直直地盯着他的眼睛。对方冷冷地注视着奥斯卡,带着犀利、别有用意以及会意的目光。

奥斯卡紧张地咽了咽唾沫,问道:"你是谁?"

"你不会知道的。"

奥斯卡别开视线,把五美元钞票放进了收银台的收款箱里。这时,他发现自己的双手在颤抖。他拿出找的零钱,放在柜台上。

"找您的七十美分,"他试探性地问道:"你昨天来过,是吗?"

"不只昨天,还有前天。"

奥斯卡看了看周围,确定这里只有他们两个人。他瞥了一眼书店上方正对准收银台的小型监控摄像头。

丹尼平静地说:"别担心摄像头,我昨晚把它弄坏了。还有你办公室里的那个摄像头现在应该也不管用了。"

奥斯卡深吸了一口气,肩膀耷拉下来。几个月来,他一直生活在恐惧中,夜夜失眠,时时紧张,可怕的时刻最终还是来了。

他用颤抖的声音小声问道:"你是警察吗?"

"不是，跟你一样，这些日子以来我一直在躲避警察。"

"你想要什么？"

"手稿。五份都要。"

"我不知道你在说什么。"

"你就会说这些吗？我还想着你能说点儿有创意的话呢。"

"滚出去。"奥斯卡吼道，尽量让自己的声音听起来很强硬。

"我是要走了，等六点钟你打烊的时候我会再回来。然后你把门锁上，我们到你的办公室去聊一聊。我强烈建议你给我放聪明点儿，你无处可逃，也没人能帮你，而且我们会监视你的一举一动。"

说完，丹尼拿着硬币和平装本离开了书店。

2

一个小时后，一位名叫罗恩·扎吉克的律师走进了新泽西特伦顿市联邦大楼的电梯。他按了一下电梯的按钮，准备下到一楼。当电梯门正要关上的最后一秒钟，一个陌生人突然闯进电梯，按下了三楼的按钮。电梯门关闭，里面只有他们两个人，陌生人说："你是法院委派的杰瑞·斯汀贾登的代表律师，对吧？"

扎吉克冷笑了一声，说："你到底是谁？"

突然间，这个陌生人扇了扎吉克一巴掌，把他的眼镜都打掉了，然后紧紧地抓住了扎吉克的衣领，把他的头往电梯的后墙上撞。

"少他妈这么跟我说话。给你的客户带个话，只要对联邦调查局说错一个字，就会有人受伤。我们知道他妈妈住在哪儿，也知道你妈住在哪儿。"

扎吉克丢下他的公文包，瞪大了眼睛。他抓住了那个陌生人的胳膊，但那双像钳子一样的手却死死地掐住他的脖子，越握越紧。扎吉克已经将近六十岁了，身宽体胖，但没有力气。而这个掐住他脖子的家伙至少比扎吉克年轻二十岁，而且看上去十分强壮。他大吼着说："听明白了吗？"电梯停在了三楼，电梯门打开，陌生人随即松开了手，他把扎吉克一把推到角落里，扎吉克应声跪倒在地。陌生人就像什么事都没发生一样，从他身边走过，走出电梯。没人等着上电梯，扎吉克赶快站起来，找到他的眼镜，捡起公文包，琢磨着自己该如何选择。他感到下巴阵阵刺痛，耳朵嗡嗡作响。他的第一个念头就是报警，告诉警察自己在电梯里遇袭。联邦大楼大厅里有联邦警察，也许他可以跟警察守在大厅，等待袭击者出现。不过，最后他还是决定不弄出大动静。电梯到了一楼，他深吸了一口气，走进洗手间，打开水龙头往脸上泼水，然后看着镜子里的自己，发现右半边脸已经红了，但没有肿起来。

被重重地扇了一巴掌，让他到现在还吓得没缓过神来，而且脸上生疼。嘴里有一股温热的液体往上涌，然后他往水盆里吐出了一大口血。

他已经一个多月没有跟杰瑞·斯汀贾登谈过话了。他们根本没有什么可谈的，见面时的对话总是很简短，因为杰瑞什么都不说。刚才扇了他一巴掌并且威胁他的那个陌生人，其实根本没有什么可担心的。

3

快到六点的时候，丹尼回到书店，发现奥斯卡正在前台焦急地等待着。店员和顾客都走了，丹尼一声不吭地翻过了"营业/关门"的牌子，锁上门，关了灯。他们爬上楼梯，来到一间杂乱的小办公室。当店员负责照看店面的时候，奥斯卡一般会待在这里。他坐在办公桌后的椅子上，伸手指了指唯一一把没有堆放杂志的椅子。

丹尼坐下来，说道："奥斯卡，咱们废话少说，别浪费时间，我知道你花五十万买下了那些手稿。你把钱汇入了一个在巴哈马群岛的账户，然后又把钱转入了巴拿马的一个账户，我就是这样找到你的，当然，这还要感谢我们的中间人。"

"所以你就是那个小偷？"奥斯卡镇定地说。他事先吃了点儿药，所以现在不怎么紧张了。

"我可没这么说。"

"万一你是个戴着窃听器的警察怎么办？"奥斯卡问道。

"你想搜我的身吗？来吧。你想想警察怎么会知道手稿的价钱？警察又怎么会知道追踪那笔钱的去处？"

"我相信联邦调查局可以追踪到任何他们想知道的事情。"

"如果他们像我一样，知道这些的话，就会逮捕你了，奥斯卡。放松点，你不会被捕，我也不是警察。听着，奥斯卡，我不能去找警察，你也不能，因为我们都犯了罪，一旦被逮捕，就得在联邦监狱里坐很久的牢。不过这一切都不会发生的。"

奥斯卡想要相信他，多多少少还是松了口气。

然而，很明显即使这个人不是警察，摆在奥斯卡面前的也是重重险境。

他深吸了一口气，说："那五份原稿不在我这里。"

"那在哪儿？"

"你为什么要卖掉那些手稿？"

丹尼交叉着双腿悠闲地坐在旧椅子上，说："我吓坏了。在盗窃案发生的第二天，联邦调查局就抓到了我的两个朋友。我不得不把手稿藏起来，并且逃出国。我等了一个月，然后又等了一个月，风声过了之后就回来，去旧金山见了一个交易商。他说自己认识一个买家，是个俄罗斯人，愿意付一千万美元买下手稿，他在说谎。他去联邦调查局报了案，把我出卖了。我们按照计划见了面，本来事先说好我要拿着一份手稿，证明所说的都是真的，但结果等着我的是一群联邦调查局的人。"

"你是怎么知道的？"

"事先窃听了他的电话。我们可不是吃素的，奥斯卡，既专业又有足够的耐心。我们侥幸逃脱，又一次逃出了国，等风头渐渐平息下来。我知道联邦调查局查到了我的详细资料，所以一直躲在国外。"

"那我的手机被窃听了吗？"

丹尼笑着点点头，说："是的，你的固定电话。但我们没有办法黑进你的手机。"

"那你是怎么找到我的？"

"我去了乔治城，跟你的老朋友乔尔·利比科夫，也就是我们的中间人取得了联系。我其实并不相信他——在这一行里能相信谁呢，但那时我走投无路，只好把那些手稿尽快出手。"

"你我之间并没有关系，没有必要见面的。"

"原先的计划是这样的，不是吗？你汇钱给我，我把手稿交出来，然后再次消失。可现在我回来了。"

奥斯卡紧张地掰着手指，想要尽力保持冷静，他问道："那利比科夫呢？他现在在哪儿？"

"他死了，奥斯卡，他死得很惨，太可怕了，简直惨不忍睹。不过在临死之前，他给了我想要得到的信息，那就是你。"

"那些手稿没在我手里。"

"很好，那么那些手稿你是怎么处理的呢？"

"我把手稿给卖了。跟你一样，得尽快出手。"

"那些手稿现在在哪儿，奥斯卡？我要找到它们。为了找到那些手稿，我手上已经沾了不少人的鲜血，不怕再多一个。"

"我不知道手稿在哪里，我发誓。"

"那你把手稿卖给谁了？"

"听着，我需要点儿时间好好想想，既然你说你很有耐心，那就再给我点时间吧。"

"那好。我二十四小时之后回来。别做蠢事，比如逃跑什么的，因为你没地方可躲。你要敢试试的话，可是会送命的。我们可是专业的老手，奥斯卡，你绝对想象不到的。"

"我不会跑的。"

"二十四小时之后，我就会回来问那个人的名字，把买家的名字告诉我，这样的话，你不仅能保住你的钱，还能保住你的命。而且我永远也不会告诉别人，我向你保证。"

丹尼站了起来，离开了办公室。奥斯卡盯着门，听着他走下楼的脚步声。他听到了楼下书店的开门声，又听到了门口挂着的风铃声，接着是门被轻轻关上的声音。

奥斯卡双手捂住脸，努力忍着不让自己哭出来。

4

两个街区之外，丹尼正在一家旅馆的酒吧里吃比萨，突然手机响了。现在已是将近晚上九点，电话来晚了。

"说吧。"他看了一眼周围，这个地方几乎空无一人。

鲁克说："任务完成。我在电梯里抓住了扎吉克，扇了一巴掌才让他老实下来。真有意思。需要传的口信我已经告诉他了，一切顺利。佩特罗切里这边稍微麻烦点儿，因为他工作到很晚。大约一个小时前，我在他办公室外的停车场里截住了他。这家伙吓得屁滚尿流，他简直就是个孬种啊。一开始他还否认自己是马克·德里斯科的代表律师，不过我还没来得及揍他，他就吓得服软了。"

"没被人看到吧？"

"没有，我手脚很干净。"

"干得好。你现在在哪儿？"

"开车在路上，五个小时后到。"

"快点，等着明天看好戏吧。"

5

五点五十分，鲁克走进书店，假装在浏览书架上的图书。此时店里已经没有其他的顾客。奥斯卡站在柜台后，紧张地忙碌，不过眼睛却一直在盯着那个进店的男人。六点钟到了，奥斯卡对那个男人说："对不起，先生，我们要关门了。"这时，丹尼走了进来，随手关上了大门，翻过"营业/关门"的牌子。他看着奥斯卡，指着鲁克，说："他是跟我一起的。"

"这里还有其他人吗？"丹尼问。

"没有，人都走了。"

"很好，那咱们就在这儿说吧。"丹尼边说边向奥斯卡走去。鲁克跟在丹尼身后，两人都走到奥斯卡跟前。他们盯着奥斯卡，谁都没有动。丹尼说："好了，奥斯卡，你思考得够久了，可以告诉我答案了吧？"

"你得向我保证，保护我的身份，不向任何人泄露。"

"我没必要向你做任何承诺，"丹尼咆哮起来，"不过我已经说过，不会跟任何人说。况且，把你揭发出来对我有什么好处呢？我想要的只是那些手稿，奥斯卡，其他的别无所求。告诉我，你把手稿卖给谁了，之后我绝不会再出现在你面前。假如你对我说谎的话，你知道，我还会回来的。"

奥斯卡完全明白，也完全相信他的话。在这个可怕的时刻，他唯一想做的就是尽快摆脱掉这个家伙。他闭上眼睛，说："我把那些手稿卖给了一个图书交易商，名叫布鲁斯·凯布尔。他在佛罗里达的卡米诺岛经营着一家不错的书店。"

丹尼笑了，然后接着问："他花了多少钱？"

"一百万。"

"干得好啊，奥斯卡，这笔买卖做得不错，倒手就赚了一倍。"

"你们现在可以走了吗？"

丹尼和鲁克狠狠地瞪着他，但是没有动手。过了漫长的十秒钟，奥斯卡以为自己已经死了，他的心脏怦怦直跳，快喘不过气来了。

然而他们一句话也没说，转身离开了。

06

小说

1

走进诺艾尔的普罗旺斯古董店就像进入了一幅瑰丽的画卷，这里跟诺艾尔的画册中所描绘的画面一模一样。古董店前面显著的位置摆着各种质朴的乡村风格家具，古老的石瓦瓷砖上摆放着各种餐边柜和扶手椅。墙边柜上摆满了老式的瓷罐、花瓶和草编篮子。墙面被刷成了桃红色，上面挂着装饰用的壁灯和古香古色的镜子，以及被历史所遗忘的贵族及其家人的肖像画。香氛蜡烛散发出一股浓郁的香草味道，花枝形吊灯吊挂在木头和石膏相间的天花板上，一台隐藏式音箱正播放着轻扬柔和的歌剧。

在旁边的一个房间里，默瑟看到了一张狭长的品酒桌，她甚是喜欢，桌上还摆放着太阳黄和橄榄绿的盘子和碗，这是典型的普罗旺斯乡村风格餐具的颜色。靠着前窗的那面墙前，放着一张书桌，上面有手工雕刻的精美花纹，她心动不已。伊莲说，这张书桌的标价是三千美元，这么精美的做工绝对值得这个高昂的价格。

默瑟认真地看过诺艾尔写的四本书，并且一眼就认出了店里的这些家具和装饰品。她正欣赏着书桌时，诺艾尔走了进来，说："哦，你好，默瑟。真没想到是你来了。"她给默瑟来了个法式的见面礼节，在她左右两侧脸颊上各亲吻了一下。

"这个地方简直太漂亮了。"默瑟惊讶而赞叹地说道。

"欢迎来到普罗旺斯古董店，什么风把你给吹来了？"

"哦，没什么，只是随便看看。我很喜欢这张桌子。"她摸着书桌说。在诺艾尔的书中，有三件东西是默瑟最喜欢的，这张书桌就是其中之一。

"这是我在阿维尼翁附近的博尼约村淘到的。你应该把它买下来，因为你是个作家，对你再适合不过了。"

"我得先把我的小说卖出去才行。"

"来吧，我带你四处转转。"她拉着默瑟的手，领着她从一个房间走到另一个房间，每个房间里都堆满了她画册里面记载的家具。

她们爬上一段由白色石阶和锻铁扶手构建而成的楼梯，来到二楼。诺艾尔开心地向默瑟展示着更多的收藏——一些衣橱、床、梳妆台和桌子，每一件家具都有一段自己的故事。她深情地谈论着她的收藏，喜爱之情溢于言表，似乎任何一件收藏都难以割舍。默瑟注意到二楼的这些家具和装饰品上面都没有标价。

诺艾尔在楼下的店面后有一间小办公室，里面有一张翻盖式的小型品酒桌。当诺艾尔向她介绍这张品酒桌时，默瑟心想是不是所有的法式桌子都是用来品酒的。

"咱们喝点儿茶吧。"诺艾尔指向桌旁的椅子说。默瑟坐了下来。她们聊着天，诺艾尔则在大理石水槽旁的一个小炉子上烧水。

"我真的很喜欢那张书桌，"默瑟说，"但我现在不敢询问它的价格。"

诺艾尔笑着说："亲爱的，我给你优惠，卖给其他人是三千美元，但如果你买的话，给你半价。"

"但这仍然是一个不小的数目，得让我好好想想。"

"你现在在哪儿写东西？"

"在厨房的一个小餐桌上，那里可以看到大海，但是没有什么用。不知道是桌子的问题，还是大海的原因，总之一个字也写不出来。"

"你的小说是关于什么的？"

"我现在还不确定，我想重新开始创作，但进展不太顺利。"

"我刚看完了你的那本《十月秋雨》，觉得你写得很棒。"

"感谢你的肯定。"默瑟很感动。自从来到这个岛上，有三个人都对她的第一部小说给予了高度评价，她从来没有像现在这样得到过这么多人的鼓励和肯定。

诺艾尔把一个陶瓷茶具放在桌子上，熟练地把开水倒进配套的茶杯里。两个人都加了一块方糖，但是没有加牛奶。

她们搅拌着茶杯里的茶，诺艾尔问道："能跟我说说你的小说吗？因为我知道大部分作家都非常愿意跟人谈论他们写过的或者想要写的小说。不过也有些作家觉得难以开口，不愿跟别人谈论自己的作品。"

"我更倾向于不跟人谈论，特别是关于正在创作的这部小说。我的第一部小说已经过时。从很多方面来看,这么年轻的时候就出版小说，并不是件好事。因为众人的期望会很高，所以带来的压力也很大，文学界都期待着伟大的作品问世。然而，几年过去了，并没有令人满意的作品出现，于是这位冉冉升起的新星就渐渐被人淡忘了。《十月秋雨》这部小说出版之后，我的第一任经纪人劝我赶快发表第二部小说。她说因为评论界喜欢我的第一部小说，他们肯定会讨厌第二部，所以不管什么小说，只要赶快出版就行，让二年级厄运①的魔咒快点儿终结吧。也许这是个很好的建议，但问题是我并没有想好第二部小说写什么。我想可能到现在我还在寻找创作的素材与灵感。"

"你还在找什么素材？"

"一个故事。"

"对大多数作家来说，塑造一个人物是第一位的，一旦人物确定了，那接下来的故事情节也就好写了，你是这样的吗？"

"不是。"

"那是什么启发了你创作《十月秋雨》呢？"

"我上大学的时候，读过一个故事，讲的是一个孩子失踪了，而且一直没有找到，这个孩子的失踪对他的家庭产生了深远的影响。这是一个非常令人悲伤的故事，让我久久难以忘怀，但这个故事也很凄美，所以一直萦绕在我心里。于是我借鉴了这个故事，把它改编成了虚构的小说，不到一年的时间就写完了这部小说。现在看来真的很难相信，我竟然写得那么快。那时候，我每天早上都心怀期盼，盼着喝第一杯咖啡，盼着继续写下一页。可现在没有那种迫切想写作的感觉了。"

"我相信你会有的，你住在这么美的地方，可以什么都不用做，也不用想，心无旁骛地写作。"

"嗯，谢谢你，我们拭目以待吧。实不相瞒，诺艾尔，我真的需要把这部小说卖出去。因为我不想再回去教书了，也不想去找工作。我甚至想过用个假的笔名写作，写一些没什么营养但是挺畅销的东西。"

"这么想一点儿错也没有。先把书卖出去，赚些钱，解决燃眉之急，

①美国常用来形容所谓"第二年低潮"的现象，针对的对象很广泛，包括学生、运动员、乐团，甚至影视、小说等文艺作品都涵盖在内，意指经过第一年初试啼声，一鸣惊人后，第二年的表现出现下滑迹象，甚至还可能成了"一曲天王"。

然后你就可以写你想写的东西。"

"我也正有此意。"

"你有没有想过跟布鲁斯谈谈？"

"没有，为什么要找他谈呢？"

"他对这个行业很了解，而且在跟图书有关的各个方面都有独到的见解。他认识几百位作家、经纪人和编辑，他们经常来找他，想听听他的见解，当然不一定是听取他的建议。他不会轻易给别人建议，除非有人主动求问。他喜欢你，也很欣赏你的作品，也许会对你的写作有帮助。"

默瑟耸了耸肩，似乎对诺艾尔的建议不置可否。这时，商店的前门开了，诺艾尔说："对不起，可能有顾客来了。"她起身离开，走出房间。一时间，默瑟喝着茶，觉得自己像个骗子。她来这儿并不是为了逛古董家具，也不是聊写作或装孤独可怜跟诺艾尔博取同情套近乎，她是为了暗中窥探，打探情报，好跟伊莲汇报。而伊莲则会利用默瑟刺探到的消息对付诺艾尔和布鲁斯。她心中涌起一阵罪恶感，让她感觉既心痛又恶心。她忍住这股难受的感觉，等劲儿过去了，站起来稳住心神，走向商店的前门。诺艾尔正在那里接待顾客，似乎客人对一个梳妆台很有兴趣。

"我得走了。"默瑟说。

"好的，"诺艾尔低声说，"布鲁斯和我想请你来家里吃晚饭。"

"我非常乐意，我整个夏天都有空。"

"到时候我会给你打电话的。"

2

下午晚些时候，诺艾尔正在整理一批小陶瓷器皿。这时一对衣着光鲜的中年夫妇走进店里。她扫了一眼，直觉告诉她，这对夫妇比那些街边的游客有钱多了。他们在店里逛了很长时间，看了看各种古董商品的价格，然后匆匆走了过来。

他们向诺艾尔介绍说，两人来自休斯敦，男的名叫卢克·梅西，女的叫卡萝尔·梅西。他们要在丽兹酒店住几天，这是第一次来岛上旅行。他们听说过这家店，久闻大名，甚至看过这家店的网站，立刻就被一张有百年历史的餐桌吸引了，餐桌的桌面上镶嵌着漂亮的瓷砖，这也是店里最贵的一件古董。卢克找诺艾尔要了一个卷尺，想测量一下桌子的尺寸，诺艾尔立刻把卷尺递给他。他们从各个角度和方位测量桌子的尺寸，嘴里还念念有词，说要是把它放在招待客人的餐厅里一定很漂亮。卢克撸起袖子，卡萝尔问能否拍照，诺艾尔说当然可以。他们还量了两个梳妆台和两个大衣柜的尺寸，同时还问了一些关于木料、抛光的问题，以及这些家具的历史。

在交谈过程中，诺艾尔得知，这对夫妇在休斯敦建造了一栋新房子，想装修成普罗旺斯乡村风格。一年前，他们在法国沃克吕兹省的乡村鲁西永度假，在那里待得越久，就越喜欢那里，所以店里的所有东西都是他们喜欢的风格。诺艾尔把他们领到了楼上的高级古董家具区，这对夫妇非常兴奋，对这里的家具产生了浓厚的兴趣。

一个小时之后，将近下午五点左右，诺艾尔打开一瓶香槟，倒了三杯酒。卢克正在测量一把真皮躺椅的尺寸，卡萝尔在拍照片，诺艾尔找了个借口下楼，检查了一下前门。等两个陌生的客人离开后，她锁上了店门，回去继续接待那两位富有的得克萨斯客人。

他们围坐在一张老式的柜台前，开始谈买卖。卢克问了一些关于船运和仓库存储的问题。他们的新房子至少得六个月才能完工，得把家具和各种器物放在一间仓库里。诺艾尔向他们保证，她的货物被运输到全国各地，运输上绝对没有问题。卡萝尔列好了她想购买的货物清单，其中一个是那张书桌。诺艾尔说不好意思，那张书桌已经有人预定了。不过她马上又要到普罗旺斯去进货，再找一个同样的书桌很容易。他们下楼来到诺艾尔的办公室，她给这对夫妇又倒了些香槟，然后开始算账单，总额是十六万美元，夫妇俩对这个价格并没有什么意见。讨价还价是这个行业的常态，但梅西夫妇对还价并不感兴趣。卢克拿出了一张黑色的信用卡，就像掏零钱一样，卡萝尔在订单上签了字。

走出店门前，他们像老朋友一样热情地拥抱诺艾尔，说明天可能再过来一趟。等这对夫妇走了之后，诺艾尔才想起自己刚才签了这么大的一笔生意，简直有些不敢相信。

第二天上午十点零五分，卢克和卡萝尔满面春风地再次来到店里，看起来神采奕奕，脸上带着灿烂的笑容。他们说昨天回到酒店看拍的那些照片，一直看到半夜，并在脑子里想象着这些家具摆放在新房子里的位置和样子，他们想再买一些家具和装饰品。设计师给他们用电子邮件发来了新房一楼和二楼的图纸，并在图纸上标注了在哪些地方还需要诺艾尔店里的家具。诺艾尔无意中发现这座房子的面积竟然有一千七百多平方米。他们走上二楼，花了一个上午的时间，测量各种床、桌子、椅子和衣柜的尺寸，就这样把她的存货全买光了。诺艾尔第二天的销售额超过了三十万美元。卢克又一次掏出了那张黑色信用卡。

午餐时，诺艾尔锁上了店面，带他们来到街角一家很受欢迎的小酒馆里吃午饭。利用吃饭的时间，她的律师检查了那张黑色信用卡的有效性，并发现这对夫妇能买下所有他们想买的东西。这位律师也调查了他们的背景，但是一无所获。不过这有什么关系呢？如果黑卡能用的话，谁还在乎这些钱是从哪儿来的呢？

午饭过后，卡萝尔问诺艾尔："你什么时候再进新货？"

诺艾尔笑着说："显然会比预计的要快。我本来打算八月初去法国进货的，但是现在店里已经没什么可卖的了，所以我得赶快去了。"

卡萝尔瞥了卢克一眼，不知怎的，卢克显得有些局促不安。他说："我只是好奇地问一下，不知道能否跟你在法国见面，与你一起去购买货品。"

卡萝尔补充道："我们很喜欢普罗旺斯，和像你这样的人一起去淘古董一定会很有意思。"

卢克说："我们没有孩子，而且喜欢旅行，尤其喜欢法国。我们真的很喜欢这些古董，甚至在找一个新的设计师，希望能帮我们设计地板和墙纸。"

诺艾尔说："好啊，正好我认识很多装修设计行业的人，你们想什么时候去？"

梅西夫妇对视了一眼，像是在回想他们繁忙的日程安排。卢克说："两周后我们会去伦敦出差，之后可以在普罗旺斯见面。"

"对你来说是不是太快了？"卡萝尔说。

诺艾尔想了一会儿，说："没问题，可以的。我每年都会去几次，我在阿维尼翁还有一套自己的公寓。"

"太棒了，"卡萝尔高兴地说，"这次旅行一定会很有意思。我等不及想看到我们的新家里摆满从普罗旺斯淘来的东西了。"

卢克举起酒杯，说道："为庆祝我们能一起去法国南部寻找古董，干杯！"

3

两天后，第一辆卡车满载着诺艾尔的大部分货品驶离了卡米诺岛，运往休斯敦的一个大型仓库，梅西夫妇租了一个九十多平方米的仓库。不过，账单最终还是会摆在伊莲·谢尔比的办公桌上。

再过几个月，等案子结束后，不管结果如何，这些漂亮的古董都会慢慢重新流到市场上。

4

黄昏时分，踏着落日的余晖，默瑟来到海滩，沿着浪花拍打着的海边，向南而行。从南边数第四个门是纳尔逊夫妇的家，他们从屋里出来，正好看见了默瑟，于是跟她简短地聊了几句，他们的宠物狗在默瑟的脚边嗅来嗅去。纳尔逊夫妇已经七十多岁了，老两口非常恩爱，经常手牵着手一起在海边散步。他们非常好打听，于是自然而然问起默瑟来这里度假的原因。

"祝你写作愉快。"这对夫妇临走时，纳尔逊先生对默瑟说。

几分钟后，埃尔德曼太太又拦住了默瑟，她家在从北数的第八个门。埃尔德曼太太正巧出来遛她家的那对贵宾犬，她总是喜欢没完没了地跟人唠家常。默瑟并不是个爱聊天的人，不过她很喜欢这里邻里之间的友好氛围。

快到码头的时候，她离开了海边，向木板栈道走去。伊莲回到了小镇，想要跟她见面。她正在为了这次行动而租来的三层小楼的院子里等候默瑟。默瑟以前曾经来过这里，除了伊莲以外，没见过任何人。即使有人在这里监视，或者跟踪尾随她，她也不会知道。每当问到这个问题时，伊莲总是含糊其词。

他们走进小楼的厨房，伊莲问道："你想喝点儿什么吗？"

"喝水就行了。"

"你吃晚饭了吗？"

"还没有。"

"嗯，我们点些外卖吧，比萨、寿司或者中餐，你想吃什么？"

"我真的一点儿都不饿。"

"我也是。那咱们在这儿坐会儿吧。"伊莲指着厨房和客厅中间的一张小餐桌说。她打开冰箱，拿出两瓶水。默瑟坐下来，环顾四周。

"你现在住在这里吗？"她问道。

"是的，已经住了两个晚上了。"伊莲坐在她的对面。

"就你自己吗？"

"是的，现在岛上没有其他工作人员，我们总是来了又走。"

默瑟话到嘴边，差点儿就要问这个"我们"是谁，但她还是硬生生把话咽了回去。

伊莲说："你去过诺艾尔的古董店了吧？"默瑟点点头。她每晚给伊莲发的邮件总是故意说得含糊不清。

"跟我说说，描述一下那里的陈设和布局。"

默瑟给她讲述诺艾尔店里每个房间的布局，从楼上到楼下，尽可能描述得详细些。伊莲认真地听着，但是没有做任何记录。很明显，她对这家店非常了解和熟悉。

"店里有地下室吗？"伊莲问道。

"是的，她随口提过一句，说她在那里有个工作室，不过没有带我去参观的意思。"

"她有一张书桌。我们想买下来，但她说那张桌子不卖，应该是留给你的。等过段时间，你就说想要买那张书桌，但是希望能重新刷一遍漆。这样一来，没准她就会到地下室去刷漆，你想看看新漆的颜色，也就跟着一起去了。我们需要你去地下室看看，因为那里跟书店是相连的。"

"那谁来付钱？"

"我们。我们不是坏人，默瑟，你并不是孤身一人，你还有我们。"

"为什么我总觉得心里不踏实呢？"

"我们并没有暗中监视你，就像我曾经说过，我们只是来了又走。"

"好吧。假如我有机会进了她的地下室，然后我该怎么做呢？"

"看，观察，把看到的一切都记下来。如果幸运的话，也许你能看到一扇通向书店的门。"

"这个不好说，我觉得不一定会有。"

"我也不太相信。不过我们必须亲眼看看才知道。看看地下室的墙面是水泥的，是砖块的，还是木板的，也许找一个晚上我们得进去看一看。书店的监控摄像头你留意了吗？"

"有两个摄像头，一个对着柜台，另一个在小厨房区的后上方。应该还有一些，不过我没有看到。二楼一个摄像头也没有。我相信你们已经知道这些情况了。"

"是的，但在这种案件里，我们必须对一切都进行再三检查，而且一刻不停地收集各种信息。书店前门是怎么锁上的？"

"防盗锁，用钥匙开启的那种，并没有什么特别的。"

"你看见后门了吗？"

"没有，我还没有机会到后面去。我觉得后面应该还有几个房间。"

"东边是书店，西边是房地产中介公司的办公室。这两个地方之间有互通的门吗？"

"这个我没有看见。"

171

"你做得很好，默瑟。你来这里才三周，就已经融入这里，混入他们当中，没有引起任何怀疑，你做得非常出色。见到了应该见的人，看到了你能看到的一切，我们非常高兴。不过我们需要制造一些事情。"

　　"我相信你们肯定有办法。"

　　"的确如此。"伊莲走到沙发旁，拿起三本书，放在桌子中央，"我们设计的故事是这样的：泰莎一九八五年离开孟菲斯，并且搬到这里永久定居。正如我们所知，她在遗嘱中将她的财产平分给三个孩子。其中，她给你留了两万美元现金，用于支付大学的学费。她还有另外六个孙辈——康妮、霍尔斯特德的那几个远在加利福尼亚的孩子，还有简唯一的孩子莎拉。你是唯一一个得到特殊遗赠的孙辈。"

　　"因为我是她唯一爱的人。"

　　"没错，所以我们打算让你这么说：在泰莎去世后，你和康妮翻看她的私人物品，因为那些小物件遗嘱里并没有提到。所以你们两个决定把这些东西分了，其中包括一些衣服、老照片、一些不太值钱的艺术品等等。具体细节你想怎么编都行。于是，你得到了一箱子书，大部分都是很多年前给你买的儿童读物。不过在箱子底下有三本书，都是孟菲斯公共图书馆的初版图书，是一九八五年的时候泰莎从图书馆里借出来的。泰莎搬到海边时，不知是有意还是无意把这几本书也都带了过来。三十年后，这些书就到了你的手里。"

　　"这些书值钱吗？"

　　"说值钱也值钱，说不值钱也不值钱。看看最上面那本。"

　　默瑟把书拿起来，是詹姆斯·李·伯克[1]的小说《囚犯》。这本书看起来保存得相当完好，封面像崭新的一样，还包了一层聚酯薄膜。

---

①詹姆斯·李·伯克：美国著名侦探小说家，早期从事纯文学小说创作，但作品屡屡被出版社拒绝，后来转向侦探小说，从一九八七年开始发表"戴夫·罗比乔克斯系列"，获得巨大成功。

默瑟打开书，翻到版权页，看到了"第一版"的字样。

伊莲说："你可能知道，这是伯克的一本短篇小说集，一九八五年出版后，得到了很多人的关注。评论家对这本小说赞誉有加，销量很好。"

"现在这本书值多少钱？"

"这是我们上周买的，花了五千美元。因为第一版的印刷量很少，目前市面上已经不多了。在封面的后面，你可以看到一个条形码。那是一九八五年孟菲斯图书馆使用的条形码，所以这本书上面没有任何标记。当然，这个条形码是我们自己加上去的，我相信凯布尔会找到专业的人将它去掉。这对他来说并不是什么难事。"

"五千美元。"默瑟喃喃地重复道，就好像手里拿着的不是一本书，而是一块金砖。

"是的，是从一位颇有声誉的书商那里买来的。我们希望你能跟凯布尔提一句有关这本书的事情。告诉他这本书的来历，但是不要把这本书给他看，至少现在别给他看。你不知道该怎么办，这本书显然是泰莎从图书馆借出来的，并没有合法的拥有权。后来这本书又到了你的手上，而且并不在她遗嘱所列的财产之中，所以法律上来说，这本书并不属于你，而是归孟菲斯图书馆所有。但是都过了三十年，谁还想得起来这件事呢？况且，你现在也急需用钱。"

"这么做就是把泰莎污蔑成小偷了？"

"这都是虚构的，默瑟。"

"我不想诋毁我已故的外婆。"

"'已故'是这个虚构故事的关键。泰莎已经死了十一年，她并没有偷任何东西。你告诉凯布尔的这个故事也只有他一个人知道。"

默瑟小心翼翼地拿起第二本书，是科马克·麦卡锡的《血色子午线》。

一九八五年由兰登书屋出版，第一版的封面非常精美别致。

"这本书值多少钱？"默瑟问道。

"两周前我们花了四千美元买的。"

默瑟把书放下，拿起了第三本书，是拉里·麦克默特里的小说《寂寞之鸽》，也是一九八五年出版，发行商为西蒙与舒斯特出版社。这本书虽然封面保存完好，但是显然已经被翻阅了无数遍。

"这本书与前两本有所不同，"伊莲说，"西蒙与舒斯特出版社期望这本书能够大卖，所以初版印刷量有四万册左右，因此很多图书收藏家手里都有这本初版书，这就使这本书的价格大打折扣。我们只花了五百美元，然后做了一个崭新的封面，使它的价值翻了一番。"

"封面也可以伪造？"默瑟问。

"是的，在这个行业里，这种情况屡见不鲜，至少那些骗子书商就是这么做的。一个精致的伪造封面可以使价格翻倍。我们找了一个造假的行家做的。"

默瑟又一次听到了"我们"这个字眼，惊讶于他们这次行动投入的规模。她把书放下，然后喝了口水。

"所以我的任务就是把这些书卖给凯布尔，是吗？如果真是这样的话，我并不赞成，我可不想卖假货。"

"默瑟，我们的计划是，希望你用这些书作为突破口，更加接近凯布尔。你可以从这些书谈起，告诉他你不知道该怎么处理这些书。从道义上说，不应该把它们私下售卖，因为这些书并不属于你。最后，给他看其中的一两本，看看他有什么反应。也许他会带你到地下室或者保险库看他收集的藏书什么的。谁也不知道你们谈的结果会是什么样。不过，默瑟，我们需要你进入他的世界。他也许会提出要买你的《血色子午线》或者《囚犯》，或者没准他已经收藏了这两本书。如果我们推测正确的话，他倒很有可能对这些不合法的书感兴趣，并且想要从你手里买下，咱们正好可以看看他对你会不会说真话。我们都知道那些书是很有收藏价值的，倒要看看他会不会故意虚报低价。最后的结果谁也不知道。钱不是重要的，重要的是你要渗入到内部，参与到地下黑市的图书交易中去，获得情报。"

"我好像并不喜欢这样的方式。"

"这对谁都没有伤害，默瑟，一切都是虚构的。这些书的确是我们通过合法途径购买。如果他把书买下，我们花出去的钱就可以收回来了。如果他再把买下的书转卖出去，他的钱也就回来了。这个计划并没有什么不妥，而且也没有坑什么人。"

"好吧，但我不确定我能不能让他买账。"

"别这么说，默瑟，你的专业就是构架虚构的故事，创造虚构的小说世界，所以不妨再创造一些，对你来说并不是什么难事。"

"不过最近我的小说进展得并不顺利。"

"我为此感到遗憾。"

默瑟耸了耸肩，喝了口水。她凝视着桌子上的那几本书，脑子里想象着各种可能出现的场景。最后，她问道："要是事情搞砸了怎么办？"

"我想凯布尔会联系孟菲斯图书馆打探情况，不过图书馆馆藏甚多，而且系统复杂，他应该查不到什么信息。已经过了三十年，一切都发生了很大变化，今非昔比。图书馆每年遗失的外借图书大约有一千本，都是有借无还，作为一家传统的图书馆，他们并没有兴趣追查那些遗失图书的下落。再加上，泰莎从图书馆借走了很多本书。"

"以前我们每周都要去一次图书馆。"

"这个故事编造得天衣无缝，他不会查到真相的。"

默瑟拿起那本《寂寞之鸽》，问道："要是他发现这本书的封面是伪造的怎么办？"

"我们已经考虑到了这个问题，所以不确定是否要用上这本书。上周，我们把这本书拿给几个经验丰富的老书商看，他们看过之后，谁也没发现封面是伪造的。但是，你说得对，还是不要冒这个风险为好。先把那两本书拿去，不过一开始先不要给他看。当你在权利和公正的天平两端挣扎，陷入道义的困境时，先看看他给出什么建议。"

默瑟把那两本书放进帆布包里，然后离开小楼回到了海边。海面平静无波，潮水水位还不算太高。一轮满月在海滩上洒下皎洁的月光。她走在海滩上，听到一阵声音由远及近传来，越来越大。在左侧沙丘的半腰上，她看到两个年轻的情侣铺了一块沙滩浴巾，在那里谈情说爱。她几乎忍不住想停下来，看那激情之火完全释放的过程。不过她还是忍住了偷窥的欲望，没有停下脚步。

5

第二本小说仅写了三章，总共五千字，就戛然停笔了，因为此时默瑟已经厌倦了她塑造的角色，情节也编不下去了。她对自己以及整个写作的过程很失望、沮丧甚至气愤，于是索性穿上比基尼泳装，也是所有泳装里最暴露的一套，走向了海滩。现在是上午十点。从中午到下午五点钟，外面一直都烈日炎炎，不管是在水里还是在岸上都酷热难耐。她的皮肤已经有些晒黑了，所以不敢太过暴露在阳光之下。而上午十点钟也是那个在海边跑步的人经过的时候，那个跟默瑟年龄相仿的陌生人。他赤着脚沿着海边慢跑，高大精瘦的身躯闪耀着小麦色的光芒。看样子肯定是个运动员，腹部紧实平坦，肱二头肌和小腿的肌肉发达健美，他跑步的姿势轻松而潇洒。默瑟感觉当陌生人看到她的身影时，似乎有些放慢了脚步。上周他们相遇时，至少彼此多看了两眼，默瑟确信他们俩已经有些交集，可以打个招呼，交流一下了。

她摆好躺椅和遮阳伞，在身上涂了些防晒霜，眼睛注视着南方，观察那里的动静。那个陌生人总是从南边来，应该是来自丽兹酒店和高档公寓的方向。她解开裹在身上的海滩浴巾，在阳光下伸了个惬意的懒腰，戴上太阳镜和草帽，等待着陌生人向这里跑过来。她会把他叫住，轻松说一句"早上好"，就像这个海滩上所有表示友好的人一样。她用胳膊肘支着身子，等待陌生人，尽量不把自己看起来是个失败的作家。刚才删掉的那五千字是她写过的最烂的垃圾文。

他在这里出现至少十天了，如果住在酒店的话，未免也太长了点儿，也许他在高档公寓楼里租了一套公寓，要在这里住一个月。

她不知道接下来该做什么。

他总是一个人，但距离太远，默瑟看不清他手上有没有戴结婚戒指。

她苦心酝酿了五年，结果架构出来的却尽是蹩脚的人物角色和无聊乏味的故事情节，太烂了，连自己都不喜欢。她觉得自己也许再也写不出一部像样的小说了。

这时，手机响了，电话那头传来布鲁斯的声音："希望我们没有打扰到天才作家的写作。"

"一点儿也没有。"她说，"我正停下来休息一下。"

"很好。是这样，我们今天下午有一个签售会，我有些担心前来的书迷可能不够多，因为这是一位不知名作家的处女作，而且写得也不是很好。"

她几乎脱口而出，想要问"他长得怎么样？他多大了？是直男还是同性恋？"不过，她还是没敢说出口，转而说道："所以这就是你卖书的方式吗？召集你认识的作家朋友们前来救场？"

"说对了。诺艾尔正在家里准备签售会后的晚宴，当然是为了款待这位作家的。参加晚宴的人只有我、诺艾尔、你，那位进行签售活动的作家，以及梅拉和丽。一定会很有意思，你觉得呢？"

"让我看看我的日程表。好吧，我有空，几点？"

"六点，之后还有晚宴。"

"可以穿得休闲点儿吗？"

"你是在和我开玩笑吗？这里可是海边，你穿什么都可以，甚至不穿鞋也可以。"

已经十一点了，太阳炙烤着海滩上的沙子，清凉的微风也不见了踪影。显然，这里太热了，没人顶着大太阳出来跑步。

6

这位举办签售会的作家名叫兰迪·扎林斯基。默瑟在网上搜索了一下，几乎没有多少关于他的信息。关于他的简短介绍含糊不清，给人一种好像从事着某种"地下间谍活动"的印象，因为他在关于各种恐怖主义和网络犯罪的问题上有一些非常独特的见解。他的小说是发生在未来的美国、俄罗斯和中国三国之间博弈的故事。她在网上看了两段关于这本小说的摘要，觉得小说有些危言耸听、荒谬可笑。从这位作者的照片上看，他是一位四十岁出头的白人男性。关于他的介绍中没有提到婚姻和家庭情况。他住在密歇根，当然，目前正在创作新的小说。

这将是默瑟参加的第三次海湾书店签售会。前两次的签售活动让她回想起了七年前取消巡回签售会的痛苦记忆，所以她发誓今后要避开这样的活动，或者至少试着回绝，但是很难拒绝。因为参加签售会给了她很好的借口和理由在书店里闲逛,她需要借这个机会执行任务,这也是伊莲强烈要求的。而且,她几乎开不了口回绝布鲁斯。

梅拉说得对,这家书店有一群忠实的追随者,布鲁斯·凯布尔可以随时组织一群人前来捧场。当默瑟来到书店时,发现竟然有四十多个忠实的"粉丝"在楼上咖啡馆附近溜达。为了这场签售会,书店的桌子和书架都被移到后面,形成了一个开放的空间,里面有一个小讲台,讲台前面是几把随意摆放的椅子。

六点钟的时候,座位上已经坐满了人,大家都在闲聊着。所有人看起来都很轻松惬意,有说有笑。梅拉和丽坐在前排,与讲台近在咫尺,好像最好的位置总是会留给她们。梅拉同时在跟至少三个人谈笑风生,而丽则静静地坐在梅拉旁边,听到他们说到有趣的地方时,则微微一笑。默瑟站在一边,倚着一个书架,仿佛置身事外,并不属于这里。

这群"粉丝"一个个头发斑白,都是退休的年纪,默瑟这才注意到她是这群人中最年轻的一个。签售会的气氛温馨而惬意,好似一群书迷聚集在一起,跟这位新作家共享美妙的时刻。

默瑟承认她很嫉妒。如果她能写完那本该死的小说,那么她也可以做巡回签售会,并吸引众多的书迷和仰慕者前来。这让她不禁对海湾书店心生好感,也颇为欣赏像布鲁斯·凯布尔这样的人,很少有书商能如此尽职尽责,不辞辛劳,拥有并且维系这么多忠实的追随者。

布鲁斯走到讲台上,欢迎到场的每一位客人,并开始热情而真诚地介绍前来做签售会的作者兰迪·扎林斯基,对他大加赞赏,说他在"情报界"的多年经历,让他拥有非比寻常的洞察力,能敏锐地发现潜藏在每个角落的未知危险,等等。

扎林斯基看上去更像是个间谍,而不是一位作家。他不像一般的作家那样穿着褪色的牛仔裤和皱巴巴的夹克,而是穿了一身精致的深色西装，白色衬衫，没有打领带，脸上干净清爽，没有胡茬，古铜色的皮肤，看上去英俊潇洒，手上没有戴结婚戒指。他即兴演讲了三十分钟，讲了一些关于未来网络战争的话题，以及美国未来面对俄罗斯和中国的威胁和挑战，将会处于极大的劣势等等。听起来简直匪夷所思。默瑟怀疑她很可能会在晚宴时听到同样的故事。

他似乎是一个人做巡回签售活动。默瑟的注意力渐渐从他的演讲中转移，而是专注地看着讲话的人。她觉得这个人很有魅力，不过可惜，他在镇上只待一个晚上。她也想到了那个传闻，布鲁斯跟年轻漂亮的女作家风流暧昧，而诺艾尔则跟相貌英俊的男作家暗度陈仓。据说他们家塔楼上的作家客房其实就是一夜风流的地方。现在虽然默瑟已经跟这对夫妇见过了面，但还是有些难以相信。

当扎林斯基演讲完毕后，台下的观众都报以热烈的掌声，然后来到一张桌子前排队，桌子上摆放着几摞作家的小说。对于这本小说，默瑟既不想买，也不想读，但是实在没有别的选择。她至今还记得当年做签售会时，坐在书桌后，企盼着有人前来买书的那种挫败和绝望的心情，再加上她还得参加晚宴，接下来的三个小时，都要跟这位作家相处和接触。所以她觉得自己必须支持他，于是耐心地排队等待作者签名。梅拉看见了她，便上来攀谈起来。她们向扎林斯基做了自我介绍，看着他在自己购买的书上龙飞凤舞地签上大名。

她们一起走下楼梯时，梅拉嘟囔着说："三十块钱就这么没了，我连一个字也不会看的。"不过她的喃喃自语声也太大了点儿。

默瑟尴尬地一笑，说道："我也一样，不过咱们得让我们那位亲爱的书商高兴。"

两人走到柜台前，布鲁斯低声对她们说："诺艾尔在家里，不如你们一起过去找她吧。"

默瑟、梅拉和丽离开了书店，走过四个街区，来到了玛奇班克斯豪宅。

"你来过这里吗？"梅拉问默瑟。

"没有，不过我看过那本介绍这里装饰的书。"

"好吧，你一定会得到盛情款待的，诺艾尔是个非常热情周到的女主人。"

7

这座豪宅的装修风格跟诺艾尔古董店里的非常相似，里面摆满了充满乡村风格的家具和华美的装饰品。诺艾尔飞奔下楼，欢迎她们到来，寒暄过后，又立刻匆匆跑到厨房，查看烤箱里烤着的食物。梅拉、丽和默瑟拿着各自的酒水饮料来到了后院的阳台，在摇摇晃晃的风扇下，她们找到了一个阴凉的地方坐下来。由于晚上空气潮湿闷热，诺艾尔告诉大家晚宴将设在室内。

晚餐出现了令人意想不到的情况，布鲁斯一个人回来了。他说客人扎林斯基先生突然偏头痛发作，身体不适，想一个人静静。兰迪请布鲁斯向大家转达他的歉意，但是他真的需要回到酒店，关上灯在床上好好躺着。布鲁斯给自己倒了酒，然后过来跟大家一起聊天。梅拉想去找扎林斯基。

"能把那三十块的书钱退给我吗？"她说，不知道是开玩笑还是说真的，"就算拿枪逼着我，我也不想看。"

"说话要小心哦，"布鲁斯说，"要是我的小书店可以退书还款的话，你可欠我一大笔钱了。"

"那所有的书一旦售出就概不能退了吗？"默瑟问道。

"见鬼，你说得没错。"

梅拉说："好吧，要是你想让我们买书的话，麻烦下次请找个像样的作家来。"

布鲁斯笑了笑，看着默瑟说道："这个话题，我们每年至少得谈三次。梅拉，作为垃圾书的女王，对几乎所有的其他商业写手们嗤之以鼻。"

"非也，"梅拉反驳道，"我只是对那种写谍战和军事题材小说的作家不感兴趣。这种书我连碰也不想碰，更不想把这样的书放在家里，弄得乱七八糟。我二十块钱再卖给你得了。"

"行了，梅拉，"丽说，"你不总是说家里乱七八糟点儿才好吗？"

诺艾尔拿着一杯红酒也走到了阳台，加入大家的聊天中。她很担心扎林斯基，问他们是否应该叫个医生朋友过去看看他。布鲁斯说不用了，扎林斯基是个硬汉，可以照顾好自己。

"而且我觉得他很沉闷孤僻。"布鲁斯补充道。

"他的书怎么样？"默瑟问道。

"我大致粗略地看了一下，太多专业性和技术性的东西，太过炫耀自己对高科技、电子产品以及暗网等方面多么了如指掌，却没有太高的文学造诣。我中途把书放下了好几次，实在是读不下去。"

"好吧，反正我是绝对不会拿起这本书来看的，"梅拉笑着说，"而且，说实话，我也并不期待今晚的晚餐。"

丽凑到默瑟身旁，看着她说："亲爱的，永远不要得罪这群人。"

诺艾尔说："好吧，既然如此，那咱们就吃饭吧。"

在一个宽阔的后院玄关处，阳台和厨房中间，有一张深色的圆形木桌，在诺艾尔的精心装饰下，富有一种奇特的现代气息。除了圆桌之外，其他的东西都年代久远，从法式乡村扶手椅到精致的法式餐具，再到手工陶制盘子，都十分古朴别致。一切看上去都像是从诺艾尔的书里直接照搬过来的一样，实在太漂亮了，以至于让人只要看着就很满足，舍不得用它们来吃饭。

大家各自入座，酒杯里都倒满了酒。默瑟说："诺艾尔，我很想买你店里的那张书桌。"

"哦，我特意为你留着呢。你知道吗，好多人都想买那张书桌，所以我不得不挂上了已售出的牌子。"

"可能得迟些我才能把钱凑齐，不过我一定要买那张书桌。"

"你觉得那张书桌就能治好你的写作障碍症吗？"梅拉问，"一张来自法国的旧桌子吗？"

"谁说我有写作障碍症？"默瑟问。

"当你想不出写什么的时候，你用什么词来形容这种状态呢？"

"'枯竭'这个词怎么样？"

"布鲁斯，你说呢？这方面你是专家。"

布鲁斯正拿着一个大沙拉碗，丽在帮他盛沙拉。他说："'障碍'听起来太过严重了。所以我更喜欢'枯竭'这个词。不过我怎么敢班门弄斧呢？毕竟你们都是擅长舞文弄墨的作家。"

梅拉忽然莫名其妙地大笑起来，说道："丽，还记得咱们一个月写三本书的时候吗？那时我们的混蛋出版商赖账不给钱，可经纪人说不能换另外一家出版商，因为我们还欠他三本书。于是丽和我胡乱地构思了三本书的故事，情节极烂，荒谬可笑，我一天有十个小时在电脑前敲字，足足敲了三十天。"

"不过我们有一个特别好的故事。"丽一边递过沙拉碗，一边说道。

梅拉说："对，没错。我们有一个非常好的创意，是一个半流行半严肃的小说，但不想把它交给那个混蛋出版商。我们得尽快履行完那份该死的合同，好换一家更靠谱的出版社，一个看到这个故事架构后，能欣赏我们写作才华的人。这个理想最终实现了一部分。两年后，我们胡乱瞎写的那三本小说仍然畅销，简直卖疯了，而那部伟大的巨作却夭折了。真搞不懂这究竟是为什么。"

默瑟说："我希望能把那张书桌重新漆一下。"

"有时间咱们商量一下漆成什么颜色，"诺艾尔说，"好让书桌能跟你的小屋更加匹配。"

"你们去过那间小屋吗？"梅拉故作惊讶地说，"我们都没去过呢。什么时候能让我们参观一下？"

"很快，"默瑟说，"届时我会准备一顿丰盛的晚宴来款待大家。"

"跟大家说说你的好消息吧，诺艾尔。"布鲁斯说。

"什么好消息？"

"你就别装傻了。几天前，一对来自得克萨斯州的有钱夫妇买下了诺艾尔店里的所有古董。她的古董店现在几乎都已经空了。"

"可惜他们不是图书收藏爱好者。"丽说。

"但我把你的那张书桌留下了。"诺艾尔对默瑟说。

"诺艾尔将要闭店一个月，赶往法国重新进货。"

诺艾尔说："这对夫妇非常友善，而且学识渊博。我去普罗旺斯进货时，会在那里跟他们见面。"

"听起来真有趣。"默瑟说。

"不如你也跟我一起去吧？"诺艾尔说。

"这样也好啊，"梅拉说，"反正你的小说暂时也写不出来。"

"别这么说，梅拉。"丽说。

"你去过普罗旺斯吗？"诺艾尔问道。

"没有，但我一直都想去看看。你要在那里待多久？"

诺艾尔耸了耸肩，好像待多久对她来说并不重要："大概一个月左右吧。"她瞥了一眼布鲁斯，两个人对视了一眼，彼此心照不宣，似乎两个人事先并没有讨论过邀请默瑟去法国的事情。

　　默瑟察言观色，心领神会，说道："我还是把钱省下来买书桌吧。"

　　"说得好，"梅拉说，"你最好还是留在这里继续写作，没准你还需要我的建议和指点。"

　　"她不需要。"丽轻声说。

　　一大碗意大利鲜虾烩饭和一篮面包被端了上来，大家互相分递。吃了几口之后，梅拉开始自找麻烦了。

　　"要我说的话，我想我们应该这么做，"她一边嚼着满嘴的食物，一边说，"这个办法非同寻常，我以前从来没试过，所以现在更有理由一试，那就是探索一个未知的领域，去激发你创作的灵感。现在，正好借着这次聚会，大家都在这儿，我们应该对你的文学道路提出些建议与指导。默瑟，你来这儿已经有一个多月了吧，而且说老实话，我已经厌倦了你的抱怨和无病呻吟，总是说你的小说没有任何进展。所以很明显，我们大家都认为你并没有想出一个好故事可以进行创作，因为你已经好久没有出版什么作品了，大概有十年了吧——"

　　"应该是五年吧。"

　　"甭管几年了。显然，你需要一些帮助。所以我的建议是，作为你的新朋友，我们可以帮你想个故事，好让你摆脱目前的困境。看看在座的这些人，可都是能人。我们绝对可以给你指引正确的方向。"

　　默瑟说："好吧，那就死马当活马医吧，再差也差不到哪儿去了。"

　　"明白我的意思了吧？"梅拉说，"所以我们来这儿就是为了帮你的。"她拿着酒瓶"咕咚咕咚"喝了一大口，"现在，为了帮助你渡过难关，我们需要设定一下范围。首先，也是最为重要的是，你是否决定了一定要写一部文学小说，即使布鲁斯没法帮你把书卖出去，你也坚持要写，决不放弃？还是你想写更通俗一些的小说？我看过你的小说和短篇小说集，你的书卖不出去，我一点儿也不感到惊讶。请原谅我这么直白，好吗？毕竟，这是为了帮你，所以我们必须直言相告，好吗？大家都能接受这种坦率和直接吗？"

"没关系，请继续说下去。"默瑟笑着说。其他人也都点点头。仿佛在说我们都觉得很有意思，洗耳恭听。

梅拉又用叉子叉了一片生菜，然后继续说："我的意思是，作为一个年轻漂亮的女作家，你的文笔却让我出乎意料。有人可能会反驳，认为你的文风并不算好，但不管怎样，你可以随心所欲地写，我觉得你写什么都可以。所以你打算写哪一种小说呢——严肃的文学小说还是大众的通俗小说？"

"不能两者兼有吗？"布鲁斯饶有兴致地问。

"对于少数的几个作家来说，是可以的，"梅拉回答道，"但是对于绝大多数作家来说，是不可能的。"她看向默瑟说，"自从我们结识的第一天开始，就一直在争论这个话题，已经争论了十年。不过，不管怎样，我们觉得你可能无法写出完美的文学小说，让那些评论家无可挑剔，也无法凭一部文学小说赚取数量可观的版税。顺便说一句，我可不是因为出于嫉妒才这么说的。因为我不再写东西了，我的写作生涯已经结束。我不知道丽最近在干什么，但她肯定出版不了什么书。"

"又来了，梅拉。"

"可以很有把握地说，她的写作生涯已经结束了。但我们并不在乎，我们都老了，也攒了不少钱，并不会跟你竞争。你还年轻，又有天赋和才华，如果你能想出要写什么的话，未来一定大有前途。这就是我对你提出的建议，我们只是为你提供帮助。说句题外话，这个意大利鲜虾烩饭太好吃了，诺艾尔。"

"我需要给出回应吗？"默瑟问道。

"不，这是一次帮助会，所以你就坐在这里，听我们对你的建议和批评就好了。布鲁斯，你先来。你觉得默瑟该写什么？"

"我想先问一下你平时都读什么书？"

"兰迪·扎林斯基的书。"默瑟说完便忍不住哈哈大笑。

"可怜的家伙正因为偏头痛躺在床上难受呢，我们却在这里拿他调侃。"梅拉说。

"愿上帝帮助我们。"丽轻声说。

布鲁斯问道："你最近读的三部小说是什么？"

默瑟喝了一口红酒，想了想，说道："我喜欢克里斯汀·汉娜的小说《夜莺》，我想这部小说一定非常畅销。"

布鲁斯点点头，说："确实卖得不错。小说是平装版的，而且现在还在热卖中。"

梅拉说道："我也喜欢这本小说，不过你总不能靠写关于'二战'大屠杀的故事谋生吧。况且，默瑟，你对残酷的战争了解多少呢？"

"我并没有说要写关于战争的小说。克里斯汀写了二十多部小说，内容和题材都不一样。"

"不知道她的小说算不算是文学小说。"梅拉说。

"你确定只要你一读，就马上能分辨出小说的类型吗？"丽笑着问道。

"你是在损我吗，丽？"

"是的，没错。"

布鲁斯重新拉回正题，问道："那么，另外的两部小说呢？"

"安妮·泰勒的《一轴蓝线》是我最喜欢的小说之一，另外还有路易斯·厄德里奇的小说《玫瑰》。"

"都是女作家。"布鲁斯说。

"是的，我很少看男作家写的书。"

"有意思，而且很明智，因为 70% 的小说读者都是女性。"

"这三本小说都在热卖中，是吧？"诺艾尔问道。

"嗯，是的，"布鲁斯说，"这几位作家的小说写得都很好，所以十分畅销。"

"有了，"默瑟说，"我想到了。"

布鲁斯看向梅拉，说："看来你的主意不错，这次的帮助会很成功。"

"没那么快吧。难道是谋杀推理小说？"梅拉问道。

"不是，"默瑟回答说，"我不太适合写这种题材。因为我的思维没那么敏锐，不会事先铺垫好线索，然后抽丝剥茧，层层揭开谜团。"

"那是悬疑小说？惊悚刺激型的？"

"也不是，我不会渲染气氛，描写错综复杂的情节。"

"那是间谍题材？谍战小说？"

"对一个女孩来说，有点儿太难了。"

"不会是恐怖小说吧？"

"你在开玩笑吧？天黑以后，我连自己的影子都害怕。"

"那是浪漫爱情小说？"

"我不太了解爱情这个题材。"

梅拉问道："谁听过什么科幻和奇幻小说？"

"从来没接触过这类题材。"

"那西部小说呢？"

"我怕马。"

"政治阴谋小说呢？"

"我讨厌政客。"

"好吧，明白了。看样子你注定要写一部关于家庭矛盾纷争的历史小说了，那就从这儿着手吧。我们期待你能在这方面有所发挥。"

"我明天早上就开始构思和创作，"默瑟说，"谢谢大家。"

"别客气，"梅拉说，"既然谈到帮助的问题，我突然想起最近有人见过安迪·亚当吗？之所以这么问是因为我前几天偶然在杂货店碰到了他的前妻，她好像觉得安迪最近状态很不好。"

"只能说他最近一直酗酒，整天醉醺醺，没有清醒的时候。"布鲁斯说。

"有什么我们能帮他的吗？"

"我想不出能怎么帮他。现在安迪完全就是个酒鬼，而且会一直这么醉下去，除非有一天他自己决定不再酗酒了。他的出版商也许会拒绝他最新的小说，也就是说他将面临更大的麻烦。我很担心他。"

默瑟正看着布鲁斯的酒杯。伊莲跟默瑟提过几次，说他喝很多酒，但默瑟却一直也没见他喝太多。在梅拉和丽举办的晚宴以及今晚，他都只是浅酌红酒，过了许久才慢慢地再倒一杯，浅尝辄止，并不贪杯。

随着安迪的话题结束，梅拉又把话题移开，谈论另外几个作家朋友的生活现状。鲍勃·柯布正驾船在阿鲁巴岛附近航行；杰·阿克卢德在加拿大一个朋友的度假木屋里与世隔绝；艾米·斯莱特正忙着照顾孩子，其中一个孩子正在打垒球。布鲁斯此时变得格外安静。他一直在听着别人聊八卦，但并不参与其中。

诺艾尔似乎很开心，终于能避开佛罗里达的酷热难耐，出国避暑一个月了。她说普罗旺斯温度也不低，但没有这里这么闷热潮湿。晚饭后，她又一次问默瑟要不要跟她一起去，也许不用去一个月，只待一个星期左右。默瑟感谢她的盛情邀请，但她需要留下来写小说。而且她现在手头正紧，还得攒钱买那张书桌。

"那张书桌已经是你的了，亲爱的，"诺艾尔说，"我一直给你留着呢。"

晚上九点，梅拉和丽离开豪宅，走回家。默瑟帮助布鲁斯和诺艾尔在厨房里收拾，十点之前跟他们告辞。等她走了之后，布鲁斯在书房里一边喝着咖啡，一边聚精会神地看书。

8

两天后，默瑟在市中心闲逛，在一家咖啡馆阴凉的庭院里吃了午饭。之后，她沿着主街溜达，发现诺艾尔的商店关门了。门上挂着一个手写的牌子，上面写着"店主去法国购置古董了"。那张书桌就醒目地摆在橱窗前，除此之外，店里空荡荡的，什么也没有。她走到隔壁，跟布鲁斯打了个招呼，然后走到楼上的咖啡馆，点了一杯拿铁，来到二楼外面的阳台上，俯瞰第三大街的街景。不出所料，布鲁斯很快就过来了。

"什么风把你给吹来了？"他问道。

"无聊。又一天白白浪费了，盯着键盘什么也没写出来。"

"我还以为梅拉把你的写作障碍症治好了呢。"

"事情要是有这么简单就好了。你有时间吗，咱们聊一会儿吧？"

布鲁斯笑了，说当然可以。他看了看周围，发现旁边的桌子有一对夫妇，离得太近，说话不方便。"咱们下楼去聊吧。"他说。

默瑟跟着他下到一楼，来到初版书籍展览室。布鲁斯关上门，温柔地笑着说："这样就好多了。"

"有件事有些棘手。"默瑟说。她把泰莎旧书的故事给布鲁斯讲述了一番，说一九八五年泰莎从孟菲斯图书馆"借"了几本书。她私下里已经把这个故事反复练习了十几遍，所以说起来就像真事一样，声情并茂，那种困惑的表情也像真的一样。不出所料，布鲁斯果然对这个故事很感兴趣，并且对那几本书也十分好奇。他认为，默瑟没有必要联系孟菲斯图书馆。当然，把书还回去的想法是好的，但那几本书丢失的记录几十年前就已经没有了。更何况，图书馆根本就不清楚这几本书的价值。

"就算把书还回去了，图书馆也只是把书再放回书架上，将来还是得丢，"他说，"相信我，这样做的话，那些书肯定就被糟蹋了。那几本书应该被好好珍藏，用心保护。"

"可那些书其实并不属于我，所以我无权把它们卖出去，对吧？"

布鲁斯笑着耸耸肩，似乎这并不是个多大的问题。

"老话怎么说的来着？现实占有，败一胜九。那些书已经在你手里保存十多年了，所以在我看来，那些书就是你的。"

"我不知道，但总觉得有些心虚。"

"那些书还保存完好吗？"

"看起来还不错。在藏书这方面，我不太在行，不过我一直小心保管。实际上，我基本没怎么碰过。"

"我能看看那些书吗？"

"不知道。我只是想先跟你说说这件事。如果我把那些书拿给你看的话，那我们不就是快进行交易了吗？"

"至少让我先看看，其他的再说。"

"这个嘛……你的收藏里有这些书吗？"

"是的。所有詹姆斯·李·伯克的书我都有，科马克的书我也都有。"

默瑟看了一眼书架，仿佛在寻找那些书。

"不在这儿，"布鲁斯说，"在楼下，跟其他的珍本放在一起。空气中的盐分和湿气对书的损害很大，所以我把珍贵的书籍放在一个地下室里，那里可以严格控制室温。你想去看看吗？"

　　"也许以后再看吧，"默瑟努力表现出一副无动于衷的样子，装作随意地说，"你知道这两本书大概值多少钱吗？能大致估算一下吗？"

　　"当然可以。"他爽快地说，仿佛早就等着默瑟问这个问题了。他转身走到一台台式电脑前，按了几个键，然后看着屏幕。"我一九九八年买了初版的小说《囚犯》，当时花了两千五百块钱，所以现在价格应该翻了一倍多。不过还是得取决于书的品相，当然我得先看一看才能做出估算。至于另一本书，我是在二〇〇三年买的，当时的价格是三千五百块。"他继续翻着屏幕。默瑟看不见屏幕，但似乎能感觉到布鲁斯的藏书数量可观。"我有一本初版的《血色子午线》，是十年前从一个旧金山的书商朋友那里买的，确切地说是九年前。当时花了——我看一下——两千块钱。但是封面上有一个小小的缺口，而且有些老化，品相不是太好。"

　　哦，那买个伪造的封面不就得了，默瑟心想。看来如今她对这一行也有了些了解。不过她却露出了一副非常惊喜的表情，说道："真的吗？这些书这么值钱？"

　　"你无须怀疑我，默瑟，因为在这方面，我是最在行的。相比于卖新书，我在珍本交易上赚的钱更多。很抱歉，可能听起来有些自吹自擂了，但我真的很喜欢珍本。如果你想要卖那些书的话，我很乐意帮忙。"

　　"书的护封上有图书馆的条形码，不会影响书的价值吧？"

　　"不会的，没关系。条形码可以被擦除，这行里所有的图书修复专家我都认识。"

也许应该叫图书伪造专家吧。

"我怎么把书拿给你看呢？"她问道。

"把书装进一个袋子里，然后带过来。"他停顿了一下，然后转过身面向她，说道，"或者还有个更好的办法，我去小屋找你，而且我也想看看那里。多年来我始终向往着去那里看看，一直觉得那里是海滩上最漂亮的小屋之一。"

"太好了，其实我真的不想把那些书拿来拿去的。"

9

下午的时间过得很慢，默瑟一度忍不住想给伊莲打电话，告诉她最新的进展。她们的计划进展得比想象中还要快，现在布鲁斯已经准备好想要得到那些书了。实际上，布鲁斯主动提出要来小屋，是个天大的好事，至少对伊莲来说，简直让人难以置信。

"诺艾尔呢？"她问。

"我想她去法国了。她出国进货时，她的商店就会无限期关闭。"

"很好。"伊莲说。诺艾尔从杰克逊维尔飞到亚特兰大的前一天，她就知道这件事了。诺艾尔于美国时间晚上六点十分从亚特兰大机场登上法航的航班，直飞到巴黎。按计划，她于当地时间七点二十分到达法国北部城镇奥利，然后坐十点四十的航班飞往阿维尼翁。组织里的人在她下飞机之后跟踪她，一直跟到她位于阿维尼翁旧城区阿尔及尔街的公寓。

六点过几分，当布鲁斯来到默瑟的小屋时，诺艾尔正在阿维尼翁拉辛街一家有名的餐厅——福七餐厅，跟一位英俊帅气的法国绅士一起吃晚饭。

布鲁斯来到小屋时，默瑟正隔着前窗的窗帘，看着窗外的一切。他开着那辆敞篷保时捷，她曾经看到那辆车停在玛奇班克斯豪宅的门口。他换上了卡其色的短裤和一件高尔夫球衫。四十三岁的布鲁斯，身材匀称，高高瘦瘦，有着古铜色的皮肤。虽然默瑟不知道他平时是否经常健身，不过显然他的身材保持得很好。通过两次晚宴，她知道布鲁斯吃得很少，饮酒也适量。诺艾尔也是如此。

　　他拿着一瓶香槟，说明他片刻都没有浪费。他的妻子／搭档前脚刚走，他就开始物色新目标了。至少在默瑟看来是如此。

　　默瑟在门口迎接他，带他在小屋里四处参观。在平时写作的早餐桌上，放着两本书。

　　"咱们现在要喝点儿香槟吗？"她说。

　　"这只是祝贺你乔迁之喜的礼物，也许待会儿再喝吧。"

　　"那我把它放进冰箱里。"

　　布鲁斯坐在早餐桌旁边，看着那几本书，似乎入了迷。

　　"我能看看吗？"

　　"当然可以。这几本只是图书馆的旧书，对吧？"默瑟笑着说。

　　"不。"他小心翼翼地拿起那本《囚犯》，轻轻地抚摸着，就像拿着一件稀世珍宝一样。他没有立即打开书，而是查看了一下护封、前后的书皮以及书脊。他抚摸着护封，自言自语地说："初版的护封，色彩明丽没有褪色，没有缺损或任何瑕疵，"他慢慢翻开版权页，说道，"第一版，一九八五年一月由路易斯安那州立大学出版社出版。"他又翻看了几页，然后把书合上。

　　"保存非常完好的初版书，真是不错。你看过这本书吗？"

　　"没有，不过我读过几本伯克的推理小说。"

　　"我还以为你更喜欢女性作家的作品。"

"是的，我是很喜欢，不过也会看一些男性作家的作品。你认识这本小说的作者吗？"

"哦，是的，他来过我的书店两次，人挺不错的。"

"你有两本他的书，都是初版的吗？"

"是的，但我一直在找更多的书。"

"如果你买了之后会怎么做？"

"这本书你打算卖吗？"

"也许吧。没想到这两本书这么值钱。"

"我会出价五千块钱买这本书，然后再以两倍的价格把它卖出去。我有很多的客户，他们都是狂热的图书收藏者，我能想到至少有两三个人想要收藏这本小说。我们还会花几周的时间讨价还价，我会适当降点儿价，他们会稍微抬点儿价，不过我心里的价位在七千块左右。如果卖不到这个价的话，我就会把这本书锁在地下室里，存个三五年。初版书籍是个很好的投资，因为已经绝版，不会再印了。"

"五千美元。"默瑟重复着，显然被这个价格惊到了。

"我说到做到，现在就买。"

"我可以涨价吗？"

"当然可以，不过我最多出价六千块。"

"别人永远不会知道这本书是从哪儿来的吗？我的意思是，他们不会追查到我和泰莎吧？"

听到这个问题，布鲁斯哈哈大笑："当然不会。这是我最熟悉的圈子，默瑟，我已经在这行干了二十年了。这些书几十年前就杳无踪迹了，没人会怀疑。我会把它私下交给我的客户，一切安全，万无一失，皆大欢喜。"

"不会留下记录吗？"

"哪里记录？谁会把全国所有的初版书进行跟踪记录呢？书籍不会留下任何踪迹可循的，默瑟。许多书籍会像珠宝一样传承下去——而且追溯不到源头，希望你能明白我的意思。"

　　"不，我不太明白。"

　　"这是在你外婆遗嘱之外的东西。"

　　"哦，我明白了。这些初版书籍有没有是被盗或者被转卖过的？"

　　"这种情况时有发生。如果一本书的出处疑点太多，我是不会买的。但光看书本身的话，多数情况下是不可能知道它是不是被盗的书。就拿《囚犯》这本书来说，初版的印刷量很少。随着时间的推移，初版越来越少，大多数都踪迹难觅。所以剩下的初版，而且保存完好的，就会更值钱。但是市场上还是有不少初版书，都是一模一样的，或者至少出版的时候是一样的。许多初版书都会从一个收藏家手里转卖给另一个收藏家。所以我想有些初版书应该是被盗的书籍。"

　　"我能冒昧地问一句吗，你最珍贵的初版书是哪一本？"

　　布鲁斯笑了笑，想了想，说道："这个问题并不唐突，不过咱们还是小心为上。几年前，我花了五万美元买了原版书《麦田里的守望者》。塞林格很少在他的作品上签名，但是他把这本亲笔签名的书送给了他的编辑，这位编辑多年来一直把这本书珍藏在自己的家里，几乎没有碰过，所以保存十分完好。"

　　"你是怎么找到这本书的？很抱歉，我多嘴一问，不过只是出于好奇。"

　　"多年来，一直有关于这本书的传言，这个传言很可能是那位编辑的家人散布的，因为他们嗅到了巨大的商机，想大赚一笔。我找到了那位编辑的侄子，于是飞到克利夫兰，一直跟着他，缠着他，最后他把那本书卖给了我。据我所知，这本书从来没有流入市场，也没人知道在我手里。"

"那你把这本书买来之后做什么？"

"什么也不做，就是留着收藏起来。"

"谁看见过这本书？"

"诺艾尔，以及几个为数不多的朋友。我很乐意请你去参观，另外给你看看其他的收藏。"

"我很荣幸，回到正题，咱们再来谈谈科马克。"

布鲁斯笑了笑，拿起了那本《血色子午线》，问道："你看过他的书吗？"

"我试着看过，但是内容太暴力了。"

"我真是有些意外，没想到像泰莎这样的人竟然喜欢看科马克·麦卡锡的书，真是不可思议。"

"只要是图书馆的书，她都会借来看看。"

布鲁斯查看了一下护封，说道："书籍上有一两处破损，也许是年久老化造成的，另外还有些褪色。总之，护封保存状况还是不错的。"他打开书，看了看扉页，然后翻开简名页和版权页，仔细地查看。接着他又翻了几页，慢慢地品读起来。他一边翻看，一边轻声说："我喜欢这本书。这是麦卡锡的第五部小说，也是他第一部以美国西部为背景的小说。"

"我读了五十多页，"默瑟说，"完全是赤裸裸的暴力，太吓人了。"

"这倒是。"布鲁斯一边翻着书页，一边说，似乎仍沉浸在暴力的西部世界中。他轻轻合上书，说道："用我们的行话说，这是一本近乎完美的初版书。比我收藏的那本要好多了。"

"你那本花了多少钱买的？"

"两千块，九年前买的。这本书我出价四千，而且可能会用作私人收藏，不再转卖。四千块是最高价了。"

"这两本书加起来就是一万块了。真没想到值这么多钱。"

"对这一行我很了解，默瑟。一万块这个价，对你我来说都是笔不错的买卖，你想卖吗？"

"不知道，我得考虑一下。"

"好吧，我不会给你压力。不过，请允许我把这两本书放在我的地下室里，直到你做出决定之后再说。因为就像刚才说的，咸湿的空气对书的损害很大。"

"当然可以，这几本书你拿走吧。给我几天时间，我会拿定主意的。"

"不着急，你慢慢考虑。现在，咱们喝点儿香槟吧。"

"好的，当然可以，都快七点钟了。"

"我有个主意，"布鲁斯拿着书站起来说，"咱们去海滩喝酒吧，一边喝酒，一边散散步。因为忙着书店的事情，我一直没时间来海边。我喜欢大海，可惜大部分时间都被工作占据，没有机会来看海。"

"好吧。"默瑟有些迟疑地说。跟一个自称已婚的男人一起在海边漫步，再没有比这更浪漫的了。默瑟从橱柜里拿出一个小硬纸盒递给布鲁斯。布鲁斯把书放进盒子里，而默瑟则从冰箱里拿出了香槟酒。

10

默瑟和布鲁斯走了一个小时才到丽兹酒店，然后原路返回。等他们回到小屋的时候，夕阳已经渐渐落下，在沙丘上投下道道阴影。他们的酒杯都已经空了，默瑟立即重新斟满了酒。布鲁斯躺在甲板的柳条摇椅上，默瑟坐在他旁边。

他们各自讲述起自己的家庭：布鲁斯的父亲突然去世，他用父亲留下的遗产买下了这家书店；至于他的母亲，他们已经有将近三十年没见过面了。他还有一个关系很疏远的姐姐，他跟叔伯姑舅以及众多表亲都没有任何联系，祖父祖母也都早已过世。默瑟也向布鲁斯介绍了自己的家庭情况，自然而然提到了她母亲，身患精神疾病，终身被关在精神病院里。这件事她从来没跟别人说过，但面对布鲁斯，她却很容易就敞开心扉，说出了心里话。不仅是因为布鲁斯随和健谈，而且他很容易取得别人的信任。由于默瑟和布鲁斯两个人都因各自畸形的家庭而深受其害，所以他们都能感同身受，相互理解，彼此也都很谈得来，相处非常融洽。他们越聊越起劲，越说越开心。

第二杯香槟还剩一半的时候，布鲁斯说："其实我并不同意梅拉的看法，你不应该写家庭伦理小说。你已经写过一次了，而且写得很好，不过一次就够了。"

"别担心，梅拉的建议我暂时不会采纳，除非实在没辙了，再做考虑。"

"难道你不爱她吗？虽然她有点儿神神道道的。"

"不，谈不上爱。不过我越来越喜欢她了。她真的有很多钱吗？"

"谁知道呢。她和丽似乎过得挺悠闲自在。她们一起写了一百多本书，其实在这些小说的写作过程中，丽的作用非同小可，大部分的内容都是她帮着想出来的，但她不会承认的。她们的一些小说仍然畅销不衰。"

"那她们的书一定写得很好。"

"当你身无分文的时候，是很难静下心来写作的，默瑟，这一点我很清楚。我认识很多作家，但很少有人能全职写作，单单只靠卖书来维持生计。"

"所以他们会去教书，找到一所大学供职，这样就有了稳定的收入。我已经教过两次书了，也许还会再次找个教书的工作。要么教书，要么把房子卖了。"

"我觉得你不应该做这样的选择。"

"你有什么主意吗？"

"实际上，我倒是有个好主意。再给我倒杯酒，我给你讲个很长的故事。"

默瑟将香槟从冰箱里拿出来，把酒瓶里的酒都倒了出来。布鲁斯喝了一大口酒，擦了擦嘴，然后说道："我早餐的时候也可以喝酒。"

"我也是，不过咖啡可比酒便宜多了。"

"我曾经有过一个女朋友，在认识诺艾尔很久以前。她的名字叫塔莉娅，是个可爱的女孩，美丽又有才华，但是整天满脑子胡思乱想。我们断断续续交往了两年，分手的时候比交往的时候还多，因为她渐渐地越来越不切实际，脱离现实。我帮不了她，只能痛苦地看着她的心智和情绪越来越恶化。但是她还能写作，她正在写一部很有潜力的小说。她写的是一个虚构的故事，讲述的是查尔斯·狄更斯和他的情妇，一位名叫爱伦·特南的女演员的爱情故事。狄更斯与妻子凯瑟琳结婚已经二十年了。凯瑟琳是个典型的维多利亚时代的女性，端庄肃穆，意志坚定。她生了十个孩子，尽管他们有夫妻之实，但众所周知，婚姻并不幸福。狄更斯四十五岁的时候，已经成了英国家喻户晓的名人。这一年，他遇到了年仅十八岁的爱伦，当时爱伦是个一心想成名的女演员。他们疯狂地坠入了爱河，狄更斯离开了自己的妻子和孩子，不过在那个年代离婚是不可能的。但是狄更斯和爱伦到底是不是真的生活在一起了，谁也不知道。甚至有传言说，爱伦为狄更斯生了一个孩子，但是刚出生就夭折了。不管怎样，总之他们隐藏得很好，一直避人耳目。

"在塔莉娅的小说里，他们之间所有的事情都由爱伦披露了出来，点点滴滴无一遗漏。塔莉娅在小说中又引入了另一个众人皆知的绯闻轶事，即威廉·福克纳和梅塔·卡朋特之间的情事，使这部小说变得更加错综复杂。福克纳在好莱坞以写剧本为生时，遇见了梅塔。他们一见钟情，陷入爱河。这段爱情故事也是虚构的，而且写得很感人。后来，为了让这部小说更复杂些，塔莉娅又加入了另一个著名作家和他情人的故事。这个桃色事件从来没被证实过，可能并不是真事。据说欧内斯特·海明威和塞尔达·菲茨杰拉德在巴黎生活的时候，曾经有过一段短暂的恋情。你也知道，事实本身往往并没有什么故事性。于是塔莉娅按照自己的意愿，杜撰出了另一个事实，那就是欧内斯特和塞尔达背着弗朗西斯·斯科特·菲茨拉德偷情的故事，这个故事非常精彩，引人入胜。所以，这部小说里有三个震惊世人的文学界绯闻秘事，三个故事穿插交错，但是把三个故事放在一本小说里，实在是太多了。"

"这本小说她让你看了吗？"

"看了大部分。她不断地修改故事，好多章节写了一遍又一遍，越写就越混乱。她征求我的意见，我给她提出了点儿建议，但她总是跟我反着来，与我说的背道而驰。她完全沉迷其中，一刻不停地写作，足足写了两年。当看到她的初稿竟然已经超过一千页时，我就不再看了。为这事，我们吵了很多次。"

"那后来怎么样了？"

"塔莉娅说她把初稿都烧了。有一天，她突然心血来潮给我打电话，说她把稿子全都毁了，以后再也不写了。两天后，当时住在萨凡纳的她，就因服用过量药物而去世了。"

"太可怕了。"

"她死时才二十七岁，是我见过的最有才华的作家。她的葬礼结束一个月后，我给她的母亲写了一封信，言语谦和地询问塔莉娅是否留下了什么遗物或者临死前说了什么。她母亲说她没有留下任何东西，也从来没提过什么小说的事情。所以我相信她的确是把小说的稿子给烧毁，然后选择了自杀。"

"太可惜了。"

"这是个悲剧。"

"你没有小说的副本吗？"

"没有。她每次只把稿子拿来几天，让我看看，同时还在继续写。她一直都很多疑，生怕有人要偷走她的杰作，所以对稿子看管得很严。可怜的女孩，对很多事情都疑神疑鬼，偏执妄想。最后她停止了服药，并出现幻听，而我却无能为力。坦白地说，那时候我一直试图躲着她。"

他们陷入了沉思，沉浸在这个悲伤的事件中，慢慢地喝着杯中的香槟酒。太阳已经下山，夜幕即将来临，甲板上已经有些暗了。两个人都没有提到吃晚餐，不过默瑟已经准备好了要拒绝。他们在一起相处一整天了。

默瑟说道："这是一个很棒的故事。"

"哪一个？狄更斯、福克纳、塞尔达还是塔莉娅？咱们聊了很多，我提供了不少素材。"

"你把这些素材给我了？"

布鲁斯笑着耸了耸肩，说道："你要是喜欢就用在你的小说里，如果不喜欢就当故事听听好了。"

"狄更斯和福克纳的故事是真的，对吧？"

"是的，不过最精彩的还是海明威和塞尔达的故事。那是在二十世纪二十年代的巴黎，那是失落而迷惘的一代，一个五彩斑斓而又充满历史感的时代。他们肯定相互认识。F. 斯科特·菲茨杰拉德和海明威是好朋友，也是酒友，而且这两个美国人都是喜欢聚会爱热闹的人。海明威一生结过四次婚，是个放荡不羁的人。这个故事在不同人的笔下，会有不同的风格和特质，不过，要是在梅拉笔下，这一定会是个充满欲望的故事。"

"也许吧。"

"看来你对这个故事并没有太大的兴趣。"

"我对历史小说不太了解。是要完全忠于历史还是虚构一个故事来让人以为真有其事？反正我总觉得篡改真实人物的生活，凭空编造出一些汤姆没有真正做过的事情，这样太虚伪，太不诚实了。当然，这些真实的历史人物早已作古，但死了就能任由作家们随意编造他们生前的事迹，特别是他们的私生活吗？"

"这种历史小说向来如此，而且还挺畅销。"

"我想也是，不过我觉得这种小说并不适合我。"

"你看过他们的书吗？福克纳、海明威和菲茨杰拉德的小说？"

"万不得已才会看看。我不怎么看那些已故的白人作家的书。"

"我也是。我更喜欢读我认识的一些作家的书。"他喝光了杯里的酒，然后把杯子放在两人中间的桌子上，说道，"我该走了，非常高兴与你一起散步。"

"谢谢你的香槟，"默瑟说，"我送你出去。"

"我知道门在哪儿。"他说。他走在默瑟身后，轻轻地吻了一下她的头顶，说道："再见。"

"晚安。"

11

第二天早上八点，默瑟坐在早餐桌旁，目不转睛地盯着大海出神，完全无视眼前的笔记本电脑，脑子里想着一些难以名状的事情。这时，她的手机响起，吓了她一跳。

电话是诺艾尔从法国打来的，法国时间比美国早六个小时。诺艾尔向默瑟问好，热情地用法语说了一句"Bonjour"，（注：法语"你好"的意思。）并且为打扰她的写作而表示道歉。但是她必须打电话跟默瑟说一声，一个名叫杰克的人明天会去她的古董店，可以跟默瑟见个面。杰克是她最喜欢的修补师和漆匠，他会定期到店里给家具做修补。他这次来是要修复放在地下室里的一个法式大衣柜，所以默瑟可以趁这个好机会跟他谈谈书桌刷漆的事情。古董店关门上锁了，不过杰克有店里的钥匙。默瑟向诺艾尔表示感谢，她们又聊了会儿关于法国的事情。

电话挂了之后，默瑟立刻给伊莲·谢尔比打电话，此时她正远在华盛顿。默瑟前一天晚上给伊莲发了一封很长的邮件，把昨天一整天发生的所有事情以及说过的所有话都详细讲述了一遍，所以伊莲充分了解了目前的情况。

机会就这样突然而至了，这样一来，默瑟也许可以在同一天里看到这两家相邻店铺的地下室了。

下午的时候，默瑟给布鲁斯打电话，说她愿意接受布鲁斯的报价，把那两本书卖给他。她说明天要去市中心跟杰克见面，所以可以顺道去书店拿支票。而且，她真的很想看看那本初版的《麦田里的守望者》。

"太好了，"布鲁斯说，"那一起吃个午饭吧？"

"当然可以。"

12

伊莲和她的团队天黑后才抵达卡米诺岛，时间太晚，来不及跟默瑟见面。第二天早上九点，默瑟走在海滩上，停在了通向高档公寓的木板栈道上。伊莲正坐在栈道的台阶上喝咖啡，光脚踩着海滩上的沙子。她跟以往一样，紧紧地跟默瑟握了握手，说道："干得好，默瑟。"

"我们走着看吧。"默瑟说。

她们走到公寓，两个男人正在公寓里等着，一个名叫格雷厄姆，一个叫瑞克。他们正坐在餐桌旁喝咖啡，桌上还放着一个很大的箱子，像是工具箱一类的东西。箱子里装的是默瑟即将要学会用的东西，做这一行常用的一些设备和小玩意儿，比如麦克风、窃听器、发射器、摄像机等等。默瑟心想，这摄像机也太小了吧，怎么能捕捉到画面呢。他们开始把各种各样的设备拿出来，讨论每一种设备的性能、用途以及优缺点。

伊莲从来没有问过默瑟是否愿意佩戴隐形摄像机。她以为默瑟愿意，但没想到这一决定激起了默瑟的不满。格雷厄姆和瑞克继续给她讲解，默瑟却觉得心里很不舒服。最后她终于忍不住，脱口而出："未经别人允许就偷拍，这合法吗？"

"这并不违法。"伊莲面带自信的微笑回答道。仿佛心里在嘲笑她，别傻了，孩子。"这就像是在公众场合拍一张别人的照片一样，不需要别人同意，也不需要告知对方。"

两个男人当中年纪较大的瑞克说："法律规定，未经告知对方的情况下，不可以录下对方在电话中的谈话，但是政府并没有明文规定禁止摄像监控。"

"而且是除了私人住宅以外，任何时间任何地点都可以进行摄像监控，"格雷厄姆补充道，"看看各个建筑物、人行道和停车场上的那些监控摄像头就知道了。它们可以拍摄任何人，而且不需要得到别人的许可。"

伊莲是他们的负责人，职位和级别比这两个人高。她说："我喜欢这个带扣环的围巾，咱们试试这个吧。"这条花色的围巾色彩绚丽，看起来价格不菲。默瑟把它叠成三折，围在脖子上。瑞克递给她一个扣环，这是一个金色的扣环，上面镶着一小颗假的珠宝。默瑟把围巾的两端塞进扣环。瑞克拿着一把小螺丝刀走过来，用螺丝刀敲敲扣环，进行检查。

"我们会把一个微型摄像机放在里面，从外面看，根本看不出来。"他说。

"这个摄像机有多大？"默瑟问道。

格雷厄姆拿出微型摄像机，一个奇小无比的设备，比一粒葡萄干还小。

"这是个摄像机？"默瑟难以置信地问道。

"高清画质。我们展示给你看看，把那个扣环递给我。"

默瑟把扣环取下来，交给瑞克。他和格雷厄姆戴上了配套的放大镜，把摄像机镶进扣环里。

伊莲问道："你知道你跟布鲁斯要去哪里吃午饭吗？"

"不知道，他没说。我十一点要在诺艾尔的古董店跟杰克见面，然后去隔壁找布鲁斯，之后可能就去吃午饭。但是不知道去哪儿吃。那玩意儿我怎么用？"

"你什么都不用做，只要跟平常一样就行了。摄像机将由瑞克和格雷厄姆远程启动和操控。他们就在书店附近的一辆货车里，但是因为摄像机太小，所以只有画面，没有声音，你说话的时候不用担心。我们不知道地下室的情况，你要把里面的所有东西都拍下来，特别是门和窗户，另外留心一下，看看有没有监控摄像头。"

瑞克补充说："另外，找一找通向地下室的门上有没有安全传感器。我们几乎可以肯定的是，地下室里没有直接通向外面的门。那两个店铺的地下室似乎都在地面以下，所以外部没有楼梯可以通向下面。"

伊莲说："这是我们第一次窥探地下室内部，也很有可能是唯一的一次机会。所有的一切都至关重要，但是显然我们正在找的是手稿，也就是一摞比印刷的纸质书更大的稿件。"

"我对手稿很熟悉。"

"当然，毕竟你是作家。找找抽屉、柜子，以及任何适合存放手稿的地方。"

"要是他发现了我身上的摄像头怎么办？"默瑟有些紧张地问道。

两个男人嗤笑了一声，意思是这种情况是不可能发生的。

"他不会发现的，因为他发现不了。"伊莲说。

瑞克把扣环还给默瑟，默瑟又把它系在围巾的末端。

"我要启动摄像机了。"格雷厄姆一边敲击着笔记本电脑，一边说道。

瑞克说："麻烦你站起来，慢慢转过身，好吗？"

"当然可以。"默瑟按照瑞克的话去做。伊莲和两个男人同时盯着笔记本电脑。

"太棒了，"伊莲轻声说，几乎只有自己能听见，"你来看看，默瑟。"

默瑟站在桌旁，面对着前门，低头看着电脑屏幕，看到了非常清晰的图像，不禁深感惊讶。沙发、电视、扶手椅，甚至她面前廉价的地毯都清晰可见。

"真不敢相信，所有的图像竟然都是来自这个小小的微型摄像机。"她说。

"这没什么，默瑟，对我们来说只是小菜一碟。"伊莲说。

"这条围巾真的跟我平时的衣服不太搭。"

"那你穿什么呢？"伊莲问道，说着伸手就拿起了一个包，从里面抽出了半打围巾。

默瑟说："我只有一条红色的小太阳裙，没什么高档的衣服。"

13

杰克打开古董店的门，等默瑟进来之后又随手把门锁上。他做了一番自我介绍，说认识诺艾尔很多年了。他一看就是个工匠，粗糙的手上长满老茧，留着白花花的胡子，看上去像个一辈子在用工具干手艺活的人。他说话的声音有些粗哑，并告诉默瑟书桌已经被搬到地下室了。于是默瑟跟在他后面，保持一定距离，慢慢走下楼，她心里默默提醒自己眼前的一切都被拍了下来，伊莲的技术人员正在对图像进行分析。她手扶着楼梯栏杆，走下了十几级台阶，进入了一个很长而且凌乱的房间，一看就知道，这间地下室的长度跟书店一样。天花板很低，地面是粗糙的混凝土，没有经过任何装修。地下室里摆放着各种家具，有的是被拆解开的，有的是破损的，还有没修复的以及不配套的家具。这些家具都被随意地堆放在墙边。默瑟装作漫不经心地看着周围，慢慢转身，扫视各处。

"看来她把好东西都存放在这儿了。"默瑟说。但可惜杰克并没有什么幽默细胞。地下室光线充足，后面有一个像是房间的地方。最重要的是，在房间和隔壁地下室之间的砖墙上有一道门，伊莲·谢尔比和她神秘的公司认为凯布尔的珍贵藏书就在隔壁的地下室里。砖墙年代久远，被粉刷过很多次，目前的颜色是深灰色，但门却显得比墙新多了，这扇门是金属材质的，非常坚固，而且在门上边的两个顶角上各装有一个安全传感器。

伊莲的团队知道这两家店铺的宽度、长度以及高度和建筑布局结构都完全相同。这两间店是同一栋建筑的两个部分，这栋建筑建于一百年前，一九四〇年第一家书店开张时，便把建筑一分为二了。

瑞克和格雷厄姆坐在街对面的一辆货车里，盯着面前的笔记本电脑。当看到那扇连接两个地下室的门时，两个人既兴奋又激动。伊莲坐在公寓的沙发上，看到那扇门时也同样激动不已。加油，默瑟！

那张书桌就在地下室的中间，虽然地板上满是多年来给家具刷漆时滴落的油漆点子，但是书桌下面还是铺上了报纸。默瑟仔细地查看这张书桌，仿佛那是件珍贵的财产，而不是这次任务中被利用的一个棋子。杰克拿出了一张油漆颜色卡，他们讨论了其中的几个颜色，但默瑟却犯了难，不知道该如何选择。最后她选择了一种柔和的淡蓝色，杰克会用一种独特的工艺刷上一层薄漆，然后再人工做旧，赋予一种复古的美感。他的车里并没有这种颜色，所以得花几天时间才能找到。

太好了。这样一来，默瑟就可以随时来地下室查看书桌刷漆的进展。谁知道呢？瑞克和格雷厄姆的装备库里有不少新鲜玩意儿，没准下次来的时候，微型摄像机会装在她的耳环上。

她问杰克地下室里有没有洗手间，杰克朝后面点了点头。她花了一点儿时间才找到，上完洗手间之后，她又不紧不慢地回来，看到杰克正用砂纸打磨桌面。杰克弯腰蹲在书桌旁的时候，默瑟则站在金属门的正前方，寻找最佳的拍摄角度和位置。但这里可能有隐藏的摄像头在暗中监视着她，对吧？于是她向后退开，并且惊讶于自己的机智敏锐，看来她做间谍的经验又有长进了，也许假以时日，她真能成为一个不错的间谍。

她把杰克独自留在店里，自己则走出古董店，绕过一个街区，走到一家古巴快餐店，点了一杯冰茶，坐在快餐店的餐桌旁。不到一分钟之后，瑞克就进来买了一杯饮料，他坐在默瑟对面，微微一笑，轻声说："干得漂亮。"

　　"我想我可能天生是个做间谍的料，"她心里的结暂时解开了，"摄像机还开着吗？"

　　"没有，我已经把它关了。等你走进书店的时候，我会重新打开。不用担心，摄像机运行良好，你的拍摄角度很好。我们很高兴看到两个地下室之间有一扇门相连。现在你的任务是观察门的另一边，距离门越近越好。"

　　"嗯，没问题。我想我们中午可能会离开书店，去吃午饭。你们还会开着摄像机吗？"

　　"不会的。"

　　"我会坐在凯布尔的对面，至少得一个小时。你们不担心他会发现什么不对劲吗？"

　　"你离开书店的地下室之后，就去洗手间，就是主楼楼上的那个洗手间，摘下围巾，拿下扣环，然后放在你的包里。如果他问你为什么把围巾摘掉了，你就说戴着太热了。"

　　"正合我意。我可不想吃午饭的时候，用摄像机一直对着他的脸，想想就别扭。"

　　"好吧。你现在该走了，我跟在你后面。"

　　十一点五十分，默瑟走进店，看到布鲁斯正在整理书架上的杂志。今天他穿的是一套柔和的水蓝色条纹泡泡纱西装。到目前为止，默瑟已经注意到他至少穿过六套不同颜色的西装，她猜测布鲁斯还有更多颜色的泡泡纱西装。今天他的西装搭配了一个亮黄色的佩兹利花纹蝶形领结。跟以往一样，他穿着一双脏脏的鹿皮鞋，没穿袜子。他从来都不穿袜子。布鲁斯微笑着轻吻了一下默瑟的脸颊，说她看起来真漂亮。默瑟跟着布鲁斯走进初版书籍展览室，他从桌上拿起一个信封，说："泰莎三十年前从图书馆借来的两本书已经价值一万块。你说她要是知道了会怎么想？"

"她会说：'我的那份钱呢？'"

布鲁斯哈哈大笑，说："我们俩都得利了。我有两个客户想要那本《囚犯》，所以我要他们鹬蚌相争，我好渔翁得利，只要打几个电话，两千五百块就赚到手了。"

"这么简单？"

"不，也不总是如此，凭运气罢了。这就是我喜欢这个行业的原因。"

"我有个问题想问你。你提到的那个《麦田里的守望者》的原稿，如果决定要卖，会要价多少？"

"看来，你也喜欢上这个行业了，是吧？"

"不，完全没有，我没有这个商业头脑，只是好奇而已。"

"去年有人出价八十万美元，被我拒绝了。因为这本书是非卖品，不过如果非要把它卖了的话，我的要价最低也得一百万。"

"这个价挺合理。"

"你说你想看看这本书？"

默瑟耸了耸肩，装作一副无所谓的样子，漫不经心地说："是的，如果你不太忙的话。"显然布鲁斯想要炫耀一下他的藏书。

"为了你，再忙的事情我也能放下，跟我来。"他们走过楼梯，穿过儿童读物区，来到书店的后面。打开一扇锁着的门之后，出现了一段通向下面的楼梯，看上去好像很久没人走过了。一台监控摄像机正从上方的角落里监视着周围的一切。安全传感器被安装在门的顶部。

布鲁斯把钥匙插入门把手上的锁眼，然后钥匙一拧，把锁打开。他拉开门，打开灯。

"小心点儿。"他一边说，一边走下楼。默瑟犹豫了一下，然后小心翼翼地跟在他身后。布鲁斯走到楼梯尽头，又打开了一扇门。

地下室被分成了至少两个区域。前面较大的区域包括楼梯和一扇金属门，就是跟诺艾尔古董店地下室相连的那扇门，另外还有一排排的旧木书架，上面摆放着数千本没卖出去的图书、样书以及预读版书籍。

"这里就是人们常说的书籍垃圾场，"布鲁斯指着一片凌乱的区域说，"每家书店都有这么一间存放废书的地方。"他们走向地下室的后面，停在一面烟道墙前，这堵墙显然是在这栋楼建成之后才加盖出来的，其高度和宽度都跟房间相等，严丝合缝，看上去跟房间非常契合，融为一体。这堵墙上也有一扇金属门，旁边有一个小键盘。布鲁斯敲击键盘，输入密码，默瑟发现一个旧书架上悬着一台监控摄像头，正对着这扇门。输入密码后，门先是发出一阵嗡嗡声，然后"啪嗒"一声门锁打开了，他们走进门内，布鲁斯打开里面的灯。这里的温度明显比外面低一些。

这个房间看上去是完全封闭的，一排排的书架靠着烟道墙摆满，地上是光滑的混凝土，天花板很低，是由一种特殊的纤维材料制成的，默瑟说不上来是什么材料，不过特意拍摄了下来，供伊莲手下的那些专业人士研究。

宽敞的房间中央有一张精美的桌子；天花板高度为两米四；房间密闭性很好，每一个角落都密不透风，而且安全、防火。

布鲁斯说："书籍会因光线、热度和湿度的影响而受损，所以这三点必须严格控制。这里湿度几乎为零，温度永远保持在十三摄氏度，当然，更没有阳光照射。"

这些书架都是由厚厚的金属制成，并配有玻璃门，可以清楚地看到书脊。每个区域有六个书架，底部都与地面有半米的距离，书架顶部比默瑟的头部高出一点儿。

　　"泰莎留下的那几本初版书在哪儿？"她问道。

　　布鲁斯走到后墙，用一把钥匙插进书架旁边的一个狭窄的嵌板里。转动钥匙，"咔嗒"一声，所有的玻璃门都打开了。他打开了从顶部往下数的第二个架子。

　　"在这里，"说着，他拿出了《囚犯》和《血色子午线》两本书，"这里是它们的新家了，它们会被安全保存的。"

　　"的确很安全，"默瑟说，"这里太棒了，布鲁斯，真是令人惊讶。这里有多少本藏书？"

　　"几百本吧，不过不全是我的。"他指着靠门的一面墙说，"那些书是我帮客户和朋友保管的。有一些书是受托寄存在这里的。我有一位客户，正在闹离婚，所以他把书都藏在我这里。我可能会接到法院的传票，然后接受法庭的传讯和审问，这已经不是第一次了。不过为了保护客户的财产安全，我总是向法庭说谎。"

　　"那是什么？"默瑟指着放在角落里的一个高大笨重的柜子问道。

　　"那是一个保险箱，我把真正的好东西都放在里面了。"他在键盘上输入了一串密码——默瑟小心翼翼地移开视线——保险柜厚重的金属门上门锁被打开。布鲁斯打开保险柜门，里面分上中下三层，整齐地排列着各种书籍，看上去像是假的一样，有一些书的书名还是金色的。布鲁斯轻轻地从中间一层书架上拿出一本书，问道："你听说过翻盖式书壳吗？"

　　"没听说过。"

　　"这是一种保护盒，是为每一本书量身定制的。由于这些书的大小尺寸都不同，所以书壳的大小也都不尽相同。请到这边来。"

　　他们转过身，走到房间中央的小桌旁。他把其中一个书壳放在桌子上，打开它，然后轻轻地把书拿出来。书的护封上包裹着一层透明的吸塑压膜。

　　"这是我的第一本初版《麦田里的守望者》，是二十年前从我父亲的遗产中得到的。"

　　"难道这部小说你有两本初版的？"

　　"不，我有四本。"他打开书，翻到卷首的空页，指着微微变色的地方说："这里有一点点褪色，护封上有一两处缺损，但几乎可以说是完美的初版小说。"他把书和书壳留在桌子上，然后回到保险柜前。当布鲁斯转身往回走的时候，默瑟趁机转身面对着保险箱，好让瑞克和格雷厄姆看到清晰的正面图像。在存放稀有珍贵书籍的三个书架下面，有四个可伸缩的抽屉，都紧紧地关闭着。

　　如果布鲁斯真的拥有那些手稿的话，那么肯定就存放在这里。至少默瑟是这么认为的。

　　布鲁斯把另一个书壳放到桌子上，说："这是我最近找到的第四本，上面有塞林格的亲笔签名。"他打开书壳，取出书，翻到扉页上，说："没有题词，也没有日期，只有他的签名，正如我所说，这非常罕见，几乎绝无仅有。因为他十分抗拒在自己的书上签名。我想他真是疯了，你不觉得吗？"

　　"人们都这么说，"默瑟回答道，"这些书真是太棒了。"

　　"的确，"布鲁斯深情地看着手上的书，说道，"有时当我心情不好的时候，就会悄悄来到这里，把自己锁在这间屋子里，拿出这些书来看。然后想象着一九五一年的杰罗姆·大卫·塞林格是什么样子。这部《麦田里的守望者》是他的第一部小说。这部小说由利特尔·布

214

朗出版社出版，一开始印刷了一万本，而现在这本小说每年的销量已经达到了一百万册，被翻译成六十五种语言。但当时他并不知道小说出版后会怎样。他凭借这部小说功成名就，但他面对众人的关注和瞩目，却无法驾驭和掌控。大多数学者相信他有点儿精神失常了。"

"两年前我曾经在大学里教过这本小说。"

"那你对这本书一定很了解了？"

"这并不是我最喜欢的小说，我再说一次，我更喜欢女作家的小说，特别是那些还在世的女作家。"

"所以你想看看我收藏的女作家的珍本，不管是在世还是已经去世的，对吗？"

"是的。"

布鲁斯又回到保险箱前，而默瑟用身上的微型摄像机拍下了这里的每一个角落，甚至还慢慢移动，换个更加清晰的正面角度进行拍摄。布鲁斯找到了要找的书，回到桌子旁。

"这本弗吉尼亚·伍尔夫的《一个自己的房间》怎么样？"他打开书壳，拿出里面的书。"一九二九年出版，是第一版，几乎完美，是我十二年前买来的。"

"我喜欢这本小说，上高中的时候读的。我就是受这本书的激励，才立志成为一名作家，或者至少让我有了写作的冲动和尝试。"

"太难得了。"

"我愿意出价一万块钱。"

他们相视而笑，布鲁斯礼貌地说："不好意思，这是非卖品。"他把书递给默瑟。

她轻轻地翻开书，说道："她真的很勇敢。她最著名的一句话就是'一个女人要想写小说，就必须得有钱，还得有一间自己的房子。'"

"她的灵魂一直饱受折磨。"

"我也这么认为，所以最后她选择了自杀。为什么作家要遭受这么多痛苦呢，布鲁斯？"默瑟合上书，把它还给布鲁斯，"为什么有这么多自残的行为，甚至是自杀。"

"我无法理解人们为什么自杀，但我有点儿酗酒，还有一些不良习惯。几年前咱们的朋友安迪曾经给我解释过原因。他说是因为写作生活太混乱无序，松懈散漫。作为作家，没有顶头上司，没有领导主管，不需要上班，也不需要加班加点。早上可以写作，晚上也可以写，想写就写，想喝酒就喝酒。安迪认为他宿醉之后更有灵感，写得更好，但我并不太相信。"布鲁斯把书放进书壳里，然后把它们放回保险箱。

一时冲动之下，默瑟突然问道："那些抽屉里有什么？"

布鲁斯毫不犹豫地回答说："旧的手稿，但跟这些书比起来，就不值多少钱了。我最喜欢的是约翰·D.麦克唐纳的手稿，特别是他的《私探麦基》系列小说。几年前，我从另一个收藏家手里买下了他两本小说的手稿。"他一边说一边关上了保险柜的门。显然，抽屉是个禁区，谢绝参观。

"看够了吧？"他问道。

"是的，这里太棒了，真让人大开眼界，布鲁斯，原来还有这样的一个世界，我以前竟然完全不知道。"

"我很少向别人炫耀这些书。珍本交易是个非常安静而小众的领域。我敢肯定，没有人知道我有四本初版的《麦田里的守望者》，我想一直这样低调行事。这些书都没有登记注册，没有记录，也没人在盯着，许多交易都是在私底下进行的。"

"我不会泄露你的秘密的，因为我想不出能跟谁说。"

"别误会我的意思，默瑟。所有这些交易都是合法的。我如实向有关部门上报利润，并缴纳税款。如果我死了，这些书也包括在我的遗产清单里。"

"所有的书吗？"默瑟笑着问。

他同样笑着回答说："这个嘛，应该说是绝大部分的书。"

"那是当然。"

"好了，咱们去吃午饭吧？"

"好的，正好我也饿了。"

14

伊莲的团队叫了比萨外卖当午饭，还有饮料。此时此刻，吃饭已经不重要了。瑞克、格雷厄姆和伊莲正坐在公寓的餐桌旁，回放着从默瑟拍下的视频中截取的十几张照片。默瑟在诺艾尔的古董店地下室里拍摄了十八分钟的视频，在布鲁斯的地下室里拍摄了二十二分钟的视频，这四十分钟的视频是非常宝贵的证据和线索，几个人此刻都兴奋不已。他们对这两段视频进行了仔细的研究，不过更重要的是，他们已经把视频发送到位于贝塞斯达的实验室进行分析比对。最终得出了以下确切的数据和信息：布鲁斯的地下室的大小、保险柜的尺寸、监控摄像头和安全传感器的位置、门上门锁的位置，以及按键式入口嵌入面板的位置等等。保险柜重三百六十千克，由十一号钢制成，是十五年前由俄亥俄州一家工厂制造的，在线上销售，并由杰克逊维尔的一个承包商负责安装。当保险柜门锁上的时候，有五颗铅制的防盗锁锁定，并有液压装置密封。它能承受住两个小时一千五百五十度的高温。打开保险柜应该不是问题，但显然最大的挑战是如何顺利进入地下室的保险库，而不触动报警铃声。

整个下午，他们都围坐在桌子旁，大部分时间都是在激烈地讨论，或者与贝塞斯达的同事用电话的扬声器进行交流。伊莲是负责人，但积极听取别人的意见，非常鼓励团队成员之间的合作。很多人提供了非常明智的意见和建议，她都认真听取。联邦调查局在这个案子上耗时已久，现在是时候打电话通知他们了吗？说一直追查的嫌疑犯已经找到了？告诉他们关于布鲁斯·凯布尔的一切信息？伊莲并不赞同这样做，因为现在还不到时候。她的理由很合理：没有足够的证据让联邦调查局相信手稿就藏在凯布尔书店下面的地下室里。此时，他们从波士顿的一个线人那里得到了一个消息，一个四十分钟的建筑物内部结构视频，以及从视频里截下的几张照片。远在华盛顿的公司代表律师认为，仅凭这些视频和照片，证据还不够充分，不足以让联邦调查局批准获得搜查令。

　　而且，跟以往一样，联邦调查局的人一旦介入，他们就会全权接管，改变现有的规则和状况。到目前为止联邦调查局对布鲁斯·凯布尔仍一无所知，也不知道伊莲安排的间谍已经渗透进去，并获取了布鲁斯的信任。伊莲希望能尽可能地继续保持这种状态。

　　瑞克提出了一个方案，但并没有获得多少人的支持，他想声东击西，放一场火转移视线。比如午夜过后，在书店的一楼引发一场小火灾，随后报警声就会响起，安全传感器就会触发，他们就可以趁机从诺艾尔的古董店这边进入地下室，火速抢走手稿。这样做风险很大，而且还犯下了几项罪行。况且，假如这里面没有《了不起的盖茨比》的手稿怎么办？万一《了不起的盖茨比》和其他四份手稿被藏在岛上的其他地方或者全国任何一个地方呢？凯布尔会不放心，这样一来，就会把手稿分散到世界各地隐藏起来，如果那样的话可就糟了。

　　瑞克刚提出这个方案，就被伊莲一口否决了。时间一分一秒地过去，虽然紧迫，但还有些时间，而且安插的女间谍干得很好。不到四个星期，她就博得了凯布尔的好感，并且渗透进了他的圈子里。她取得了凯布尔的信任，从而替他们弄到了这个宝贵的信息——四十分钟的珍贵视频，以及数百张静态图像。他们确信，距离目标越来越近了。他们会继续耐心等下去，等待接下来要发生的事情。

一个重要的问题现在已经找到了答案。他们曾经讨论过，为什么一个小镇的书商在一栋老建筑里开了一家书店，但这么多年来却在安全问题上这么执着和较真。由于他是头号犯罪嫌疑人，所以做的每一件事看起来都十分可疑。地下室里的小堡垒一定是他用来存放交易中所获得的不义之财的，难道不是吗？不过最后却不是这样，因为他们现在知道了，他如此在意安全问题仅仅是因为地下室里放着很多价值连城的东西。

午饭过后，默瑟报告说，除了那四本《麦田里的守望者》和那本《一个自己的房间》之外，保险箱的书架上还整齐地摆放着五十多本其他的珍本，都用书壳保护起来。整个地下室保险库里藏有好几百本书。

伊莲在这一行已经干了二十多年，但仍然对凯布尔拥有这么多藏书感到惊讶。她跟所有著名的珍本书屋都打过交道，并且跟这一行的人很熟。他们的业务就是买卖书籍，并且使用目录和网站，以及各种营销手段来招揽生意。他们的藏书量很大，而且颇有知名度。伊莲和她的团队一直怀疑像凯布尔这样的小玩家能否凑足一百万美元买下菲茨杰拉德的手稿。但现在，问题迎刃而解，终于找到了答案。

他绝对有办法，因为他有的是钱。

07

周末情人

1

这是一份晚宴的邀请函，一个无酒的晚宴。因为安迪·亚当也被邀请了，所以布鲁斯坚持要求晚宴不提供酒精类饮品。另一个无酒的原因是这次来举办签售会的作家莎莉·阿兰卡，几年前因为过度酗酒而戒酒了，所以希望晚宴上不要提供酒类。

布鲁斯在电话里告诉默瑟，安迪要去接受戒酒治疗，他决心要不惜一切代价让自己脱离酒精的侵害，保持清醒，直到进入戒酒中心，进行全封闭式的治疗。默瑟非常愿意帮忙，并且欣然同意这个要求。

在签售会上，阿兰卡女士与在座的五十多位书迷侃侃而谈，魅力十足。她跟大家一起讨论自己的作品，并且阅读了最新一部小说的部分章节。她是位非常有名的犯罪小说作家，创作了一部非常成功的系列小说，主人公是来自阿兰卡女士的家乡旧金山的一位私家女侦探。默瑟下午的时候粗略地看了一下这本小说，当她在签售会上听到并看到莎莉的演讲时，突然发现莎莉小说中的主人公竟然跟莎莉自己十分相像：四十出头、曾经酗酒，现在正在戒酒，离过婚，没有孩子，精明果敢，雷厉风行，当然，还非常有魅力。她每年都有新书问世，然后在全国范围内开展巡回签售活动，每一次都会把海湾书店作为签售会的一站，而且通常都是在诺艾尔不在小镇的时候过来。

签售会结束后，他们四个人沿着大街走到了勒罗彻餐厅，这是一家有名的法国餐厅。布鲁斯立刻点了两瓶苏打水，然后让女服务员把酒水单拿走。安迪看了好几眼周围的桌子，似乎是想喝点儿酒，不过他还是忍住了，只好在水里加了一片柠檬，然后安静地坐了下来。他正在跟出版商就最新的合同进行讨价还价，因为在这份合同中，出版商给的预付款要比上一本书给的少。他自嘲地说，已经换了一个又一个出版商，直到纽约几乎所有的出版社都厌倦了他。开胃菜端上来之后，莎莉开始讲述当年出道时的艰辛，小说出版时遇到的各种挫折。她的第一部小说曾经被十几个经纪人和众多出版社拒绝过，但她仍然坚持写作，同时酗酒不断。她的第一次婚姻破裂，是因为发现自己的丈夫婚内出轨，从此生活变得一团糟。而且她的第二本和第三本小说也都被出版社退回了。庆幸的是，在几个好朋友的帮助下，她开始想要戒酒了。她的第四本小说转向了犯罪题材，创造出一个特点鲜明的主人公，立刻就有不少经纪人纷至沓来，跟她联系。并且还有人购买她小说的电影版权，准备把它拍成电影。她的写作事业这才走向正轨，并且蒸蒸日上。现在，这个犯罪系列小说已经出到了第八部，成为十分畅销的系列小说。

虽然她讲述自己的经历没有一丝沾沾自喜、洋洋自得之意，但默瑟还是忍不住感到一阵嫉妒。莎莉是个全职作家，成名之前，她只有一份收入微薄的工作，还要向父母借钱，即使如此她还是每年都写一部小说。这一切听起来挺容易。默瑟心里完全承认，她遇到的每一个作家都对别的作家有嫉妒之心，这是人的天性使然。

主菜上来之后，大家谈论的话题突然转到了酗酒这件事情上，安迪承认他有酗酒的问题。莎莉虽然非常同情，但态度也很坚决，给安迪提供了一些建议。她已经戒酒七年了，正是由于戒酒，才拯救了她的生活。她说的话非常鼓舞人心，安迪十分感谢她的坦诚。一时间默瑟突然觉得自己不是在吃饭，而是正在参加一个戒酒互助会。

布鲁斯显然非常喜欢阿兰卡女士，随着晚宴的进行，默瑟越来越感觉到他对自己的关注逐渐减少，所有的注意力都集中在阿兰卡身上。别傻了，默瑟心想，他们已经认识很多年了。不过意识到这一点之后，默瑟却觉得心里怪怪的，无法释怀，而且这种感觉越来越明显，至少她自己是这样。布鲁斯好几次有意无意地触碰莎莉，一只手总是在她身旁徘徊，时不时不经意地碰一下她的肩。

他们没有吃甜点，晚宴就结束了，布鲁斯付了账单。他们走出餐厅，沿着主街走，布鲁斯说要去一趟书店，看看晚班店员的值班情况。莎莉跟他同道而去。大家互道晚安，莎莉答应默瑟回去之后会给她发邮件，保持联系。默瑟正要离开，安迪说："嘿，有时间吗？一起喝一杯？"

默瑟停住脚步，面对着他，说道："不，安迪，这不太好吧，吃过晚饭后就不要喝酒了。"

"我指的是喝咖啡，不是喝酒。"

现在九点刚过，默瑟回到小屋也没什么事做。也许跟安迪喝杯咖啡会对他的戒酒治疗有帮助。他们穿过街道，走进了一间空无一人的咖啡馆。咖啡师说三十分钟后就要打烊关门了。他们点了两杯无咖啡因咖啡，然后拿到外面的桌子上去喝。书店就在咖啡馆对面，几分钟后，布鲁斯和莎莉离开了书店，消失在通向玛奇班克斯豪宅的街道尽头。

"她今晚会在布鲁斯的家里过夜，"安迪说，"很多作家来这里时都是如此。"

默瑟心里早有准备，问道："诺艾尔也加入其中吗？"

"这是哪儿的话。布鲁斯有他的女伴，诺艾尔也有自己的情人。在他们房子塔楼的顶层有一间圆形的房间，被称为'作家之屋'，众所周知。所有风流韵事都在那里进行。"

"我不确定自己是否能理解。"默瑟说。其实她非常清楚。

"他们的婚姻是开放式的，默瑟。我想他们彼此之间是相爱的，但是没有任何规则的束缚。"

"这太离奇了。"

"对他们来说，这没什么奇怪的。他们似乎很享受这样的生活。"

终于，伊莲说的那些传闻都得到证实了。

安迪说："诺艾尔之所以在法国待这么久，是因为她在那边有个交往多年的男友。我想那个男的也已经结婚了。"

"哦，这并不奇怪，他当然也结婚了，为什么不呢？"

"你没结过婚，对吧？"

"是的。"

"好吧，我已经结过两次婚了，所以我不确定能给你什么建议。你现在有男朋友吗？"

"没有，我最后一任男朋友一年前就滚蛋了。"

"在这里遇见让你觉得有趣的人了吗？"

"当然，你、布鲁斯、诺艾尔、梅拉、丽、鲍勃·柯布。这里有很多有趣的人。"

"有想要约会的人吗？"

安迪至少比她大十五岁，还是一个酒鬼，一个喝醉酒在酒吧打架闹事的人，到现在脸上还带着伤疤，一个野蛮暴力的男人，没有任何有趣可言。

"你是想约我吗，安迪？"

"不，我是想有时间一起吃个饭。"

"你不是快要离开这里了吗，梅拉怎么说的来着，戒酒训练营？"

"三天后，所以这几天我一定要保持清醒，不能喝酒。说起来容易，做起来难。实际上，我虽然喝着不含咖啡因的热咖啡，但脑子里一直把它幻想成是加冰块的双份伏特加酒。我几乎能尝到酒的味道。我在这里消磨时间，是因为不想回家，虽然家里一滴酒也没有。回家的路上，我会经过两家酒类专卖店，现在还在营业，我要强迫自己继续开车，不要停下来买酒，心里一直在挣扎。"他的声音变得越来越小。

"对不起，安迪。"

"不必道歉。只是你以后千万不要弄成我这副样子，太可怕了。"

"真希望我能为你做些什么。"

"你可以的，为我祷告，好吗？我讨厌变得如此软弱。"他突然站起，转身而去，似乎想尽快离开这里,结束谈话。默瑟想要说些什么，但是却不知道该怎么开口。她看着安迪远去，直到他的身影消失在街角的拐弯处。

默瑟把两个人的杯子拿到咖啡馆的柜台。街上一片寂静，只有书店和糖果店以及咖啡馆还在营业。她的车停在了第三大街，但不知怎的，她并没有去开车，而是走过了一个街区之后，继续走着，一直走到了玛奇班克斯豪宅。在塔楼的顶层，作家之屋还亮着灯。她放慢了脚步，恰好在这个时候，灯灭了。

她承认自己有些好奇，但也不得不承认，她心里有一丝丝的嫉妒。

2

默瑟在小屋住了五个星期之后，是时候该离开几天了。康妮和她的丈夫以及两个十几岁的女儿正在来海滩的路上，要在这里度过两周的假期。康妮非常有礼，甚至非常诚恳地邀请默瑟跟他们一起度假，但默瑟拒绝了。因为她知道康妮的两个女儿什么都不会做，只会整天盯着手机看，而康妮的丈夫什么话题也不会聊，只会谈他的冰冻酸奶店。虽然他从来不炫耀自己生意上的成功，但他总是不停地工作，生活里除了工作没有别的。默瑟知道他每天早上五点就起床，喝一杯咖啡之后，就埋头收发电子邮件，检查发货情况等等，可能这两个星期里几乎足不出户，处理生意上的事情，一步也不会踏上海滩。康妮曾经开玩笑说，他从来没有过过一个完整的假期，总是有这样或者那样的突发情况，打断他的假期，让他不得不火速赶回纳什维尔，拯救公司。

写作是不可能的了，以目前的速度，她已经远远落下了进度。

至于比她大九岁的姐姐康妮，她们俩的关系一直都不怎么亲密。母亲离开她们之后，父亲也自私地只顾自己，她和康妮实际上都是靠自己养活自己。康妮十八岁的时候逃离了这个家，去了南方卫理公会大学念书，从此再也没有回去过。她曾经跟泰莎和默瑟一起度过了一个暑假，但那时康妮花痴似的迷恋男孩，对在海滩漫步、观察海龟还有看书这类事情丝毫不感兴趣，甚至厌烦至极。后来泰莎发现她偷偷吸烟，她一气之下就走了。

现在，姐妹俩每周都会发送电子邮件，相互问候；每个月都会通一次电话互报平安；两个人之间有礼有节，相处甚欢。默瑟如果到纳什维尔附近办事，便会顺道去看看康妮一家人，但每次去的地方都不一样，因为他们经常搬家，房子越搬越大，小区越换越高档。他们一直在不停追求，追逐一个模糊的梦想，默瑟经常在想他们的目标到底是什么。他们赚得越多，花的就越多，而默瑟却一直生活拮据，一贫如洗，看到他们如此高的消费，总是不由得大吃一惊。

在这样的家庭背景下，有一件事从来没有拿出来讨论过，主要是因为这件事根本讨论不出什么结果，而且还让所有人心里都不痛快。康妮很幸运，接受了四年私立大学的教育，却学费无忧，用不着借巨额的助学贷款。这还要归功于她们的老爸赫尔波特和他的那个福特汽车经销公司。然而，等到默瑟上西沃恩南方大学时，她的老爹已经赔得底儿掉，濒临破产。多年来，她一直对姐姐的幸运耿耿于怀，更不用说，这么多年来，康妮从来也没资助过她一分钱。不过现在，她的助学贷款已经奇迹般地消失了，所以默瑟决定放下心中的这份怨恨。不过，跨越这道坎并不那么容易，因为两姐妹之间的差距越来越大，康妮的生活越来越富足，房子越换越大，而默瑟几个月之后还不知道去哪里容身。

事实上，默瑟并不想跟她的姐姐生活在一起。因为她们俩是生活在两个世界的人，彼此之间的距离越来越远。所以她感谢康妮的盛情邀请，但当默瑟拒绝跟康妮一家度假的时候，两个人其实都松了一口气。默瑟说她会离开小岛几天，休息一下，也许去看看朋友。伊莲在小屋以北三公里的地方替默瑟找了一个海边民宿，租了一个小套房，因为默瑟其实并没有任何出行的计划。她还要等着凯布尔接下来的行动，所以不能离开小岛。

七月四日，默瑟把小屋打扫干净，然后收拾好行李，拿了两个帆布包，里面装着她的衣物、洗漱用品，以及几本书。她走出小屋，关掉灯的时候，她突然想起了泰莎，也想到了自己在过去的五周里走了多远。她离开这个地方已经十一年了。十一年后，她怀着忐忑不安的心情又回到了这里，但是没想到，她很快就把泰莎去世的可怕阴影和顾虑抛诸脑后，想到的都是与泰莎在一起的点点滴滴，所有那些美好而珍贵的回忆。现在她身不由己，又要走了，但她个星期后还会回来，再次独自拥有这间小屋。至于将会在这里住多久，谁也不能确定。一切都要取决于凯布尔先生的进一步行动。

她沿着费尔南多大街开了五分钟，来到了一家名为"灯塔"的民宿客栈。客栈院子的中央有一座高大的灯塔，不过是假的。这家客栈是一栋布局凌乱的科德角式建筑，里面有二十间客房，还提供无限量自助早餐。来岛上度假的人纷至沓来。客栈门前挂了个牌子，上面写着"客满"两个字，示意来此的客人，已经没有空房了。

她在这里有一间属于自己的客房，另外口袋里还有些钱。也许她可以暂时在这里安顿下来，继续写小说。

3

星期六上午，主街熙熙攘攘，热闹繁忙，因为每周都会有一次农贸集市，成群的度假游客涌上街头，购买糖果、冰激凌或者寻找饭馆吃午饭。丹尼一周内第三次走进海湾书店，在悬疑小说区浏览书籍。他穿着人字拖、戴着迷彩帽，穿着工装短裤和破 T 恤衫，让人很容易把他当作不修边幅的游客，这样的一身打扮很难引起别人的注意。他和鲁克在镇上已经待了一个星期，一直在监视凯布尔，摸索他的生活轨迹，这点儿监视的技巧在丹尼看来，是小菜一碟，很快他就掌握了凯布尔的生活规律。凯布尔如果不在书店，只有几种可能——要么在市中心的某个餐厅吃午饭，要么出门办事，或者待在自己的那座豪宅里，通常都是一个人。不过丹尼和鲁克非常小心，因为凯布尔十分注重安全。他的书店和豪宅都装有摄像头和传感器，除了他自己，谁也不知道还有什么别的玩意儿，所以一不小心就会出岔子，一着不慎，满盘皆输。

　　他们一直在暗处潜伏，等待时机，时刻提醒自己要耐住性子，尽管他们的耐心已经快被磨没了。通过折磨逼供乔尔·利比科夫，以及在波士顿威逼利诱奥斯卡·斯坦获取信息，要比现在这样容易多了。以前的时候可以使用暴力手段，轻而易举就能套出情报，但现在这一套可不管用了。因为那时他们只需要打听出跟手稿交易有关的人的名字，而现在他们要的是手稿。要是对凯布尔或者他的妻子，以及他在乎的人下手的话，就会引起对方激烈的反应，甚至有可能把一切都毁于一旦。

4

　　七月五日，星期二。度假的游客们都纷纷离开，海滩又变得空荡荡的了。岛上的人慵懒地醒来，迎着灿烂的阳光，人们使劲儿摇晃着脑袋，试图摆脱漫长的周末假期畅饮之后的宿醉。默瑟正蜷缩在狭窄的沙发上，读着一本名叫《巴黎妻子》的小说，突然电脑"滴答"一声，示意有电子邮件发来。邮件是布鲁斯发来的，上面写着："下次来镇上时请顺道来书店一趟。"

　　默瑟回复道："好的，有什么事吗？"

　　"没什么事，有件东西要送给你，一个小礼物。"

　　"我正无聊呢，没事可做，大约一个小时后到。"

　　当她走进书店时，发现里面空无一人。柜台的店员朝她礼貌地点点头，但似乎困意正浓，打着哈欠，说不了话。她走上楼，点了一杯拿铁，找了份报纸坐下来看。几分钟后，她听到有人上楼的脚步声，知道是布鲁斯来了。今天他穿了一件黄色条纹的泡泡纱西装，搭配蓝绿相间的领结，还是那么精干利落，衣冠楚楚。他拿了一杯咖啡，两个人走到外面的阳台，俯瞰第三大街的人行道，阳台上只有他们两个，没有别人。他们坐在阴凉处的一张桌子旁，正好对着屋顶的电扇。两个人喝起咖啡来，布鲁斯拿出礼物。很明显是一本书，外面包着书店专用的蓝白色的包装纸。默瑟把包装纸拆开，原来是谭恩美的小说《喜福会》。

"这是初版，上面还有作者的亲笔签名，"布鲁斯说，"你说过她是你最喜欢的当代作家之一，所以我特意找来了她的作品。"

默瑟激动得说不出话来。她不知道这本书值多少钱，也不想知道。不过她知道这本初版小说绝对价值不菲。

"我真不知道该说什么，布鲁斯。"

"一句'谢谢'就行了。"

"光是一句'谢谢'还远远不够。它太珍贵了，我不能收。"

"太晚了，我已经把它买来了，而且已经送给了你。就当作是欢迎你来到岛上的礼物吧。"

"那我只能说'谢谢'了。"

"不用客气。这本小说的初版印了三万册，所以并不是那么稀有。这部小说的精装版最终售出了五十万册。"

"她也来过书店吗？"

"没有，她不怎么做巡回签售。"

"这太让我难以置信了，布鲁斯，你不必这么费心的。"

"可我已经这么做了，所以现在你的藏书生涯已经开始了。"

默瑟开心地笑了，她把书放在桌子上，说道："我从来没想过要收藏初版书。对我来说，这种书太贵了。"

"嗯，其实我也没想过要成为一个图书收藏者，只是机缘巧合罢了。"他看了一眼手表，问道，"你赶时间吗？"

"我是个作家，没有什么赶时间的事情。"

"很好，我很多年没讲过这件事了，不过这就是我开始收藏图书的缘由。"他喝了一口咖啡，靠在椅子上，跷着二郎腿，讲述起他找到已故父亲的珍本，偷偷拿走了其中的一部分，从此走上了收藏书籍的道路，一发而不可收的故事。

5

本来只是简单地喝杯咖啡，后来就变成了一起吃午饭。他们走到港口边的一家餐厅，坐在里面，因为屋里比外面更凉快些。像以往一样，布鲁斯点了一瓶红酒，今天点的是夏布利酒。默瑟对此也表示同意，然后他们又点了两份沙拉，除此之外，没有再点别的。他们谈到了诺艾尔，说她每隔一天就会给布鲁斯打个电话，告诉他寻找和采购古董的事情非常顺利。

默瑟想问问她跟那位法国男友过得怎么样。但她又一次发现，她真的很难相信他和诺艾尔之间能如此开放。在法国这种情况可能并不罕见，但是在现实中默瑟从没见过哪对夫妻愿意开诚布公地各自找情人。当然，她认识一些婚内出轨的人，但当他们偷情被抓住之后，夫妻双方什么状况都可能发生，唯独不会坦然接受。一方面，她几乎钦佩这两个人如此相爱，以致能彼此包容对方随心所欲地寻找各自的情人，但另一方面，她身上那种南方人特有的谦逊质朴、稳重端庄的性格，又让她想要批判这种不道德的行径。

"我有个问题，"她借机转变了话题，"在塔莉娅的小说里，特别是关于塞尔达·菲茨杰拉德和海明威的绯闻故事中，她的文章怎么开头的？开场是如何描写的？"

布鲁斯得意地笑了笑，用餐巾擦了擦嘴，说道："哦，呵呵，你的小说终于有进展了。你真的想好要写这个故事吗？"

"可能吧。我读了两本描写菲茨杰拉德和海明威在巴黎生活的小说，而且最近又订购了几本。"

"订购？"

"是的，从亚马逊网站。对不起，但是网站的书更便宜一些，这你知道吧？"

"我知道。以后你从我这里买书的话，我给你七折优惠。"

"但我也喜欢看电子书。"

"真是年轻的一代啊。"他笑了笑，喝了一口红酒，然后说，"让我想想，那是很久很久以前的事了，大概得有十二三年了。塔莉娅的小说重写了一次又一次，我经常被搞糊涂了。"

"从我现在所读到的内容来看，塞尔达是恨海明威的，认为他是个粗鲁野蛮的男人，把她的丈夫都带坏了。"

"这很有可能是真的。在塔莉娅的小说里，有这样一个场景，他们三个人在法国南部时，海明威的妻子哈德莉不知出于什么原因回到了美国，欧内斯特和斯科特则花天酒地，四处买醉。在现实中，海明威抱怨过好几次，说斯科特酒量太差。半瓶红酒下肚之后，他就倒在桌子下面，不省人事了。海明威自己的酒量则很大，可以说是千杯不醉，谁都喝不过他。斯科特二十岁的时候是个酒鬼，酗酒成瘾，喝得很凶。从早晨喝到中午，从中午喝到晚上，酒喝起来就没停过。塞尔达和海明威一直在暧昧调情，眉来眼去，最终在某一天中午，斯科特喝得酩酊大醉，在吊床上睡得死沉的时候，他们终于找到了机会。好像塔莉娅的小说里是这样写的，不过再说一次，这些情节都是虚构的，所以你想怎么写都行。后来欧内斯特越喝越多，斯科特也想迎头赶上，结果导致海明威和塞尔达的偷情越来越频繁。塞尔达迷上了欧内斯特，而欧内斯特似乎也疯狂迷恋着塞尔达，但只是迷恋肉体上的享受。那时，海明威已经是个到处留情的花花公子了。他们回到巴黎时，哈德莉也正好从美国回来了，塞尔达想要继续保持这种暧昧的关系，但欧内斯特却开始对她感到厌倦。他不止一次说塞尔达疯了。于是海明威对塞尔达的态度变得强硬起来，最后抛弃了她。从此塞尔达便恨死了海明威。好了，亲爱的，这就是那本小说的大体内容。"

"你觉得那本小说要是写成的话，能卖出去吗？"

布鲁斯哈哈大笑，说道："哦，亲爱的，这一个月来你变得越来越唯利是图了。你带着满腔热情，怀着对文学的向往和抱负来到这里，可现在却满脑子想着卖书赚版税。"

"我不想再回去教书了，布鲁斯，况且现在也没有大学邀请我去任教。我什么都没有，只有口袋里这一万块钱，这还得感谢亲爱的泰莎从图书馆'偷来'的那两本书，还有你的慷慨相助。所以我要么把小说卖出去，要么就只好放弃写作了。"

"是的，那本小说如果写成的话，会卖出去的。你提到的那本《巴黎妻子》，讲述了海明威和哈德莉之间的爱情故事，是最近的一部佳作，小说非常畅销。你是个很棒的作家，默瑟，你完全有能力写出一部好作品。"

默瑟笑了笑，喝了一口红酒，然后说道："谢谢你。我现在真的很需要鼓励。"

"我们不是一直都在鼓励你吗？"

他们静静地吃了一会儿饭，没有说话。布鲁斯举起酒杯，看着杯里的红酒，问道："你喜欢这瓶夏布利酒吗？"

"味道好极了。"

"我喜欢喝葡萄酒，特别喜欢。不过午饭时喝红酒，是个不好的习惯，会让人一下午都昏昏沉沉的，没有精神。"

"所以人们发明了'午睡'这个词。"默瑟善解人意地说。

"有道理。我书店的二楼有间小公寓，在咖啡吧的后面，是个适合午饭后小憩的绝佳之地。"

"这是在邀请我吗，布鲁斯？"

"算是吧。"

"这是你泡妞搭讪最好用的说辞吗——'嘿，宝贝，跟我一起睡个午觉吗？'"

"以前挺管用的。"

"嗯，这次可不好使了。"她看了看周围，然后用餐巾擦了擦嘴角，说道，"我不想跟已婚的男人上床，布鲁斯。我的意思是说，我曾经有过两次这样的经历，但两次都弄得很不愉快。已婚的男人有家庭的负担，我不想惹一身麻烦。况且，我认识诺艾尔，并且很喜欢她，所以对不起了。"

"我向你保证，你不用担心会有什么麻烦。"

"这很难让人相信。"

布鲁斯笑了，几乎是轻声窃笑，好像她根本不知道自己在说什么，而他很乐意跟她说明其中缘由。于是他看了一眼周围，确保没人听见。然后他俯下身，凑到她耳边，轻声说："诺艾尔在法国，在阿维尼翁，她在那里有套自己的公寓，那是她很多年前买下的房子。在这条街上，有一套更大的公寓，公寓的主人名叫让·吕克，是诺艾尔的朋友。让·吕克跟一个有钱的老女人结了婚，他和诺艾尔保持情人关系已经至少十年了。实际上，在遇到我之前，他们两个人就认识了。他们一起午睡、一起吃晚饭、一起逛街约会，甚至一起旅行，他的那位有钱的老太婆也同意。"

"他老婆竟然也同意？"

"当然，这一切在他们看来司空见惯，他们会非常理智而文明地看待这种事情，而且都是十分隐蔽而谨慎的。"

"那你不介意吗？这也太离谱了。"

"不，我一点儿也不介意。事情理应如此。是这样的，默瑟，早在很多年前，我就知道一夫一妻制根本不适合我。我不确定别人是不是这样，但我并不会就此跟人争论。我上大学的时候，发现漂亮女人太多了，我不可能只拥有一个就满足了。我试过谈恋爱，但谈了五六个女朋友都分手了，之所以都没有谈成，是因为我无法抗拒另外一个漂亮的女人，不管这个女人年龄是大还是小。幸运的是，我遇到了诺艾尔，因为她在男女问题上跟我的想法一样。"

"所以你们达成了互不干涉私生活的协议？"

"我们并没有什么协议，不过决定结婚的时候，我们都知道对方的要求，彼此之间开诚布公，没有任何约束，只要各自小心谨慎就行。"

默瑟摇了摇头，移开视线，说道："抱歉，我从来没见过像这样的一对夫妻。"

"我不知道这是不是很不寻常。"

"哦，我向你保证，这绝对太不寻常了。你觉得这很正常，是因为你身在其中。听着，我曾经的男朋友背着我搞外遇，被我抓到了一次，我花了一年的时间才释怀。到现在我都还在恨他。"

"我的话已说完。你太过于较真了，偶尔纵情一下又怎样呢？"

"纵情？你的老婆跟她的法国情人睡了至少十年了。你把这叫作'纵情'？"

"不，不只是纵情，不过诺艾尔并不爱他，只是单纯的性伴侣。"

"这么说来，那天晚上，莎莉·阿兰卡来这里的时候，你们是一时纵情还是性伴侣关系呢？"

"都不是，或者都是，谁在乎呢？莎莉一年才来一次，我们只是开开心罢了。你怎么说都行。"

"那要是诺艾尔也在这儿呢？"

"她不在乎。听我说，默瑟，如果你现在打电话给诺艾尔，告诉她咱们正在一起吃午饭，并且打算吃完晚饭一起去睡觉，你想知道她会怎么说吗？我敢打赌，诺艾尔会大笑着说：'嘿，我都走了两个星期了，你们怎么才睡在一起？'你想给她打个电话吗？"

"不想。"

布鲁斯笑着说："你太紧张了，放松点儿。"

默瑟从来没想过自己会变得这么紧张。实际上，她自认为是个非常淡定、可以坦然接受一切的人。但是此时此刻，她觉得自己就像个老古板，她讨厌这种感觉。

"不，我没有紧张。"

"那咱们就上床吧。"

"很抱歉，我不能这么随便。"

"那好吧。我不会强迫你。我只是想跟你去我的小公寓里小睡一会儿，仅此而已。"两人都笑了，但紧张的气氛还是很明显。他们知道谈话还没有结束。

6

当她们在小屋旁边木板栈道的尽头相遇时，天已经黑了。此时正是落潮，潮水很低，海滩上没什么人，显得很空旷。一轮满月洒下皎洁的月光，洒在海面上，海风吹起，波光粼粼。伊莲光着脚，默瑟也脱下了凉鞋。她们走在水边，一边漫步一边聊天，就像两个老朋友在闲聊谈心。

按照指示，默瑟每晚都会把当天发生的事情通过电子邮件做详细的汇报，包括她在看什么书，在写什么故事等等。几乎所有的事情伊莲都知道，不过默瑟并没有提到布鲁斯想跟她上床。也许以后会说吧，这要取决于接下来将会发生什么事情。

"你什么时候来岛上的？"默瑟问道。

"今天下午，我们这两天一直在公司跟整个团队在一起，所有的专家都聚集在一起——技术人员、运作人员，甚至我的老板，也就是公司老总都来了。"

"你上面还有老板？"

"是的，我只是直接领导这个案子，但是到了关键的时候，还得请老板最后拍板定夺。"

"到了关键时刻了吗？"

"还不能确定。现在已经是第六周，说实话，我们不知道接下来会发生什么。一直以来，你都做得很出色，默瑟，你在前五周取得了很大的进展，简直令人惊讶。不过现在有了照片和视频，而且你已经进入了凯布尔的生活圈子，所以我们正在讨论接下来该怎么做。现在大家都非常有信心，但是我们还有很长的路要走。"

"我们会成功的。"

"我们喜欢你的自信。"

"谢谢，"默瑟平淡地说，她厌倦了这些赞美之辞，"有一个问题。我不确定写关于塞尔达和海明威的小说是否明智。因为这样看起来太巧合了，毕竟凯布尔手里有菲茨杰拉德的手稿。咱们这个计划对吗？"

　　"但写这部小说可是凯布尔出的主意。"

　　"这也许是他的圈套，在试探我来这里的目的。"

　　"你认为他在怀疑你，你有什么理由吗？"

　　"没有。我跟布鲁斯相处得很好，我想我能看懂他。他非常聪明，思维敏捷，很有魅力，而且他也是个诚实的人，非常健谈，平易近人。也许他在生意上会耍些手段，但对朋友却是真心实意的。他虽然待人诚实，但绝对不会被欺骗。他的真诚让人觉得很温暖甜蜜，我喜欢他，伊莲，他也喜欢我，想和我关系更近一些。如果他怀疑的话，我想我会知道的。"

　　"你打算跟他走得更近一些吗？"

　　"走一步看一步吧。"

　　"他在婚内经常出轨偷腥。"

　　"没错，他对外称诺艾尔是他的妻子。我想你的假设是对的，他们并没有真的结婚。"

　　"我们所掌握的一切信息，我都告诉你了。无论在法国还是在这里都没有他们的结婚登记记录，也没有申请或者领取结婚证的记录。我原本猜测他们是在别的国家结的婚，但事实上并非如此。"

　　"我不知道我和他的关系会走多近，我也不确定这种事情能如何计划。我的意思是，我想我现在已经对他有足够的了解，所以如果他对我有任何怀疑的话，我会察觉到的。"

　　"那就坚持按照他给你的意见写小说吧。这样你就有机会跟他谈菲茨杰拉德的手稿了。如果你能写完第一章，然后拿给他看，那就更好了，你能办到吗？"

　　"哦，当然可以，反正都是虚构的。这些日子里，我的生活中没有什么是真实的。"

7

　　布鲁斯下一步行动跟上一次一样，看似随意，但每次都很奏效。星期四下午，他给默瑟打电话，说莫特·加斯帕，里普利出版社的传奇人物要跟他的新婚妻子一起来镇上。加斯帕几乎每年夏天都会来岛上，跟布鲁斯和诺艾尔住一段时间。他邀请默瑟来吃晚饭，只有他们四个人，时间是在星期五晚上，他们可以开怀畅饮，度过一个愉快的周末。

　　在民宿客栈住了几天后，默瑟觉得自己像是得了幽闭恐惧症一样，困在小套房里，感到孤独而恐惧，极度渴望逃离。她迫切地想要回到小屋，一天天数着日子，盼望康妮她们全家人赶紧回家。为了逃避写作，默瑟整天都在海滩散步，小心翼翼地远离小屋，也时刻留意不要碰到有可能认识她的人。

　　也许与莫特·加斯帕见面能够在写作事业上对她有帮助。三十年前，他以极低的价格收购了里普利出版社，把这家奄奄一息、毫不盈利的小出版社变成了全国首屈一指的出版公司，而且仍然保持绝对的独立性。凭借独到的眼光，他慧眼识英才，发掘并捧红了一大批在各种文学领域都有非凡才华和建树的作家，而且他们图书推介和销售的能力也十分出色。在出版业的黄金时代，莫特·加斯帕始终坚持三小时午餐的习惯，以及在位于上西区的公寓举办深夜派对的传统。毫无疑问，他是出版界最具传奇色彩的人物，即使如今已经快七十岁了，仍然意气风发，势头不减。

星期五下午，默瑟花了两个小时在网上阅读有关莫特的杂志文章，这些文章都十分精彩，噱头十足。两年前有一篇报道讲述了他为一个不知名的作家支付了两百万美元的预付款，购买其处女作小说，但最终只卖出了一万册。他对此并不后悔，而且还说是"很划算的买卖"。还有一篇文章提到了他最近的婚姻状况，他刚刚迎娶了一位娇妻，年龄竟然跟默瑟相仿。这位新娘名叫菲比，是里普利出版公司的编辑。

星期五晚上八点，菲比在玛奇班克斯豪宅的门口迎接默瑟。一阵寒暄之后，她提醒默瑟说那两个"男孩"已经在喝酒了。默瑟跟着菲比穿过厨房时，听到了搅拌机的嗡嗡声。布鲁斯正在后门廊调制柠檬戴吉利鸡尾酒，并且只穿了一条短裤和一件高尔夫球衫。他亲吻了默瑟的双颊，然后把她介绍给莫特。莫特给了她一个热情的拥抱，并露出了灿烂的笑容。他光着脚，长长的衬衣下摆直垂到膝盖。布鲁斯递给默瑟一杯戴吉利鸡尾酒，然后把其他的几杯酒端给加斯帕夫妇，他们坐在柳条椅上，围坐在一张堆满书和杂志的小桌旁。

显然在这样的情况下，通常焦点人物是莫特，大家都希望他多说一点儿。默瑟巴不得这样。喝了三口酒之后，她觉得脑袋嗡嗡作响，不知道布鲁斯在鸡尾酒里加了多少朗姆酒。莫特对总统大选以及美国令人担忧的政治现状感到愤怒和不满。默瑟对这个话题丝毫不感兴趣，不过布鲁斯和菲比却听得很投入，并且随声附和着，让他继续讲下去。

"介意我抽烟吗？"莫特随口问道，说着就伸手去拿桌子上的一个皮质雪茄盒。他和布鲁斯点燃了黑雪茄，很快头顶上就笼罩着一团蓝色的烟雾。布鲁斯拿起酒瓶，又给大家倒了一轮酒。趁着倒酒的间隙，莫特的个人独白难得暂停了一下，菲比立刻转移话题说："默瑟，听布鲁斯说你正在这儿写一部小说。"

默瑟知道今晚肯定会谈到这个话题。她笑了笑说："布鲁斯很慷慨大方，为我提供了不少宝贵的写作素材。所以现在我更多的是在追求梦想，而不是写作。"

　　莫特吐出了一口烟雾，说道："《十月秋雨》是一部非常好的处女作。令人印象深刻。是哪家出版社出版的？我不记得了。"

　　默瑟善解人意地一笑，说道："这本小说被里普利出版社拒绝了。"

　　"的确如此。我们做了一个愚蠢的决定，但这就是出版业。你无法预测哪本书会卖得好，有时预测对了，有时就预测错了，出版业就是这样。"

　　"是纽康出版社出版的，我们之间有很多分歧。"

　　莫特对此嗤之以鼻，不以为然地"哼"了一声，说道："那个出版社里的人都是一群小丑。你没离开那家出版社吗？"

　　"我离开了。现在与我签有合约的是维京出版社，前提是合同还在的话。上次我的编辑给我打电话，通知我说已经逾期三年没有交稿了。"

　　莫特放声大笑，说道："才三年而已！那他们还算幸运的呢。上周我对道格·泰伦鲍姆大吼了一通，因为他的稿子拖了八年还没交。这些作家们啊！"

　　菲比插了一句，说道："能谈谈你的作品吗？"

　　默瑟笑了笑，然后摇摇头说："没什么好说的。"

　　"你的经纪人是谁？"莫特问道。

　　"吉尔达·塞维奇。"

　　"我挺欣赏那个女孩。上个月我们还一起吃过午饭。"

　　默瑟差点儿脱口而出"很高兴得到您的赞赏"，但在朗姆酒的作用下，她却突然说："她没向您提到我，对吧？"

"我不记得了，那是一顿漫长的午餐。"莫特再次滔滔不绝地讲了起来，然后大口大口地喝着酒。菲比问了问诺艾尔的情况，又聊了几分钟。默瑟发现厨房里没人做饭，也没有要准备食物的迹象。莫特说要去趟洗手间，布鲁斯趁这工夫回到厨房又调了些戴吉利鸡尾酒。女孩们聊起了夏天和度假的话题。菲比和莫特明天就要离岛，去佛罗里达群岛旅行一个月。七月是出版业的淡季，到了八月一整月都处于休眠状态，而且，由于莫特就是老板，他们可以随时离开，度六个星期的假。

莫特一回来，就坐在椅子上，手里拿着新倒满的酒和雪茄烟。这时，门铃响了，布鲁斯立刻跑去开门。他回来时手里拿着一个大的外卖盒子，然后把盒子放在桌子上。

"岛上最好的墨西哥炸鱼玉米饼卷，用今天早上捕来的新鲜石斑鱼做的。"

"你就只请我们吃外卖的玉米卷吗？"莫特难以置信地问道，"我真不敢相信。你去纽约，我请你去最好的餐厅吃饭，我到你这儿来，你却请我吃这个。"他提出抗议的时候，差点儿失手打翻了玉米卷。

布鲁斯说："上次我们在纽约吃午饭的时候，你带我去你办公室楼下街角的一家破快餐店，我点了一份鲁宾三明治，真是太难吃了，我差点儿没吐了，而且最后还是我付的账。"

"你只是个书商，布鲁斯，"莫特咬了一口玉米饼说，"只有作家才配吃到精致的菜肴。默瑟，下次你到纽约，我请你去一家米其林三星的餐厅吃饭。"

"好的，说定了。"默瑟说，不过她心里清楚这是永远也不可能发生的。因为他正狂饮杯里的鸡尾酒，照这个速度喝的话，等明天早晨醒来，他什么也不会记得的。布鲁斯也放开了喝，默瑟从来没见过他喝得这么凶过。之前的他，一直适度品酒，优雅地谈论红酒的年份和产地，完全能够控制自己。而现在，他的头发也乱了，鞋也脱了，什么都不管不顾了，因为现在是星期五的晚上，漫长的一周之后，纵情享乐的时间，他找到了同伴跟他一同狂欢畅饮。

默瑟一边喝着冰饮料，一边努力回忆自己喝了多少酒。布鲁斯不停地给她倒酒，她很难记清自己到底喝了几杯，脑袋嗡嗡响，需要缓一缓。她吃了玉米卷，然后四处找水喝，或者来点儿酒也行。不过门廊上什么也没有，只有一大瓶新调出的戴吉利鸡尾酒，正静静地放在那里，等着人们去喝。

布鲁斯把大家的酒杯都斟满，开始讲述戴吉利酒的故事，这是他最喜欢的一款夏季鸡尾酒。一九四八年，一个名叫 A. E. 霍奇纳的作家去古巴寻找欧内斯特·海明威。二十世纪四十年代末到二十世纪五十年代初一直都住在古巴。后来两个人很快成了朋友。一九六六年，海明威去世几年后，霍奇纳出版了一本著名的小说《爸爸海明威》[①]。

不出所料，莫特打断了他的话，说："我见过霍奇纳，没想到他还活着，得有一百岁了吧。"

布鲁斯回答道："是啊，你什么人都见过，莫特。"

总之，故事是从霍奇纳第一次拜访海明威开始的，说是拜访，其实是一次采访，而海明威十分不情愿接受这次采访。霍奇纳一直缠着他不放，于是他们最终在距离海明威家不远的一个酒吧里见了面。在电话里，海明威告诉霍奇纳，这个酒吧最有名的是戴吉利酒。当然，海明威迟到了，所以霍奇纳在酒吧等待海明威的时候，自己点了一杯

[①]《爸爸海明威》被海明威研究者和媒体评论为"关于海明威的最好的传记之一"，霍奇纳是有资格称海明威为"爸爸"的少数人之一，他以大量的时间和精力去陪伴海明威，从而较为深入地探究到海明威的创作思想与人生哲学。

戴吉利酒。这酒香醇可口，又馥郁浓烈，由于霍奇纳不怎么能喝酒，所以喝得很慢。一个小时就这样过去了。酒吧里又热又闷，于是他又点了一杯。喝到一半的时候，他发现眼前的东西突然出现了重影，一阵恍惚。等海明威终于来到酒吧的时候，他受到了像名人一样热情而隆重的接待。显然，他经常来这里喝酒。两个人握了握手，找了一张桌子坐下来。欧内斯特也点了一杯戴吉利酒。霍奇纳一直摆弄他的那一杯，而欧内斯特几乎一口气就喝完了自己的那杯，然后又喝光了一杯。第三杯酒下肚之后，欧内斯特才注意到这位朋友一直没怎么喝酒，于是他那股豪爽劲儿和男子气概又上来了，说如果他想跟伟大的欧内斯特·海明威相处，就要像个爷们儿一样痛快喝酒。霍奇纳的劲头也来了，他一口气把酒喝光，顿时发觉整个屋子都天旋地转起来。之后，霍奇纳顽强地想把头抬起来，但欧内斯特已经失去了谈话的兴趣，他拿着新端上来的戴吉利酒，跟当地人一起玩起了多米诺骨牌。而此时，在酒精作用下，霍奇纳完全忘记了时间——欧内斯特站起来，说该吃晚饭了。于是霍奇纳跟着他往外走。在出去的路上，经过吧台时，霍奇纳问："咱们喝了多少杯戴吉利酒？"

酒保想了想，然后用英语说："你喝了四杯，老爹喝了七杯。"

"你喝了七杯戴吉利酒？"霍奇纳难以置信地问。

欧内斯特跟当地人听了，都哈哈大笑。

"七杯酒算什么啊，我的朋友。我在这儿的最高纪录是喝了十六杯，这个纪录至今没人能打破，而且我喝完酒还自己走回了家。"

默瑟开始感觉自己好像已经喝了十六杯酒一样。

莫特说："我记得我读《爸爸海明威》那本书时，还在兰登书屋的邮件收发室里当小弟呢。"他嘴里塞满了玉米饼，重新点燃了雪茄："你有这本小说的初版吗，布鲁斯？"

"我有两本，一本品相完好，另一本差点儿。这几年市面上已经很难找到这本小说的初版了。"

"最近有什么感兴趣的书想买吗？"菲比问道。

除了从普林斯顿大学偷来的菲茨杰拉德手稿以外，默瑟心想，不过她还没喝得那么醉，敢把这话说出来。她的眼皮渐渐发沉。

"没有，"布鲁斯说，"最近买到了一本《囚犯》的初版。"

一个不可超越的人，莫特——纽约出版史上恐怕没人能像他一样，这么爱喝酒，有过这么多醉酒的故事，以及听说过这么多名人喝醉酒的故事——听说他的公寓里曾经凌晨两点传来醉酒的吵闹声，遭到了邻居的报警和指控，原来是诺曼·梅勒找不到朗姆酒，开始朝乔治·普林顿[1]扔空酒瓶。这种事情简直太滑稽可笑了，令人难以置信。莫特绝对是一个非常老练而擅于讲述这些奇闻轶事的人。

默瑟忍不住打起了瞌睡。她记得自己最后听到的是搅拌机的声音，他们又调制了一大罐戴吉利酒。

8

默瑟醒来时，发现自己在一个圆形的房间，躺在一张陌生的床上。刚醒来的头几秒钟里，她动都不敢动，因为一动就会加剧头痛欲裂的感觉。她的眼睛像着了火一样，灼热难受，所以只好闭上眼睛。她的嘴唇和喉咙都干得要命，胃里咕咕响，像是有什么东西在胃里翻滚，

---

[1]乔治·普林顿：美国记者、作家、文学编辑、演员和业余运动员。他以撰写体育评论和帮助创立《巴黎评论》杂志而闻名。

她觉得有些不对劲。好吧，是酒后宿醉。她以前也有过这种经历，应该会挺过去的，不过得经过漫长的一整天才能感觉好些。咦，怎么回事？没人逼她喝酒啊，自作自受吧，姑娘。大学里流行的那句老话怎么说的来着？"要做蠢事可以，不过得有骨气承受。"

她就像躺在一团棉花上一样，身下是厚而柔软的羽绒床垫，上面铺着精美的亚麻布床单。毫无疑问，这是诺艾尔的品位。默瑟用刚得来的钱买了漂亮的内衣，在这个尴尬的时候，一想到穿着这套漂亮的内衣，她顿时松了一口气，因为她希望能给布鲁斯留下深刻的印象。她再次睁开眼睛，眨了眨眼，终于看清了眼前的一切。她看到她的裤子和衬衫整齐地放在了旁边的椅子上，这是布鲁斯的一种暗示，示意他是有条不紊地把她身上的衣服脱下来的，而不是为了跟她上床而暴力地撕扯。她再一次闭上眼睛，整个人又缩回到被子里。

搅拌机的声音渐渐微弱，之后就什么声音也听不到了。所以她在门廊的椅子上睡了多久？其他人在讲着故事，喝着酒的时候，是不是发现她睡着了，互相使了个眼色，冲她莞尔一笑？她是自己踉踉跄跄，被人扶着走到这间屋子的，还是布鲁斯把她抱到三楼塔楼的这间屋子的？她是真的像懵懂的大学女生一样喝断片了，还是她睡着了被人放到床上的？

胃里再次翻滚起来，她应该没有当场呕吐，造成令人尴尬难堪的场面，毁了他们几个人在门廊上兴致勃勃的谈话吧？就算真的吐了，布鲁斯和其他人也应该不会说吧？一想起这可怕的一幕，她就觉得胃里更加恶心难受。她又看了一眼她的裤子和衬衣，上面似乎并没有什么污渍，也没有任何呕吐过的迹象。

突然她脑子里冒出了一个自我安慰的想法。莫特比她大四十岁，经历过各种大风大浪。从他家里扔出去的醉鬼和见过的宿醉的人，比他出版社里签约的作家加起来还要多，所以他已经见怪不怪了。也许还会觉得挺搞笑的。至于菲比怎么想，谁在乎呢？也许默瑟以后再也不会见到她了。更何况，跟莫特在一起，这种场面她也应该见得多了。布鲁斯当然就更不用说了。

门口传来轻轻的敲门声，布鲁斯轻轻走进房间。他穿着白色的毛巾布浴袍，手里拿着一大瓶水和两个小玻璃杯。

"早上好啊。"他轻声说，然后静静地坐在床边。

"早。"她说，"我正想喝点儿水。"

"我也需要喝水，"他说。他把两个杯子都倒满了水。两个人"咕咚咕咚"喝了一大杯，然后布鲁斯又倒了一些。

"你感觉怎么样？"他问道。

"不太好。你呢？"

"真是漫长而难熬的一晚啊。"

"我是怎么到这儿来的？"

"你在门廊上睡着了，我扶你上床。不久之后菲比也睡着了。之后莫特和我各自又点燃了一支雪茄，然后继续喝酒。"

"你们打破海明威的纪录了吗？"

"没有，但我感觉很接近了。"

"告诉我，布鲁斯，我昨天有没有出丑？"

"没有，你就打了个盹儿。你没法开车回去，所以我扶你上床睡觉了。"

"谢谢你，我一点儿都不记得了。"

"没什么值得回忆的。大家都喝多了。"

她喝光了杯里的水，布鲁斯帮她又倒了些。她朝她的裤子和衬衫点点头，问道："谁帮我把衣服脱下的？"

"是我脱的，真是一种享受。"

"你对我动手动脚了吗？"

"没有，但是我想过。"

"你还真是蛮绅士的。"

"我向来如此。听着，浴室里有个大浴缸。不如你去洗个热水澡，再多喝点儿水，我去弄点儿早餐。我想吃鸡蛋和培根，我想你应该也爱吃吧。别客气，就像在自己家一样，不要拘束。莫特和菲比正在忙活呢，他们马上就要走了。等他们走了之后，我会把早餐送过来。这样安排你觉得怎么样？"

默瑟笑着说："听起来很好，谢谢你。"

布鲁斯转身离开，随手关上了门。默瑟现在有两个选择：第一个选择，她可以穿好衣服，轻轻下楼，避开莫特和菲比，然后告诉布鲁斯她要走了，接着转身离开。不过迅速离开并不是个好主意，因为她需要时间让自己清醒一些，需要时间让自己的胃恢复正常，也需要时间休息，甚至睡一觉恢复体力。而且她不确定自己还能不能开车，最主要的是她也实在不想回到民宿客栈里的那间小套房。此时此刻，美美地洗个热水澡这个主意实在是太诱人了，令人无法拒绝。第二个选择是按照布鲁斯的计划。她心里已经有了答案，该发生的事终究还是会发生的，不可避免。

默瑟又给自己倒了一杯水，慢慢从床上起来。她伸了个懒腰，深吸一口气，感觉好多了，已经没有恶心想吐的感觉。她走到浴室，打开水龙头，找到了泡泡浴液。浴室盥洗台上的电子时钟显示现在是早上八点二十分。尽管她喝醉酒之后身上很难受，但她还是睡了将近十个小时。

过了一会儿，布鲁斯又走进了房间，身上仍然穿着浴袍，他又在浴缸旁边放了一瓶苏打水。

"你感觉怎么样？"他问道。

"好多了。"默瑟说。泡沫掩盖了她身体大部分的裸露部位，但是并不是全都遮住了。

他色眯眯地看了好半天，然后笑着问道："还有什么需要吗？"

"没有了，我很好。"

"那我去厨房忙了，你慢慢洗吧。"说完，布鲁斯就走了。

9

默瑟这个澡洗了将近一个小时。洗完澡后，她从浴缸里出来，把身体擦干，浴室门上刚好挂着一件合身的浴袍，便拿下来穿上了。在盥洗台的抽屉里，她找到了一堆新牙刷，打开其中的一个，刷了牙，之后终于感觉好多了。她穿上贴身的内衣，找到了裤子和衬衫旁边的手包，从包里拿出了 iPad，然后支起枕头，回到软软的床上，舒舒服服地躺着。

她正用 iPad 看着书，突然听到门外有响声。布鲁斯端着早餐走了进来，轻轻地把早餐放在她旁边。

"培根、炒蛋、果酱松饼、浓咖啡，还有特别奉送的含羞草鸡尾酒。"

"我想我不能再喝酒了。"她说。不过早餐看上去倒是很诱人，香气扑鼻。

"这叫以毒攻毒，宿醉还得靠酒来解。喝完你就会舒服些了。"他转身离开，很快又拿着一份早餐回来了。他坐在默瑟身旁，两个人的早餐盘并排放在一起，穿着同款的情侣浴袍，他举起自己的那杯酒，说道："干杯。"于是两个人喝了一小口酒之后，就开始吃早餐。

"看来这里就是那间臭名昭著的作家之屋吧。"默瑟说。

"你听说过这里？"

"许多可怜的姑娘在这里失足。"

"她们可都是心甘情愿的。"

"所以这是真的喽？你在这里跟女人上床，而诺艾尔在这儿跟男人睡觉？"

"嗯，是真的，谁告诉你的？"

"你认为作家能保守住秘密吗？"

布鲁斯放声大笑，然后把一块培根塞进嘴里。默瑟喝了两口含羞草酒，昨晚朗姆酒的余味和新鲜香槟混合在一起，脑子里又开始嗡嗡作响。幸运的是，洗了一个舒舒服服的热水澡之后，她的胃口已经好了，可以尽情享用美味的早餐。她指向一面长长的弧形墙，墙上满满的都是书架，从地面一直延伸到天花板。她问道："那些是什么？也都是初版书籍吗？"

"各种书混在一起的，不值什么钱，都是些零散的图书。"

"这个房间真漂亮，显然是诺艾尔的杰作吧？"

"咱们暂时忘了她吧。她现在可能正跟让·吕克共进午餐呢。"

"你不吃醋吗？"

"一点儿也不，好了，默瑟，这个话题我们已经谈过了。"

他们安安静静地吃了几分钟，既没有喝咖啡，也没有喝含羞草酒。布鲁斯的手伸进被子里，开始轻柔地抚摸默瑟的大腿。

默瑟说："我都不记得最后一次宿醉后做爱是什么时候了。"

"哦，我倒是一直都这么做，实际上，这是最好的解酒方法。"

"我想这一点你倒是很有经验。"

布鲁斯从床上下来，把他的餐盘放在地上。

"把酒喝完。"他说，于是默瑟喝光了杯里的酒。布鲁斯把她的餐盘拿开，放在一边，然后脱下了自己的浴袍，扔到床尾。接着他轻柔地脱掉了默瑟的浴袍，两个人赤身裸体，一丝不挂，立马钻进了被窝里。

10

星期六上午，伊莲·谢尔比正在家里的办公室办公，突然接到了格雷厄姆从卡米诺岛打来的电话。

"上垒了，"他说，"看来咱们的姑娘似乎在豪宅里过夜了。"

"把详细情况告诉我。"她说。

"她昨晚八点把车停在了街对面，到现在车还停在那儿没动。另一对夫妇今天早上离开了布鲁斯家，我不知道这两个人是谁。默瑟和凯布尔还在房子里。现在外面下着大雨，是个适合同居一室的好时机。上吧，姑娘。"

"也是时候了。随时跟我保持联络。"

"好的。"

"我周一会过去。"

丹尼和鲁克其实也一直在监视着。他们追踪默瑟汽车上的北卡罗来纳州牌照，查出了她的背景。他们知道了她的名字，最近的工作经历，目前住在灯塔客栈里，还查出她出版过的小说和文章，以及拥有一座海边小屋的部分所有权。他们知道诺艾尔·伯内特不在岛上，她的商店也关门了，几乎能知道的都知道了，唯独不知道下一步该怎么做。

11

　　暴雨还在继续，这倒成了继续躺在床上的又一个借口。默瑟已经好几个月没有性生活了，所以欲求不满。布鲁斯是个经验丰富的情场高手，体力充沛，耐力持久，让默瑟陶醉其中，欲罢不能。不知过了一个小时还是两个小时——他们终于偃旗息鼓，进入梦乡。等默瑟醒来时，布鲁斯已经走了。她穿上浴袍，走下楼，发现他在厨房里，穿上了平时穿的泡泡纱西服和那双脏兮兮的鹿皮鞋，看上去精神焕发、神清气爽，仿佛准备投入到新一天的紧张工作中。

　　"身材真诱人。"他说。

　　"你要扔下我一个人吗？"

　　他们深情拥吻，久久不愿放开。最后，布鲁斯轻轻推开默瑟，说："我得去书店看看。你知道吗，零售业就是这么一件折磨人的工作。"

　　"那你什么时候回来？"

　　"很快，我会带午饭过来，咱们一起在门厅里吃。"

　　"可我得走了。" 默瑟半真半假地说。

　　"去哪里？回灯塔客栈吗？别走，默瑟，在这儿待着，我马上就回来。外面下着大雨，狂风呼啸，我想可能龙卷风就要来了。外面很危险，等我回来，咱们整个下午就趴在床上看书。"

　　"我就知道，你脑子里除了看书就是看书，没别的。"

　　"就穿着这件浴袍别脱，我很快就回来。"

　　他们又拥吻在一起，彼此上下抚摸着对方，最后布鲁斯终于不舍地松开了手。他轻轻吻了一下默瑟的脸颊，然后道别离开。默瑟给自己倒了一杯咖啡，拿到后院门廊，荡着秋千，看着外面的瓢泼大雨。她百感交集，觉得自己是一个用身体来欺骗对方，刺探情报的坏女人，但她的心却并没有深陷其中。布鲁斯·凯布尔是个无可救药的花花公子，到处留情，不管那些女人是真心还是假意。现在，布鲁斯迷恋的女人是她，没准下个星期目标就换成了别人。在他眼中，完全没有忠贞和信任的概念。所以她何必要有呢？他不要求任何承诺，也没有任何期待，也不给予任何回报。对他来说，这一切只是肉体上的快乐和满足，而对默瑟来说，此时此刻，也是如此。

她甩去了心中的那一丝愧疚感，一想到在他的床上度过了一个激情四射的周末，她就开心地笑起来。

没多久布鲁斯就回来了。他们的午饭是沙拉和红酒，之后他们就立刻回到了塔楼的房间，进行另一轮的"激战"。激情之后，布鲁斯拿来了一瓶霞多丽酒和一本厚厚的小说。他们决定在后门廊的柳条摇椅上一边听着雨声，一边看书。布鲁斯看他的小说，而默瑟则看 iPad 上的电子书。

"你真的喜欢看电子书吗？"他问道。

"当然，电子书和纸质书的内容是一样的，你看过吗？"

"亚马逊几年前给了我一本电子书。但我根本无法集中注意力专注地看下去，我可能还是对电子书有些偏见。"

"不开玩笑，我想知道为什么？"

"你在读什么书？"

"《丧钟为谁而鸣》，我在交替着读海明威和 F. 斯科特的书，想把他们的书都看完，昨天刚看完了《最后一个大亨》。"

"觉得如何？"

"考虑到他写作时所处的环境和状态，写出这么棒的小说真的非常了不起。那时他在好莱坞靠做编剧赚钱为生，但是身体和感情生活都遭受了重创。他还那么年轻，就因酗酒过度去世了，真是令人唏嘘。"

"这是他的最后一部小说，他去世时小说还没写完吧？"

"听说是这样的。真是天妒英才，可惜了。"

"你这是为了写小说在做准备吗？"

"也许吧，但我不太确定，你在看什么书？"

"这本书叫作《我最爱的海啸》，是作者的处女作，但是写作水平一般。"

"这个书名也太不怎么样了。"

"是的，内容也好不到哪儿去。我读到了五十页，后面还有六百页，我正在纠结要不要继续看下去。出版界有个规则，首次出版的小说要限制在三百页以内，其实挺有道理的，你觉得呢？"

"我也这么认为。我的第一本小说只有二百八十页。"

"你的小说写得很棒。"

"谢谢。那这本小说你要全部读完吗？"

"我看够呛。每一本小说我都会至少看一百页，如果那时作者还没有勾起我的兴趣和继续读下去的欲望，我就会放弃不看。我想要看的好书太多了，没必要把时间浪费在这些写得糟糕的书上。"

"我也一样，不过我的底线是五十页。我从来都不理解人们为什么要读一本自己根本不喜欢的书，真搞不懂为什么一定要坚持读完。泰莎就是这样的人。她有时看了第一章之后，就放在一边不看了，然后又一边抱怨，一边拿起来继续看，直到忍着把书看完。我一直都不理解她为什么这样做。"

"我也不明白。"他喝了一口红酒，凝视着后院，然后拿起了小说。等翻过一页，默瑟才问道："还有其他的规则吗？"

布鲁斯笑了笑，放下手里的书，说道："哦，默瑟，我亲爱的，我有我的原则，被称为'凯布尔的十大写作原则'，这是一位读了四千多本书的专家总结出的绝佳写作指南。"

"你会把这个准则告诉别人吗？"

"偶尔会。我会用电子邮件把这个指南发给你，不过你真的不需要这个。"

"也许我需要。我需要一些东西，好给我一点提示或者灵感。"

"好吧，首先，我讨厌序言。我刚看完一本小说，作者下周将要来书店做签售会。他写的每一本小说都以序言开始，那序言就像杀手跟踪女人一样富有戏剧性，然后就制造悬念，让读者上钩，接着就转到第一章，当然，跟序言里的内容毫不相干，然后就到了第二章，当然，内容跟第一章以及序言也没有关系，之后就到了三十页，这时读者不得不又翻回序言来看，因为此时序言的内容已经全忘了。"

"我喜欢你说的这些，继续讲下去。"

"另一个新手的错误是在第一章一下子介绍二十多个人物。其实五个就足够了，不会让读者感到混乱和迷糊。另外，如果你觉得需要炫耀一下你的文采，请找一些简单的词，不要太长太晦涩。我特别讨厌作者用一些超级晦涩冗长，并且我从来没见过的词，来炫耀自己的写作能力和技巧。还有，如果有对话，千万千万要把对话用引号标记出来，否则的话，会十分令人费解，太让人头疼了。准则第五条：大部分作家都说得太多，所以尽量把语言精练一下，适当删减，不要写一些冗长的句子，或者不必要的场景和情节。你要是不嫌烦的话，我还可以继续说下去。"

"请继续讲，我应该做个笔记的。"

"不，你用不着，你不需要建议。你是个出色的作家，默瑟，你需要的只是一个可以作为写作素材的故事。"

"谢谢你，布鲁斯，我正需要别人的鼓励。"

"我是说真的，并不是因为周末的肆意狂欢而在讨好你。"

"'肆意狂欢',这就是你给它下的定义吗? 我以为是叫作'纵情'。"

他们相视而笑,各自喝了一口红酒。雨停了,默瑟问道:"你写过小说吗?"

布鲁斯耸耸肩,目光移向别处,说道:"我曾经试过,写过几次,但都没写完。这不是我的专长。所以我才十分敬重作家,我指的是那些优秀的作家。我欢迎所有的作家来做客,并非常愿意推销所有作家的书,但市场上有很多写得很烂的书。我也为像安迪·亚当这样的作家而深感痛心,他们其实非常有天赋,但是因为一些坏习惯而浪费了才华。"

"你有他的消息吗?"

"没有。他被关在戒酒中心,对外没有任何联系,也许一周后会打电话来。这是他第三次还是第四次进行戒酒治疗了,不过我认为成功的可能性不大,在内心深处,他并不想戒酒。"

"那就糟糕了。"

"你好像困了。"

"肯定是喝了红酒的缘故。"

"咱们去睡一会儿吧。"

经过一番折腾,他们爬上了一张吊床,紧紧地依偎在一起。吊床轻轻摇晃,他们变得越来越安静。

"今晚有什么计划吗?"默瑟问道。

"我想应该还是老样子。"

"也是,我已经厌倦了这个地方,不想待在这儿了。"

"嗯,但晚饭还是必须得吃的。"

"可你是已婚男人,布鲁斯,我只是你的周末情人,如果有人看到咱俩怎么办？"

"我不在乎，默瑟，诺艾尔也不在乎，那你还担心什么呢？"

"我不知道。只是周六的晚上跟一个已婚男人在精致的餐厅吃晚饭，我感觉很奇怪。"

"谁说去精致的餐厅？我带你去的是个破地方，一个海鲜馆，那儿的东西很好吃。我向你保证那里的人都不买书，所以都不认识我。"

默瑟吻了一下布鲁斯，然后扑进他的怀里，头靠在他的胸口。

12

星期日的早上跟星期六一样，不过醒来后不再因为宿醉而头疼。布鲁斯把早餐端到了床边，有煎饼和香肠，他们一边吃早餐，一边看《纽约时报》，足足看了两个小时。临近中午，默瑟需要休息一下。她正要开口告别时，布鲁斯说："你看，今天下午书店人手不够，店里肯定忙坏了，我得去帮忙。"

"那很好，正好我脑子里也对写作有了些思路，得回去好好构思一下。"

"很高兴能为您服务。"他笑着说，然后轻轻吻上她的脸颊。他们把餐盘放到厨房，用洗碗机把餐具洗干净。布鲁斯走进了二楼的主卧，默瑟回到塔楼，迅速穿好衣服，没有跟布鲁斯道别就离开了。

如果说默瑟在周末完成了什么任务的话，可以说没什么大的收获。塔楼房间里的激情缠绵令她十分陶醉和享受，她对布鲁斯的了解比以前更多了，但她去布鲁斯家不是为了跟他上床，也不是为了写小说。她收了伊莲的公司一大笔钱，要替他们收集情报，甚至帮助他们破获一宗重大的案件。在这方面，她认为自己所做的实在是少之又少。

她回到了客栈的小套房，换上了一身比基尼，对着镜子欣赏自己的身材，想起了布鲁斯如何称赞自己曼妙的身材。她的身材玲珑有致，而且晒成了古铜色，她很自豪自己傲人的身材终于派上了用场。她穿上了一件白色的棉质衬衫，拿起凉鞋，在海滩上走了很长时间。

13

星期日晚上七点，布鲁斯打来电话，说他非常想念默瑟，无法想象没有她，今晚将多么难熬，他问默瑟能否等他的书店关门以后，来店里找他喝杯酒。

当然可以，不去又能做什么呢？她的那间小套房幽闭而恐怖，令人完全没有写作的欲望和灵感，只写了不到一百个字。

不到九点的时候，默瑟走进了书店。布鲁斯正在为最后一位顾客结算，似乎店里只有他一个人在工作。等客人走了之后，他立刻锁上店门，关上灯。

"跟我来。"说完他带着默瑟走上楼，穿过咖啡馆，一边走，一边关灯。他打开咖啡馆后面的一扇门，默瑟以前从来没注意到有这么一扇门，然后跟着布鲁斯走进了他的小公寓。

"我的单身洞穴，"布鲁斯打开屋里的灯，说道，"我买下书店的最初十年，一直都住在这里。那时候整个二楼都是我的房间，但后来其中一部分被改成了咖啡馆，请坐吧。"他指了指跟整面墙一样长的宽大的真皮沙发，上面铺着枕头和被褥。沙发对面的电视柜上放着一台巨大的液晶平板电视，当然，电视柜旁边摆放着书架，里面摆满了书。

"来点儿香槟吗？"布鲁斯走到一个吧台后，打开了冰箱。

"当然可以。"

他拿出一瓶香槟，利落地打开瓶塞，倒了两杯酒，说道："干杯。"

他们碰了碰杯，布鲁斯一口气喝了大半杯。

"我真的需要喝一杯。"他一边说，一边用手背擦了擦嘴。

"显然如此，你还好吗？"

"累死了。我的一个店员突然请病假了，所以我一整天都在一楼一个人看店，找个好帮手太难了。"他喝光了酒杯里的酒，然后又倒了一杯。他脱下外套，摘下领结，拉出衬衣的下摆，脱掉脏兮兮的鹿皮鞋。他们移步到沙发，相拥而卧。

"你今天过得怎么样？"他又喝了一口酒，问道。

"还是那样。我到海滩上走了走，晒晒太阳，写了点儿东西，然后又到海滩上走走，再回来接着写，后来又睡了一会儿。"

"啊，多么惬意的写作生活，真是让人羡慕又嫉妒啊。"

"我的确放弃了写序言，然后在对话中加了引号，去掉了生僻晦涩的生词，我本想删去一些多余的文字，但是因为没写多少字，没什么可删的。"

布鲁斯被逗得呵呵直笑，又喝了一口酒，说道："你真可爱，你知道吗？"

"你是个大骗子，布鲁斯。昨天早上你就勾引我，还……"

"事实上，不只是早上，还有中午和晚上。"

"而且现在又来了。你总是这么拈花惹草，跟女人打情骂俏吗？"

"哦，是的，我一直都是如此。我跟你说，默瑟，对于女人，我有一个致命的弱点。每当我看见漂亮的女人，就情不自禁，从上大学的时候就是这样。当我进入奥本大学的时候，突然发现周围有成千上万的漂亮姑娘，我简直激动死了。"

"这是种心理上的病态，你有没有想过去看看医生？"

"什么？谁需要看医生？对我来说，这只是一个游戏，你不得不承认，我是个不错的玩家。"

默瑟点了点头，又喝了一小口酒，她一共才喝了三口酒。而布鲁斯的杯子却已经空了，他又倒了一杯。

"悠着点儿，小子。"默瑟说。不过布鲁斯没有理会她。等他回到沙发上时，默瑟问道："你真正爱过什么人吗？"

"我爱诺艾尔，她也爱我。我们在一起很幸福，很开心。"

"但爱是信任和承诺，是两个人一起分享生活中的点点滴滴。"

"哦，我们正在分享快乐的时光，相信我。"

"你真是无药可救了。"

"别傻了，默瑟。我们不是在谈论爱情，我们谈论的是性。纯粹的肉体上的愉悦。你不会跟一个已婚男人纠缠不清的，因为我并不会跟你建立什么关系。只要你想要这种愉悦，我们就可以上床，如果不想的话，现在就可以终止。我们只是单纯的朋友，没有任何其他的关系牵扯。"

"朋友？你有多少个这样的女性朋友？"

"其实没有，只是有几个关系很好的熟人。听着，如果我知道你是来对我进行心理分析的，我就不会给你打电话，叫你过来了。"

"那你为什么给我打电话？"

"我以为你想我了。"

他们不禁相视而笑。布鲁斯突然放下酒杯，同时拿起默瑟的酒杯，也放在桌上，然后牵起她的手，说道："跟我来，我有东西给你看。"

"什么东西？"

"一个惊喜，来吧，就在楼下。"

布鲁斯依然光着脚，带着默瑟走出公寓，穿过咖啡馆，走到一楼，然后来到通向地下室的门口。他把门打开，拧开了一盏灯，两个人慢慢沿着木质楼梯下到地下室。布鲁斯打开了另一盏灯，输入密码，开了保险库的门。

　　"希望是个好的惊喜。"她紧张得压低了声音。

　　"你绝对不会相信的。"布鲁斯拉开了保险库的金属门走进去，然后打开了另一盏灯。他走到保险柜前，再次输入密码，等了几秒钟，等五个液压螺栓全部松开。随着"啪嗒"一声巨响，门开了，他轻轻拉开保险柜的门。默瑟认真仔细地看着眼前的一切，因为她知道得把看到的一切都向伊莲以及她的团队详细汇报。保险库和保险柜里面的东西都跟她上一次看到的一样。保险柜下层有四个抽屉，布鲁斯拉开了其中一个抽屉，里面有两个一模一样的木盒子。据默瑟目测木盒子是三十六厘米见方的正方形，估计质地是香柏木。布鲁斯拿出其中一个盒子，然后走到保险库中间的小桌子前。他笑着看了看默瑟，好像要向她展示一件稀世珍宝。

　　盒子的顶部装着三个小铰链，他轻轻把铰链抬起，里面是一个灰色的硬纸板盒。他小心翼翼地拿出纸板盒，然后放到桌上。

　　"这个叫作档案存储盒，是由不含酸性和木质素的纸板制成，大多数的图书馆和专业的收藏家都用这种盒子。这个盒子来自普林斯顿大学。"他打开盒子，然后骄傲地说："这是《最后一个大亨》的原始手稿。"

　　默瑟难以置信地盯着盒子里的手稿，目瞪口呆，下巴都快掉了，她忍不住靠近了瞧。想要说什么，却发现已经惊讶得说不出话来。

　　盒子里面装着一摞泛黄的稿纸，跟信纸差不多大小，约有十厘米厚，显然已经年代久远，是经过漫长岁月的洗礼和沉淀而遗留下的珍贵之物。上面没有标题页，看来菲茨杰拉德是直接从第一章开始写，把所有的内容一口气先写完，再对细节进行补充。他的手稿字迹并不工整，所以读起来很费劲，而且他一开始就在手稿的空白处做笔记。布鲁斯摸着手稿的边缘，说道："菲茨杰拉德一九四〇年突然去世的时候，他的这部小说还远未完成。但他事先写好了大纲，而且留下了大量的笔记和摘要。他有一位好友名叫埃德蒙·威尔逊，是一位编辑，同时也是一位文学评论家。威尔逊把这些资料都汇总在一起，一年后将这部小说出版。许多评论家认为这是菲茨杰拉德最杰出的一部作品，正如你说的那样，鉴于他当时的健康及生活状况，能写出这样一部优秀的作品，真是很了不起。"

"你是在开玩笑吧？"默瑟终于开口了。

"什么玩笑？"

"这份手稿，是被偷的那一份吗？"

"哦，是的，但不是我偷的。"

"好吧，就算不是你偷的，那它为什么会在这儿？"

"这个说来话长。具体怎么到手的我就不说了，因为很多细节我也不知道。我只知道去年秋天，收藏在普林斯顿大学燧石图书馆的五份菲茨杰拉德的手稿全部被盗，而盗窃者是一个盗窃团伙。案发后，联邦调查局立刻逮捕了团伙中的两个嫌疑犯，其余的几个人吓坏了，急忙把手稿出手卖掉，然后消失无踪。于是手稿就悄悄流入黑市，并且被分开出售。我不知道另外四份手稿到哪儿去了，不过我怀疑已经流到国外了。"

"那你为什么要参与进来呢，布鲁斯？"

"说起来复杂，但我真的没有参与其中，你想摸摸这份手稿吗？"

"不，不想，我不想待在你这里了，我觉得很不安。"

"别紧张，没事的，我只是帮一位朋友把这东西暂时藏起来。"

"肯定是一个很要好的朋友。"

"是的，他和我关系很好，我们已经合作了很长时间，我非常信任他。现在他正在与伦敦的一位收藏家谈一笔交易。"

"你会从中得到什么好处吗？"

"没有多少好处，也许转手之后会赚点儿钱。"

默瑟移步来到桌子的另一边，说道："为了赚点儿钱，你就冒了这么大的风险。你手里藏着的可是珍贵的被盗物品。这可是重罪，得坐好几年的牢呢。"

"只有被抓住，才能被判罪。"

"现在你却把我牵连进来，成了你的同谋，布鲁斯。不行，我现在得马上离开。"

"别这样，默瑟，你太紧张了。没有风险就没有回报，而且你并没有卷进任何麻烦，因为没有人会知道的。谁能证明你看过这份手稿呢？"

"我不知道，还有谁见过这个？"

"只有我们两个。"

"诺艾尔不知道吗？"

"她当然不知道，她从来不管这些。她做她的生意，我做我的生意，我们相互之间从不干涉，也不过问。"

"你生意的一部分就是交易盗窃来的书籍和手稿吗？"

"偶尔这样。"他盖上档案存储盒，把它放回了木盒里，然后小心翼翼地将它重新放回抽屉，并且推了回去。

"我真的很想离开这里。"默瑟说。

"好吧，好吧，没想到会把你吓到。你说你刚刚看完了《最后一个大亨》，我以为你看到原始手稿一定会很惊喜的。"

"惊喜？简直是惊吓、惊慌、惊恐，我现在脑子一团乱，什么心情都有，唯独没有惊喜。这太疯狂了，布鲁斯。"

布鲁斯锁上了保险柜，然后关上保险库的门。他们往楼上走，布鲁斯边走边关灯。到了一楼，默瑟径直走向书店的大门。

"你要去哪儿？"布鲁斯问道。

"我要走了，请你开门。"

布鲁斯抓住她，把她的身体猛地转过来，紧紧地抱住，说道："听着，我很抱歉，原谅我好吗？"

她用力推开布鲁斯，说："我想回家，我不想待在这间书店里。"

"别这样，你有些反应过度了，默瑟，我们上楼，把剩下的香槟喝完，好吗？"

"不，布鲁斯，我现在没有心情跟你喝酒。这一切太让人难以置信了。"

"我很抱歉。"

"你已经道过歉了，现在请你把门打开。"

他找到钥匙，打开了门锁。默瑟一句话也没说就匆匆走出大门，绕过拐角朝她的车走去。

14

这个计划本来是建立在假设和猜测的基础上，本来就没有抱太大希望，但没想到现在竟然成功了。他们有了证据，也得到了迫切需要的答案，但她能做到把这一切都如实地告诉他们吗？只要她打个电话，就能让布鲁斯锒铛入狱，坐牢十年，她能迈出这决定性的一步吗？默瑟想到了布鲁斯被捕的后果，身败名裂，事业毁于一旦，而且声名狼藉，她能想象到布鲁斯被抓时惊恐的眼神，他将被警方带走，被带上法庭，然后被捕入狱。他那间倾尽多年心血的书店该怎么办？他的家会怎样？他的朋友们，他珍藏的那些珍本书籍，他赚来的那些钱该怎么办？她对布鲁斯的背叛将会带来无法估量的后果，而且不止伤害一个人。也许这一切都是凯布尔罪有应得，但他的雇员、他的朋友们，甚至诺艾尔都是无辜的。

午夜时分，默瑟还在海滩上，裹着浴巾，赤脚踩着沙滩，凝望着月光下的海面，再一次责问自己当初为什么要答应伊莲·谢尔比的请求。她其实早就知道答案，是因为钱，但现在钱已经不那么重要了。告发这件事所产生的后果，远远不是能用钱来衡量的。事实上，她喜欢上了布鲁斯·凯布尔，喜欢他灿烂的笑容和优雅潇洒的举止，喜欢他英俊的外貌和独特的衣着品味，喜欢他的聪明才智，喜欢他对待作家的尊敬和欣赏，喜欢他作为情人的浪漫，喜欢他在周围人和朋友当中的随和健谈，喜欢他年轻有为，魅力十足，就像一块磁铁一样，深深地吸引着她。能够与他如此亲近，成为他生活圈子里的一员，其实她心里很激动雀跃，是的，成为他诸多女人中的一个，的确令她无比兴奋。因为他的出现，她在这过去的六周里过得比过去的六年还要开心。

现在，她可以选择保持沉默，让事情顺其自然地发展。伊莲和她的手下，也许甚至还有联邦调查局都会继续对这个案子进行调查。默瑟大可以装装样子，假装因为无法得到更多情报而愧疚自责。她已经深入到地下室的保险库了，并且为他们提供了大量的情报和证据。天啊，她甚至跟布鲁斯上了床，而且可能还会再上床。她已经尽了最大的努力，而且会把这个任务继续做下去。也许布鲁斯会按照他说的，把《最后一个大亨》的手稿出手，不留任何痕迹，神不知鬼不觉把手稿卖到黑市里。到那时即使联邦调查局进来调查，他的保险库里也干干净净，没有任何赃物。她六个月的间谍生涯就到期限了，到时她就可以带着美好的回忆离开这座小岛。也许她还会回来，夏天的时候，到海滩小屋里度假，或者更完美的是，在将来的某一天带着新书前来做签售会。然后周而复始，出书不断，签售不停。

她和伊莲之间的协议与能够成功破案毫无关系。不管结果如何，她都能拿到那笔钱。她的助学贷款已经成为历史。现在她已经拿到了报酬的一半，她敢肯定等约定的期限一到，就会按照协议拿到报酬的另外一半。

当天晚上，她花了很长时间，说服自己保持沉默，让这个慵懒的夏天安安静静地过去，不要给自己惹麻烦。秋天很快就要来了，那时她早就离开这里，去别处了。

但是从道义上讲，这样做是对还是错呢？按照协议，她最终的目标就是接近凯布尔，走进他的世界，找到丢失的手稿。而现在，她终于找到了，但只是因为凯布尔犯了一个令人难以置信的错误。这个以默瑟为中心的计划，真的成功了。她现在有什么权利质疑这个计划的合法性呢？布鲁斯明知这是被盗手稿还参与其中，要把这些手稿卖掉赚钱，并且故意隐瞒，不把它交还给合法拥有它的主人。在道义上，布鲁斯·凯布尔的做法是完全站不住脚的。他以交易被盗书籍而闻名，并且他也向默瑟承认了这一点。他知道其中的风险，似乎热衷于为了赚钱而冒险。所以他早晚会被抓到的，即使不是因为这个案子，也会因为别的案子。

她在海边走着，海浪轻轻涌动，将层层的浪花泡沫推向岸边的沙滩。夜晚的天空没有云朵，远处的地平线上，十几只捕虾船亮起灯光，在平静无波的海面上闪烁。此时，她已经走到了北岸码头，一条长长的木板栈道一直延伸到远处的海边。自从回到岛上之后，她一直逃避着不敢来这里，因为这里就是泰莎的尸体被海水冲上岸的地方。她的外孙女怎么会来到这里了呢？

她走上木板栈道的台阶，沿着码头一直走向栈道尽头，靠在栏杆上，凝视着远处的地平线。如果是泰莎，她会怎么做呢？首先，泰莎永远不会让自己陷入这样的困境中。她绝不会允许自己向任何事情妥协，也绝不会被金钱所诱惑。在泰莎眼中，对就是对，错就是错，没有灰色地带，没有折中的选择。说谎是一种罪，不管结果会带来多大的麻烦，始终要做到信守承诺，言出必行，说到做到。

默瑟的内心在激烈而痛苦地挣扎。她知道，唯一保持沉默的办法就是退回收到的报酬，然后悄悄地离开。但是，即使离开，她还是向那些有权知道实情的好人隐藏了秘密。而且，如果现在退缩的话，泰莎会看不起她的。

凌晨三点，默瑟才躺到床上，但一直翻来覆去睡不着觉。

五点整的时候，她打了电话。

15

伊莲睡醒了，在黑暗中静静地喝着清晨的第一杯咖啡，而她的丈夫还在她身边睡着。按照计划，她要再去一趟卡米诺岛，不知道这是第十次还是第十一次去岛上了。她将会跟以前一样，乘坐相同的航班，从华盛顿里根国家机场飞往杰克逊维尔，瑞克或者格雷厄姆会在那里等她。然后他们会在海边的安全屋里见面，商讨工作的进程。令人高兴的是，他们的姑娘与调查目标共度了一个周末。所以她肯定能获得一些有价值的信息。他们会给她打电话，叫她下午过来跟他们见一面，谈谈最新得到的情报。

然而，五点零一分时，所有事先安排的计划都失效了。

伊莲的手机震动起来，她看了一眼是谁打来的之后，立刻从床上爬起，走到了厨房。

"这个时间对你来说有点儿早啊。"

默瑟说："他并不像我们所想象的那么聪明。他手上有《最后一个大亨》的手稿，昨天晚上给我看了。跟我们预料的一样，在地下室的保险库里。"

伊莲惊讶得深吸了一口气，然后闭上眼睛，尽量让自己激动的心情平复下来，问道："你确定吗？"

"是的。根据你给我看的手稿的复印件，我十分确定。"

伊莲坐在厨房岛台的吧台凳上，说："把你知道的一切都详细告诉我。"

16

早上六点钟，伊莲打电话给联邦调查局稀有资产追回部的负责人拉马尔·布雷萧，把他从睡梦中叫醒。听到伊莲告知的消息后，他一天的工作计划都取消了。两个小时后，他们在宾州大道的胡佛大楼办公室里见面，听取关于这个案子的详细情况。正如伊莲所料，布雷萧和他的团队都对伊莲和她的公司秘密进行这个监视凯布尔的计划而感到恼火，因为他们在一个月前才刚刚查到这个嫌疑人。凯布尔和其他十几个人一起，都被列入了联邦调查局的调查名单，但之所以被列入名单，只是因为他在图书交易界颇有名声，所以布雷萧并没有把凯布尔这个人当回事。联邦调查局讨厌私人对案件进行同步调查，但是此时此刻，为了争地盘而吵来吵去，对案件没有任何好处。所以布雷萧只好压抑住心中的傲气，暂时忍气吞声，因为伊莲·谢尔比又一次在他们之前找到了失窃的珍贵物品。他们之间很快就达成了"休战协议"，双方和平共事，并制定了联合行动计划。

17

早上六点，布鲁斯·凯布尔在书店楼上的公寓里醒来。他喝着咖啡，看了一个小时的书，然后走下楼，来到初版书籍展览室的办公室里。他打开台式电脑，查看库存。这是工作中最令人不快的一项内容，因为他要决定哪些书可以继续卖，哪些书要退回到出版商那里，返还书款。在他看来，每一本被退回的书都是他的失败，但是经营书店二十年后，他几乎已经习惯了这个过程。在昏暗的书店里转悠了一个小时，他把要退还的书从书架上拿出来，堆放到仓库里。

八点四十五分，跟以往一样，他回到公寓，迅速洗了个澡，换上了每天必穿的泡泡纱西装，九点整的时候，他打开书店里所有的灯，开门营业。两个店员到了，布鲁斯让他们开始干活。三十分钟后，他走到地下室，打开通向诺艾尔仓库的金属门。杰克已经在那里了，正在对着一把古董躺椅的后部钉钉子。默瑟的书桌已经上好了漆，被放到仓库的一边。

一阵寒暄后，布鲁斯说："我们的朋友曼恩女士不会买那张桌子了。诺艾尔想把它运到劳德代尔堡。请把桌腿拆下来，然后找一个大的板条箱装好。"

"没问题，"杰克说，"今天就运吗？"

"是的，有点儿急，麻烦你抓紧点儿。"

"好的，先生。"

18

上午十一点零六分，一架包机从杜勒斯国际机场起飞。飞机上有伊莲·谢尔比和她的两名助手，有拉马尔·布雷萧和四名联邦调查局探员。在飞行途中，拉马·布雷萧再次跟佛罗里达州检察官通了电话，而伊莲则打电话给默瑟，当时她正在当地的一个图书馆里写作。她说在那间幽闭的民宿套房里很难找到创作的灵感。伊莲认为她最好还是远离书店，这几天都不要再去。默瑟说她本来也无意再去书店了。这段时间她已经看够了布鲁斯，需要休息一下。

十一点二十分，一辆没有标记的货车停在书店对面的圣罗莎大街上。车里面坐着三位来自联邦调查局杰克逊维尔分局的外勤探员。他们把摄像机对准了海湾书店的正门，开始拍摄出入书店的每一个人。另一辆货车里，坐着另外两位外勤探员，他们把车停在第三大街，开始进行监视。他们的工作是拍摄和监控进出书店的每一批货物。

十一点四十分，一个穿着短裤和凉鞋的探员走进书店，闲逛了几分钟。他没看见凯布尔，用现金买了一张《寂寞之鸽》的 CD 版，然后离开了书店。在第一辆货车里，一位技术人员打开箱子，取出八张 CD，在 CD 盒子里安装了微型摄像机和电池。

十二点十五分，凯布尔带着一个身份不明的人走上街去吃午饭。五分钟后，另一名女探员，也穿着短裤和凉鞋，带着《寂寞之鸽》CD 走进了书店。她在楼上买了一杯咖啡，消磨了一些时间，然后回到一楼，随便挑选了两本平装图书。当店员走到后面时，这位探员趁机把手里的那张《寂寞之鸽》CD 放回 CD 架子上，然后拿了旁边的一张名为《最后一场电影》的 CD。最后，她付钱买了两本平装书和一张 CD，并问店员哪里有好饭馆可以吃午饭。在第一辆货车里，探员们盯着笔记本电脑。他们现在可以清晰地看到进入书店的所有顾客，只盼着短时间内没人听《寂寞之鸽》这张 CD。

十二点三十一分，这架包机降落在卡米诺岛的小型机场上，这里距离圣罗莎市中心有十分钟的车程。瑞克和格雷厄姆在机场迎接伊莲和她的两名助手。两辆 SUV 在机场等候布雷萧和他的团队。因为当天是周一，所以酒店这几天都有空余的房间，他们在港口附近的一家酒店订了几个房间，距离书店走路不到五分钟。布雷萧住进酒店最大的一间套房，并把那里设为他的临时指挥所。笔记本电脑被放在一张桌子上，摄像头正在一刻不停地监控着书店的一切。

快速吃完了午饭之后，默瑟来到了套房，随后是一堆人向她做自我介绍。她被这些人的头衔和身份吓了一跳，一想到是她把这些人引来，把目光全都瞄准了毫无防备的布鲁斯·凯布尔，她就觉得浑身不舒服。

在伊莲的带领下，默瑟接受过布雷萧和另一位名叫凡诺的探员的问话。她把事情经过重新讲述了一遍，除了漫长的周末缠绵以外，其他的无一遗漏，全都据实相告。布雷萧给她看了一系列菲茨杰拉德手稿的高清图片，是几年前由普林斯顿大学拍摄的。伊莲有同样的照片，默瑟以前全都看过。是的，没错，她确定昨晚在地下室的保险库里看到的就是原始的《最后一个大亨》的手稿。

是的，也有可能是假的，一切都有可能，但她并不认为她所看到的手稿是假的。否则，布鲁斯何必费尽心思要保护那些假手稿呢？

布雷萧第三次问着同样的问题，而且还带着怀疑的口气，默瑟被惹急了，生气地问道："难道我们不是站在同一个阵营的吗？"

凡诺轻声安抚道："是的，我们当然是一个团队的，默瑟，我们只是需要确定无误。"

"我已经确定了，好吗？"

来来回回，反反复复一个小时之后，默瑟确信伊莲·谢尔比要比这个布雷萧和凡诺聪明多了，而且办事也更加雷厉风行，干脆利落。但是伊莲已经把她交给了联邦调查局，而且毫无疑问，他们会负责这个案子，直到最后。在休息的时候，布雷萧接到了杰克逊维尔助理检察官的电话，事情变得棘手起来。似乎杰克逊维尔的联邦法官坚持要求"证人"出席闭门听证会，要求"证人"亲自到场，而不允许"证人"通过视频做证。这让布雷萧和凡诺非常苦恼，但是他们也没有办法。

下午两点十五分，默瑟坐进了车里，瑞克负责开车，格雷厄姆坐在副驾驶，伊莲和默瑟一起坐在后排。他们跟着前面的一辆 SUV 车，车里坐着几位联邦调查局探员，他们将离开卡米诺岛，驶向杰克逊维尔。

在横跨卡米诺河的桥上，默瑟终于打破沉默，不悦地说："那么，咱们把话说明了吧，到底是怎么回事？"

瑞克和格雷厄姆眼睛盯着前方，什么也没说。伊莲清了清嗓子，说道："这都是联邦政府那帮废物的要求，你上缴的税金起作用了。联邦调查局探员布雷萧对这个地区的检察官感到非常生气，他也是联邦政府的，似乎人人都对联邦的地方法官不满，因为他们是签发搜查令的人。联邦调查局认为你可以留在岛上，并且通过视频做证。布雷萧说他们一直都这么做，但是不知为何，这位联邦地方法官想亲自听你阐述。所以我们要去法院上庭。"

"上庭？你从来没说过还要去法庭。"

"是联邦法院大楼。我们可能会私下跟法官见面，在他的办公室里或者其他什么地方。不用担心。"

"你说得倒容易。我有一个问题。如果凯布尔被捕，即使他被捕时主动交出了被盗的手稿，还是得出庭受审吗？"

伊莲抬头看着前方，说道："格雷厄姆，你是律师，这个问题你来回答。"

格雷厄姆冷笑了一声，像是听到了一个笑话一般："我是拥有法学学位，但我从来没当过律师。不过，法律规定，被告不能被迫认罪。因此，任何被指控犯罪的人都可以在法庭上坚持拒不认罪。不过这种情况在这个案子中是不会发生的。"

"为什么不会发生？"

"假如凯布尔拥有手稿的话，他们会给他施加巨大的压力让他开口。因为找回这五份手稿远比惩罚这些小偷和骗子重要得多。他们会给凯布尔提供所有对他充满诱惑力的协议，让他把知道的一切都一五一十地吐露出来，从而找到其他几份手稿的线索。我们不知道他掌握了多少信息，但我可以跟你打赌，他为了自保一定会招供的。"

"如果他上庭接受审判，不会叫我出庭指证他的，对吧？"

默瑟等着他们的回答，但三个人都沉默不语。经过长时间尴尬的沉默后，她说道："听着，伊莲，你从来没提过要上法庭的事，而且该死的，你也没告诉我，可能得出庭指证凯布尔。我绝不会这么做的。"

伊莲试图安抚她，说道："你不用上庭做证，默瑟，相信我。你做得很好，我们都为你骄傲。"

"你别净说些好听的话忽悠我，伊莲。"默瑟气愤地说。很长时间里，都没有人说话，但是紧张的气氛依然存在。他们沿着95号州际公路向南而行，进入了杰克逊维尔的边界。

法院大楼是一栋高耸的现代化建筑，有许多层，层层都是玻璃。汽车从侧门鱼贯而入，停在一个小型停车场上。联邦调查局的探员们把默瑟严密包围，仿佛她需要人身保护似的。电梯里挤满了人，都是保护她的人。几分钟后，他们走进了佛罗里达州中区联邦检察官的办公室，随后被带到一间会议室，等待着检察官的到来。布雷萧和凡诺拿出他们的手机，开始无声地交谈。伊莲正跟位于贝塞斯达的公司打电话。瑞克和格雷厄姆正在接听重要的电话。默瑟一个人坐在巨大的会议桌旁，没有人可以跟她聊天。

大约二十分钟后，一位穿着深色西装，表情严肃认真的年轻人——他们这些人都穿着深色的西装——行步如风似的走进会议室，他自我介绍说他名叫詹韦，是一名助理检察官。他向大家解释，州地方法官费尔比法官正在一场命案的听证会上，需要过些时候才能过来。詹韦说如果方便的话，他想先听听默瑟的证词。

默瑟耸了耸肩。难道她还有别的选择吗？

詹韦转身走开，回来时身边还跟着另外两个穿深色西装的人，他们做了一番自我介绍。默瑟跟他们握了握手，简短地寒暄几句。

他们迅速拿出文件夹与记事本，坐在默瑟的对面。詹韦开始提问，默瑟立刻就发现，显然这个家伙对案子基本上一无所知。默瑟痛苦而又缓慢地向他详细阐述事情的经过，让他们这几个什么都不知道的家伙对案子有个清楚的了解。

19

四点五十分，默瑟、布雷萧和凡诺跟着詹韦来到州地方法官亚瑟·费尔比的办公室。法官跟他们打了个招呼，就像把他们当作非法闯入者一样。他今天工作似乎很辛苦忙碌，看起来有些烦躁。默瑟坐在长桌的一端，旁边是一位法庭书记官，他让默瑟举起右手，宣誓所说的都是事实。三脚架上的一台摄像机对准了这位证人。费尔比法官脱下了黑色的法官长袍，坐在长桌的另一端，像个坐在王座上的国王。

詹韦和布雷萧问了默瑟一个小时的问题，一天之内，同样的内容她至少说了三回。布雷萧出示了几张巨大的照片，都是凯布尔地下室、保险库和保险柜的照片。费尔比不停地打断默瑟的话，提出自己的问题，所以默瑟大部分的证词重复了不止两次。不过她还是保持冷静，心想布鲁斯·凯布尔可比这些家伙可爱多了，经常能逗她笑。

她说完后，他们把记录下的证词整理好，并感谢她所付出的时间和努力。她差点儿脱口而出：这没什么，不值一提，我是拿了报酬才来这儿的。她起身告辞，和伊莲、瑞克以及格雷厄姆匆匆离开了大楼。

当终于远离联邦法院大楼时，默瑟问道："那接下来会怎么样？"

伊莲说："他们正在准备搜查令。你的证词很完美，法官被你的证词说动了。"

"那他们什么时候去搜查书店？"

"很快。"

08

送 货

1

丹尼在岛上已经待了十天，开始渐渐失去耐心。他和鲁克一直在跟踪凯布尔，了解到了他的行踪，这再简单不过了。他们也跟踪了默瑟，知道了她的生活习惯和日常安排，这也没什么难度。

威逼恐吓对波士顿的奥斯卡·斯坦来说，非常管用，也许这是他们唯一可行的方法，用暴力来威吓对方，这样更加直接有效。跟斯坦一样，凯布尔不可能跑去报警，因为如果手稿在他手上的话，他就有可能被警方逼迫达成协议。假如他没有手稿的话，那他也肯定知道手稿在哪里。

凯布尔通常都会在晚上六点左右下班回家。星期一下午五点五十，丹尼走进书店，假装在浏览图书。幸运的是，凯布尔此时正在地下室里忙着，他的店员知道不能透露这件事。

不过丹尼的运气也到头了。几个月来，他神不知鬼不觉地顺利通过各个机场、海关和安检，用的都是伪造的身份证、护照，并且外貌也进行了伪装，无论住酒店还是租房子，他都是用现金支付。他认为自己虽然算不上世间无敌，但也足够聪明了。不过即使是最聪明的骗子也有一时疏忽、马失前蹄的时候。

多年来，联邦调查局一直在完善其面部识别技术，即一款被称为"面部生成"的软件。这款软件使用一种算法来计算目标对象眼睛、鼻子和耳朵之间的距离，并以毫秒为单位，将其与数据库的照片进行比对。

"盖茨比案件"——这是联邦调查局给这起手稿被盗案起的昵称。在这个案件中，数据库的信息相对较少，只有十几张照片，就是燧石图书馆前台的监控摄像机拍下的三个盗贼的照片，不过杰瑞·斯汀贾登和马克·德里斯科已经被捕在押了。另外数据库中还有几百张涉嫌偷盗和交易被盗艺术品、文物以及书籍的有关人员照片。

当丹尼一走进商店，隐藏在《寂寞之鸽》CD盒子里的摄像头就拍下了他的面部视频，因为从那天中午起，这个摄像头就一直在捕捉和拍摄每一个进入书店的顾客的脸。拍下的图像被实时发送到街对面货车里的一台笔记本电脑上，更重要的是，还发送到了联邦调查局位于弗吉尼亚州匡提科的法医实验室里。面部匹配生成，电脑发出了报警声，被一名技术人员发现。丹尼刚迈进书店不到几秒钟，就被证实是"盖茨比案件"中的第三个盗贼。

有两个人已经被抓了。团伙中的第四个人特雷，仍旧在波克诺斯山的湖底慢慢腐烂，一直没有被发现。而第五个人艾哈迈德，目前仍躲藏在欧洲。

十五分钟后，丹尼离开商店，走到街道拐角处，上了一辆二〇一一年的本田雅阁车。第二辆货车尾随其后，保持了一段距离，不一会儿就跟丢了，随后发现那辆车停在了海风汽车旅馆的停车场上。这家旅馆位于海边，距离灯塔客栈只有九十米远。于是监视行动再一次展开。

那辆本田雅阁车是从杰克逊维尔的一家名叫美而廉的租车公司租来的，而且这家公司可以接受现金支付。租赁者登记的名字叫作威尔伯·希夫莱特。租车公司的经理向联邦调查局承认，他认为租车者出示的缅因州驾照看起来像是伪造的。这个名叫希夫莱特的人付了一千美元的现金，租期为两个星期，并且没有买车险。

　　联邦调查局对于案情侦破的进展感到震惊，没想到竟然发现了这么重要的线索，简直就是天上掉下来的一块大馅饼。不过为什么这个盗贼要在案发八个月之后突然出现，并且在这家书店附近转悠呢？难道他也在监视着默瑟吗？他跟凯布尔有关系吗？许多令人不解的谜题需要解决，不过最重要的一点是，目前的情况的确印证了默瑟所说的话。也就是说，至少有一份被盗的手稿被藏在凯布尔书店的地下室里。

　　日落时分，丹尼走出了汽车旅馆的 18 号房间，鲁克也从隔壁的房间走出来。他们步行来到海岸餐厅，这是一家很受欢迎的户外酒吧烧烤店。他们点了三明治和啤酒。当他们正在吃饭的时候，四名联邦调查局的探员走进了海风汽车旅馆，并向经理出示了搜查令。在 18 号房间里，他们在床下找到了一个运动包，里面有一把九毫米手枪和六千美元的现金，以及田纳西州和怀俄明州的伪造驾照。但是，没有任何证据能证实这个威尔伯的真实身份。探员们在隔壁房间也没有发现任何有价值的线索。

　　当丹尼和鲁克回到海风汽车旅馆后，就立刻被抓捕，并被分别押进不同的汽车里，押往联邦调查局杰克逊维尔分局，一路上两人始终保持沉默。到达分局后，按照程序，警方给他们拍照并采集指纹。两个人的指纹都被输入进数据库里。到了晚上十点，真相终于浮出水面。丹尼的军方记录上显示出他的真名：丹尼斯·亚伦·德班，三十三岁，出生于美国加州首府萨克拉门托。鲁克之前的犯罪记录也被查了出来：

真名布莱恩·拜尔，三十九岁，出生于威斯康星州格林湾。两个人都拒绝跟警方合作，于是被关押起来。拉马尔·布雷萧决定先关押他们几天，并把他们被捕的消息压下来，不对外公布。

默瑟跟伊莲、瑞克和格雷厄姆住在安全屋里靠打牌来消磨时间。联邦调查局告诉了他们盗窃犯被捕的消息，但是没有透露具体细节。布雷萧十一点钟给伊莲打电话，他们互通有无，把所知道的信息都汇总拼凑起来，发现破案的进展非常迅速，不过还是有很多悬而未决的问题。明天是极为重要的一天。至于默瑟该怎么安排，布雷萧说："把她带离卡米诺岛。"

2

星期二一整天，他们都在更加严密地监视着书店，一切正常，并没有什么可疑之处，没有什么盗贼在附近转悠，也没有可疑的包裹进出。上午十点五十分，一辆联合包裹服务公司的卡车运送了六箱书过来，但是卸货之后，空车就被开走了，什么也没有带走。凯布尔楼上楼下地忙活，一边帮助顾客结算，一边在他最喜欢的地方看书。十二点十五分，他离开书店去吃午饭，一个小时后吃完饭回来。

下午五点，拉马尔·布雷萧和德里·凡诺走进书店，问凯布尔能不能跟他们谈一谈。布雷萧在他耳边轻声说了一句："我们是联邦调查局的。"他们跟着凯布尔来到初版书籍展览室，凯布尔随手关上了门。他要求他们出示身份证件，他们亮出了警徽。凡诺递上搜查令，说道："我们是来搜查地下室的。"

布鲁斯仍站在原地，问道："好吧，不过请告诉我你们在找什么？"

"被盗的手稿，从普林斯顿大学燧石图书馆盗走的弗朗西斯·斯科特·基·菲茨杰拉德的手稿。"布雷萧说。

布鲁斯大笑起来，不假思索地说："你们是说真的吗？"

"难道我们看上去像是在开玩笑吗？"

"我想你们看起来是认真的。介意我看一下上面的内容吗？"他指了指搜查令说。

"请便吧。不过请你配合我们的工作，现在包括我们俩在内，共有联邦调查局的五名探员在你的书店里。"

"哦，别客气，请自便。楼上有咖啡。"

"我们知道。"

布鲁斯坐在他的办公桌前，阅读搜查令。他不紧不慢地看着，随意翻着页，给人一种吊儿郎当的印象。等他看完，说道："好吧，这很简单，"他站起来，伸了个懒腰，思考下一步该做什么，"仅限于地下室的保险库，对吧？"

"是的，没错。"布雷萧说。

"下面有很多值钱的东西，众所周知，你们这些家伙搜查就像打仗一样，弄得一团乱，东西都会被你们弄坏的。"

"我看你是电视看太多了，"凡诺说，"我们知道在做什么，如果你好好合作，我们保证店里没有人会知道我们在这里，也不会知道发生了什么。"

"我看未必如此。"

"咱们走吧。"

布鲁斯拿着搜查令，带着他们来到书店后面，在那里他们遇到了另外三名穿着便装的探员。布鲁斯没有理会他们，又开了通向地下室的门锁。他打开电灯开关，说道："小心脚下。"到了地下室，他又打开了几盏灯，停在保险库前，输入密码。他打开保险库的门，打开里面的灯，等五名探员都挤进来时，他指着一面墙说："这些都是珍贵的初版书籍。我想你们应该不会感兴趣。一名探员拿出一台小型摄像机，开始拍摄保险库的内部。"

"请把保险箱打开，"布雷萧说。布鲁斯照做了。当他打开门时，他指着最上面的架子说："这些都是非常稀有的书籍，你们想看看吗？"

"也许稍后再看吧，"布雷萧说，"咱们先从那四个抽屉开始吧。"他很清楚要找什么。

布鲁斯拉出第一个抽屉。正如默瑟所报告的，里面有两个香柏木盒子。他拿出其中一个盒子，把它放在桌子上，然后把盒盖打开，说道："这是《比琥珀更黯淡》的原始稿件，作者是约翰·D. 麦克唐纳，于一九六六年出版。这是我十年前买下的，我有收据可以证明。"

布雷萧和凡诺凑过来，近距离看着原稿，说："不介意我们摸一下吧？"凡诺问道。两个人都很有经验，知道自己在做什么。

"请便。"

原稿是用打字机打出来的，书页完好无损，几乎没有褪色。他们翻了翻，很快就失去了兴趣。

"另一个盒子呢？"布雷萧问道。

布鲁斯拿出第二个香柏木盒子，把它放在第一个盒子旁边，然后打开盖子。

"这是另一份麦克唐纳的原始稿件，是一九八五年出版的《寂寞银雨》。这份原稿也有收据。"

这份原稿也十分干净整洁，同样是用打字机打的，书页空白处还有注释。为了帮助他们了解，布鲁斯补充道："麦克唐纳住在一艘几乎没什么电的船上。他用的是老款的手动安德伍德打字机，他写作的时候非常专注认真，一丝不苟，所以可以看到，他的原稿非常干净整洁。"

他们真的毫不在乎这些，不过还是翻看了几页。

为了找乐，布鲁斯戏谑地说："我不确定，不过菲茨杰拉德的手稿不应该是他亲笔手写的吗？"没有人回答他的问题。

布雷萧转身对着保险柜说："请打开第二个抽屉。"

布鲁斯拉开第二个抽屉，两个人微微凑近，紧张地关注着。抽屉里面是空的，第三和第四个抽屉也是一样。布雷萧惊呆了，惊恐交加地看着凡诺。凡诺此时正呆呆地瞪着空荡荡的抽屉，一副难以相信的表情。

布雷萧张口结舌地说："把保险箱里的东西都拿出来。"

布鲁斯说："没问题。不过，显然，在我看来，有人给了你们假情报。我并没有买卖被盗的物品，我也没有见过菲茨杰拉德的手稿。"

"请把保险柜里的东西全部拿出来。"布雷萧没有理会他，又把刚才说的话重复了一遍。布鲁斯将两份麦克唐纳的稿件放进最上层的抽屉里。然后伸手到最上层的书架，拿出了一个翻盖式书壳，里面装着《麦田里的守望者》。

"你们想看看吗？"

"是的。"布雷萧说。

布鲁斯小心翼翼地打开书壳，拿出里面的书。他把书递到他们眼前，并且举到摄像机跟前，好拍下清晰的画面，然后把书放回去，说道："你们要看保险柜里所有的藏书吗？"

"是的，没错。"

"这完全是浪费时间。这些都是出版的小说，而不是手稿。"

"我们知道。"

"这些书壳是为每一本书定做的，太小了，根本装不下手稿。"

显然的确如此，但时间不是问题，他们有的是时间，所以要求必须彻底搜查。

"下一本书。"布雷萧点头示意打开保险柜里的其他书架。

于是布鲁斯有条不紊地把书一本一本拿出来，打开书壳，把书取出，然后放在一边。当布鲁斯开开心心地拿书的时候，布雷萧和凡诺则不停地摇着头，互相对视，一次次翻着白眼，就像两个受人蒙骗的探员一样，一脸无奈。

此时，保险柜里的四十八本书都被拿出来，放到了桌子上。布雷萧凑近保险柜，像是在找什么秘密的储物格，但显然里面并没有多余的空间可以藏东西。他摸着下巴，手指挠着稀疏的头发，百思不得其解。

凡诺问道："那这些呢？"他指着靠墙的那些书架说道。

布鲁斯说："那些都是稀有的初版书籍，都是很久以前出版的小说。这是我二十年来收集的藏书。再说一次，这些都是小说，而不是手稿。我想你们还想看看这些书吧？"

"哦，为什么不呢？"凡诺说。

布鲁斯拿出钥匙，打开书架的玻璃门。探员们四散开来，开始拉开书架上的玻璃门，一排排地检查每一本藏书，什么也没有发现，连一样跟手稿相似的东西都没有。布鲁斯仔细地盯着他们，生怕那些书被粗鲁的探员拿走或不小心破坏。不过探员们都很小心，而且十分专业，一个小时后，保险库里所有的书都检查完毕，还是一无所获。布鲁斯把书架的门拉上，但是没有锁上。

布雷萧环视地下室四周，看到了堆满旧书、杂志、样书和预读版书籍的书架，问道："不介意我们看看这里吧？"他在孤注一掷地最后一搏，拼命想要找出蛛丝马迹。

布鲁斯说："这个嘛，搜查令上说，搜查范围只限于地下室。不过无所谓，你们随便看吧，反正你们也找不到什么的。"

"那么你是同意了？"

"当然。为什么不呢？再多浪费点儿时间也无妨。"

他们在杂物间里四下寻找，翻腾了半个小时，明知道什么也找不出来，但还是不愿放弃。最后，虽然心有不甘，但他们还是不得不承认他们失败了。布鲁斯跟着他们上楼，来到书店的一楼。布雷萧伸出一只手，说道："很抱歉，给您带来不便。"

布鲁斯跟他握了握手，问道："那么，现在看来我还是嫌疑人吗？"

布雷萧从口袋里掏出一张名片，然后递给布鲁斯，说道："我明天会给你打电话，回答你这个问题。"

"好极了。不过，更好的办法是，我会让我的律师给你打电话。"

"好的，可以。"

等他们走后，布鲁斯转过身，发现两个店员正站在柜台后面盯着看。

"是缉毒局的，"他说，"正在搜寻一个冰毒实验室。快回去工作吧。"

3

岛上最老的一家酒吧名叫海盗沙龙，距离书店以东三个街区。天黑后，布鲁斯在这里跟他的律师麦克·伍德见面，一起喝酒。他们坐在酒吧的一个角落里，布鲁斯一边跟麦克喝着波旁威士忌，一边讲述搜查的过程。麦克非常有经验，根本不问他是否知道被盗手稿的事情。

布鲁斯问："不知道我现在还是不是他们的目标，能问出来吗？"

"也许吧。我明天会给他打电话，不过我想答案是肯定的。"

"我想知道接下来的六个月里我是否会被跟踪监视。听着，麦克，下周我要去法国南部，跟诺艾尔碰面，并一起在那里度假。如果这些家伙要一路跟踪我的话，我想提前知道。见鬼，我会给他们我的航班号，等我到法国后，也会给他们打电话。因为我没有什么藏着掖着见不得人的事。"

"我会告诉这个人的。不过现在，咱们就假设他们在时刻跟踪你，监听你的每一通电话，监控你的每一封电子邮件和短信。"

布鲁斯装作一副难以置信并且生气而无奈的表情，但是实际上，过去这两个月里，他一直怀疑有人在跟踪他，有可能是联邦调查局，也可能是别的什么人，一直在进行监视和监听。

转天，也就是星期三，麦克·伍德给拉马尔·布雷萧的手机打了四次电话，但都被直接转到了语音信箱。他每次都留了口信，但对方一次都没有回复。到了星期四，布雷萧回了电话，证实凯布尔先生仍是嫌疑人，但已经不再是他们调查的目标。

麦克告诉布雷萧，他的委托人很快就要离开美国，并告知对方布鲁斯的航班号，以及在尼斯所住的酒店，他将和他的妻子在法国住几天。布雷萧感谢他提供的信息，说联邦调查局对凯布尔在国外的行程并不感兴趣。

4

星期五，丹尼·德满和乔·鲁克坐飞机被押到了费城，然后开车被押往特伦顿。他们在那里再次被拍照、采指纹，然后分别被关押在不同的牢房。丹尼被押到审讯室，坐在一张审讯桌旁，看守的警察给了他一杯咖啡，让他等着。马克·德里斯科和他的律师吉尔·佩特罗切里，在联邦调查局探员麦克格雷格的带领下，来到审讯室外面的走廊，通过一面单向可视窗户，他们看到了丹尼正一个人在审讯室里坐着，看上去百无聊赖。

"我们抓到了你的同伙，"麦克格雷格对马克说，"在佛罗里达抓到的。"

"所以呢？"佩特罗切里问道。

"所以现在你们三个，案发时在燧石图书馆里的三个人，都已经落网了，我说得够明白了吧？"

德里斯科说："是的，明白了。"

他们离开走廊，走进另一间审讯室里，与丹尼所在的审讯室隔着两个房间。当坐在一个小桌子旁后，麦克格雷格说："我们不知道还有谁参与其中，但是肯定还有别人。当时你们三个在图书馆里，图书馆外面应该还有人制造混乱，转移目标。另外还得有人侵入校园安全系统和电网。所以至少应该是五个人，也许更多，这就只有你能告诉我们了。我们很快就能找到手稿了，到时就会对你进行重新起诉。我们想要提供最有利于你的协议，尽可能为你提供最优厚的待遇，德里斯科先生。只要你肯如实招供，你就可以立刻获得自由，从这里走出去。只要把你知道的一切都告诉我们，我们就会给你安排一个不错的地方，给你新的身份和一份好工作，你想做什么工作都行。如果要庭审的话，你必须得回来做证。不过说实话，我认为你回来做证的可能性很小。"

对马克来说，他已经坐了八个月的牢，已经受够了。丹尼是个危险人物，既然现在丹尼已经被捕了，那么他就不会受到什么威胁了。他的家人遭到报复的威胁已经解除。特雷不是个暴力之人，因为他一直都过着逃亡的生活，所以不敢惹事。如果马克说出特雷的真名，他一定会很快被警方抓住的。艾哈迈德是个胆小懦弱的电脑怪胎，连出门都害怕，所以他绝对不是个会施行报复的人。

"给我点儿时间，让我好好想想。"马克说。

"我们会谈一谈的。"佩特罗切里说。

"好吧，今天是星期五。你们有一个周末的时间来做决定。我星期一早上再来。过了星期一早上，我们提供的所有优厚待遇都会失效，过期不候。"

星期一，马克接受了警方提出的条件，达成了协议。

5

七月十九日，星期二，布鲁斯·凯布尔从杰克逊维尔飞往亚特兰大，随后登上了一架法国航空公司的飞机直飞巴黎，然后从巴黎经过两个小时到达尼斯。早上八点他终于抵达尼斯，坐计程车来到佩鲁贾酒店，这是一家位于海边的时尚精品酒店，他和诺艾尔十年前第一次一起来法国时就住在这里。

诺艾尔站在酒店大厅里四处张望，寻找布鲁斯的身影。她穿着一件白色的短款连衣裙，戴着一顶时髦的宽边草帽，非常具有法式风情。他们一见面就紧紧拥抱亲吻，犹如多年未见后的重逢。他们手牵着手，来到酒店泳池边的露台，在那里品着香槟，然后再次拥吻。布鲁斯说饿了，于是他们一起来到酒店三楼的房间，叫了送餐服务。他们在房间的露台上，一边晒着太阳，一边品尝美味的佳肴。海滩距离他们只有几公里远，再往前就是沐浴在清晨灿烂阳光下的蔚蓝海岸。布鲁斯好几个月都没有休息了，所以他打算在这里好好给自己放个假，放松一下。漫长的午睡之后，他的时差也倒了过来，于是两个人去了酒店的游泳池。

像以往一样，布鲁斯问候了一下让·吕克，诺艾尔说他很好。他让诺艾尔代他问好。诺艾尔问起了默瑟，布鲁斯把这段时间里发生的一切都如实相告。他估计他们以后再也见不到默瑟了。

下午晚些时候，他们离开酒店，步行五分钟来到一个位于三角地带的老城区，这里的历史可以追溯到几个世纪以前，也是这座城市的主要景点。他们融入人群之中，在热闹的露天市场闲逛，在坐落于狭窄的小巷的精品店里购物，在露天的咖啡馆吃冰激凌、喝咖啡。他们漫步在幽深的小巷，时不时会迷路，不过很快就找到出口。大海就在不远处，拐过街角，总能看到蔚蓝的海岸。他们总是手牵着手，形影不离，像年轻的情侣一样，时常相偎在一起。

6

星期四，布鲁斯和诺艾尔睡到很晚才起来，在露台吃了早饭之后，洗了个澡，穿好衣服，然后又回到了老城区。他们逛了逛花卉市场，看到许多美丽而独特的花卉品种，许多花卉连诺艾尔也没见过。他们在一家咖啡馆喝着意式咖啡，看着罗塞蒂广场上巴洛克大教堂周围来来往往的人群。

临近中午的时候，他们来到老城区的城边，一条稍微宽敞些的街道上，有零星的车辆来往穿梭。他们走进一间古董店，诺艾尔跟店主攀谈起来。店里的一个打杂的伙计带他们来到店后面的一个小工作室里，里面摆满了各种桌子和衣柜，都在进行不同程度的修复。伙计指着其中一个木质板条箱，告诉诺艾尔这是刚刚运到的。诺艾尔检查了一下箱子角上贴着的船运货单，然后让伙计把箱子打开。店员找到电动螺丝刀，开始取出固定在顶部的螺丝。箱子上一共有十几个这样的螺丝，店员伙计有条不紊地干着，显然他已经干了很多年，有丰富的经验。布鲁斯认真地看着他干活，而诺艾尔看起来对于另一张古董桌子更感兴趣。等店员把螺丝都取出来之后，他和布鲁斯合力把板条箱的盖子打开，然后放到一边。

　　诺艾尔跟伙计说了几句话，然后他就走开了。布鲁斯从板条箱里取出厚厚的泡沫填充物，默瑟的那张书桌赫然出现在他和诺艾尔眼前。书桌的面板下面有三个抽屉，这三个抽屉被取下后，里面有一个隐藏的空间。布鲁斯用一把羊角锤轻轻撬开了书桌面板，里面有五个一模一样的香柏木盒子，所有的盒子都是由卡米诺岛上的一个家具制造商按照布鲁斯的要求特别定做的。

　　盒子里装的是"盖茨比先生和他的朋友们"！

7

　　会议在上午九点召开，会议的过程就像马拉松比赛一样漫长。长长的会议桌上堆满了散乱的文件，好像他们已经工作了好几个小时一样。在桌子的另一端，有一个大屏幕，旁边放着一盘甜甜圈和两壶咖啡。麦克格雷格探员和另外三名联邦调查局探员坐在一边，助理检察官卡尔顿坐在另外一边，另外还有几位穿着深色西装，面容严肃的男人。桌子另一端，坐在被审座位上的是马克·德里斯科，他忠实的代表律师佩特罗切里坐在他的左手边。

　　马克此刻正满怀期待地想象着监狱外的美好生活，想象自己即将生活在一个自由的新世界。他已经准备好要坦白交代一切了。

　　麦克格雷格率先开口："先谈谈你们的团伙吧，案发时图书馆里面有三个人，对吧？"

　　"是的，有我、杰瑞·斯汀贾登和丹尼·德班。"

　　"团伙里还有其他人吧？"

　　"是的，在图书馆外面的人叫蒂姆·马尔多纳多，化名叫特雷。

不知道他是从哪儿来的，因为他的行踪诡秘，一生中大部分时间都是在逃亡。他的母亲叫艾芮斯·格林，她住在印第安纳州曼西市巴克斯特路。你们可以去找她问话，但我估计她已经好几年没见过她儿子了。因为两年前，特雷从俄亥俄州的联邦监狱里逃跑了。"

"你怎么知道他母亲住处的？"麦克格雷格问道。

"因为这是计划的一部分。我们互相记住一些看似没什么用的事情，但其实都是家人的信息，目的是假如我们几个人之中有人被抓，就以此来要挟他们把嘴闭上，保持沉默，什么也不许说。否则的话，我们的家人就会受到报复，当时大伙儿都认为这个主意挺好的。"

"你最后一次见到特雷是什么时候？"

"去年的 11 月 12 号，那天我和杰瑞都离开小屋，开车去了罗切斯特。丹尼和特雷留在那里守着。我不知道后来他去哪儿了。"

在屏幕上，出现了一张特雷的照片，面露笑容地看着他们。

"就是他。"马克说。

"那他案发时的任务是什么？"

"制造恐慌，转移人们的注意力。他用烟幕弹和烟火引起了一阵骚动。然后他拨打了 911 电话报警，说有个人持枪向学生们开枪射击。我当时在图书馆里也打了两三个报警电话。"

"好，我们回头再讨论这个问题。还有谁参与了这桩盗窃案？"

"我们只有五个人，第五个人名叫艾哈迈德·曼苏尔，是一个黎巴嫩裔美国人，他在布法罗工作。当天晚上他没在现场，因为他是个黑客，是个电脑专家，也是伪造证件的高手。他曾经在政府情报部门工作多年，后来被解职，于是走上了犯罪道路。他五十岁左右，离异，跟一个女人住在布法罗沃什伯恩大街 662 号。据我所知，他没有犯罪记录。"

虽然马克此时此刻的一言一行都被拍摄下来，但所有在场的四名联邦调查局的探员以及五名来自检察官办公室的年轻人都在忙碌地做着记录，似乎他们的记录非常重要。

麦克格雷格说："好吧，如果只有五个人的话，那这个人是谁？"

布莱恩·拜尔的照片出现在屏幕上。

"以前从没见过他。"

佩特罗切里说："就是他几个星期前在停车场揍了我一拳，还威胁说要我转告我的委托人，要他闭嘴。"

麦克格雷格说："他在佛罗里达跟丹尼一起被捕了。他是个职业打手，真名叫布莱恩·拜尔，但一直化名为鲁克。"

"我不认识他，"马克说，"他不是我们一伙儿人里面的。肯定是丹尼在找手稿的时候找的帮手。"

"我们对这个人了解不多，他也一直不说话。"麦克格雷格说。

"他不是我们当中的人。"马克说。

"我们再回到你们的团伙里。跟我们说说你们是怎么计划的，怎么想到要偷手稿的？"

马克笑了笑，放松了些，喝了一口咖啡，开始讲述事情的经过。

8

在巴黎的左岸，第六区的圣叙尔皮斯街中间地段，贾思顿·查佩尔先生经营着一家整洁别致的小书店。二十八年来，这间书店一直保持原样，几乎没有什么变化。在巴黎的市中心，像这样的书店还有很多，都分散在各处，每间书店都有不同的特色。查佩尔先生的书店主要经营的是十九和二十世纪法国、西班牙和美国的小说。与其相隔两个店铺，有另外一家书店，店主是查佩尔先生的朋友，这间书店主要经营古代的地质绘图和地图册。在街角处还有一间书店，经营历史名人的旧版画插图和亲笔信件。总的来说，进出这些书店的客流很少，而且大多都是逛街的过客，没有多少真正的顾客。他们的客户都是来自世界各地的专业收藏家，而不是普通的读者。

七月二十五日，星期一，查佩尔先生上午十一点钟的时候锁上店门，走进了一辆等候在门口的出租车。二十分钟后，出租车停在了第八区蒙田大道上的一家办公大楼前，查佩尔先生走下了车。当他走进大楼的时候，小心翼翼地看了一眼身后的街道，尽管他料想不会有什么可疑的人跟踪监视他，但还是警惕地四处张望。他这次受托之事没有任何违法之处，至少没有违反法国的法律。

他跟可爱的接待员小姐说明了来意，前台小姐立刻给楼上打电话，查佩尔先生就在一楼大厅耐心地等着。他在大厅里来回溜达，欣赏着墙上的广告和宣传画，对这家律师事务所的广阔前景和发展业绩有了大致的了解。门口挂着古铜质地的几个大字：斯嘉丽和珀欣律师事务所。他数了数，这家律师事务所在全国各大重要城市和地区拥有四十四家办事处。他还花了些时间浏览事务所的网站，了解到斯嘉丽自豪地宣称他们拥有三千多名律师，是世界上最大的律师事务所。

经过核实，证实了查佩尔先生的预约，前台小姐示意他去三楼。他走楼梯上到三楼，很快就找到了托马斯·肯德里克的办公室。肯德里克是他们挑中的最佳人选，因为他在普林斯顿大学获得了学士学位，后来他又得到了两个法学学位，一个是在哥伦比亚大学获得的，另一个是在法国索邦大学获得的。肯德里克先生今年四十八岁，来自美国佛蒙特州，但现在他拥有美国和法国双重国籍。他娶了一位法国妻子，从索邦大学毕业后，就一直没有离开巴黎。他专门受理复杂的国际诉讼官司，而且在电话里，他似乎不愿意与一位身份卑微的小书店店主见面。不过查佩尔先生却十分坚持要见他。

他们用法语交谈，拘谨生硬地客套了几句之后，肯德里克先生很快转入正题："好了，有什么我能帮您的吗？"

查佩尔先生回答说："你和普林斯顿大学关系密切，曾经在大学董事会任职。我想您应该认识普林斯顿大学的校长卡莱尔先生。"

"是的，我的确跟我的母校联系甚密。我能问一下这个问题对您来说很重要吗？"

"是的，非常重要。我有一个朋友，他的朋友认识拥有菲茨杰拉德手稿的人。这个人想把手稿归还给普林斯顿大学，当然，是有偿的归还。"

肯德里克惊讶得下巴都快掉了，眼睛直愣愣地瞪着，一身高傲一下子荡然无存，一副像是被人一脚踢到肚子上的样子。

查佩尔继续说："我只是个中间人，跟你一样。我们需要你的帮助。"

肯德里克最不需要的就是接活了，尤其是这种没有报酬还耽误他宝贵时间的活儿。然而，参与如此特别的交易又对他有着绝对的诱惑力和吸引力。如果这个人所言不虚，并且可以相信的话，他，肯德里克，就会在把心爱的母校最为珍贵的收藏完璧归赵的过程中，发挥至关重要的作用，在学校历史上青史留名。他清了清嗓子，说道："如果手稿很安全，而且完好无损的话，我就接手这件事。"

"手稿的确完好无损。"

肯德里克微笑着大脑在飞速地运转："交货地点在哪里？"

"就在这里，巴黎。交付的过程我们已经做了详细而周密的计划，所有的指示都必须严格遵守。显然，肯德里克先生，我们面对的这个罪犯，手上拥有无价之宝，他可不想在交易过程中被抓住。他很聪明，而且精于算计，如果这其中有一点点差错或者混乱，或者有一丝给他带来麻烦的迹象，手稿就会永远消失。普林斯顿大学只有这一次追回手稿的机会。要是通知警方的话，那你们就是自掘坟墓。"

"我不确定普林斯顿大学是否愿意绕过联邦调查局而参与进来。我真的不知道。"

"那么这个交易就算了吧，到此为止。普林斯顿大学将再也见不到这些手稿了。"

肯德里克站起来，把他那件精致的衬衫往定做的裤子里又塞了塞。他走到窗前，似乎是在望向窗外，其实什么也没看，然后他说道："对方要价是多少？"

"一大笔钱。"

"当然了。我也得给他们一些建议。"

"每份手稿四百万美元，没得商量。"

对于一个经常打数十亿美元诉讼官司的专业律师来说，这笔赎金的数目并没有让肯德里克感到惊讶，而且普林斯顿大学对于这个价钱也不会被吓到。他怀疑他的母校能不能凑到这么多钱，但学校有二百五十亿美元保险赔偿，还有成千上万富有的校友，所以支付这笔赎金不成问题。

肯德里克转过身，背对着窗户，说道："显然，我得打几个电话联系一下。我们什么时候再见面？"

查佩尔站起来，说道："明天。我再次提醒您，肯德里克先生，这件事如果通知警方，不管是法国警察还是美国的，后果都将是灾难性的。"

"这我明白。感谢您的光临，查佩尔先生。"他们握手告别。

第二天上午十点，一辆黑色的奔驰轿车停在了卢森堡宫前面的沃日拉尔路上。托马斯·肯德里克从后座走出来,沿着人行道径直走去。他穿过一扇铁门,走进一座名园,混入一群游客当中,与他们一起来到八角湖。八角湖周围有好几百人,有巴黎的市民,也有游客。大人们坐在湖边,一边沐浴着阳光,一边看书;孩子们在湖边玩玩具船;年轻的情侣在湖边低矮的水泥墙上拥抱接吻;一群群结伴而行的慢跑者一边跑步,一边说笑谈心。在德拉克洛瓦纪念碑前,肯德里克跟贾思顿·查佩尔见了面。查佩尔的手上拿着一个公文包,两人见面后也没有打招呼,直接沿着宽阔的小道一路往前走,离开了湖边。

"有人在监视我吗?"肯德里克问道。

"是的,有人。那个手里握着手稿的人有同伙。有人在监视我吗?"

"没有,我向你保证。"

"很好。我想你们的谈话进行得很顺利吧。"

"我会在两个小时后飞往美国。明天将会和普林斯顿大学的人见面,他们明白规矩。正如您所料,查佩尔先生,他们希望对方可以出示一下证据,好让他们相信对方真的握有手稿。"

查佩尔没有停下脚步,边走边从公文包里拿出了一个文件夹。"这应该足以证明了吧。"他说。

肯德里克边走边接过文件夹:"我能问一下里面是什么吗?"

查佩尔笑着说道:"这是《了不起的盖茨比》第三章的第一页。据我所知,这份手稿是真的。"

肯德里克惊讶地停住了脚步,喃喃地说:"我的天啊。"

9

杰弗里·布朗博士几乎是小步慢跑着穿过普林斯顿大学校园,然后快步跑上了行政大楼拿骚堂的台阶。作为燧石图书馆手稿部的主任，他几乎想不起来上次到校长办公室是什么时候了。但是他记得很清楚，自己从来没被突然叫到校长办公室参加所谓的"紧急会议"。他的工作向来都是默默无闻，从来没这么迫切地被需要过。

校长秘书正等着他，并带他来到校长卡莱尔的巨大办公室里。此刻，校长本人也站在这里焦急地等着他。校长很快向布朗博士介绍了学校的法律顾问理查德·法利先生，还有托马斯·肯德里克。布朗博士一进门就感觉到办公室里有一股紧张的气氛。

卡莱尔校长将大家召集在一张小会议桌前，然后对布朗说："很抱歉把您紧急叫来，不过我们拿到一样东西，需要您来证实一下。昨天，在巴黎，有人给了肯德里克先生一张手稿，说这是弗朗西斯·斯科特·菲茨杰拉德的《了不起的盖茨比》手稿原件，第三章第一页。请您看一下。"

校长拿过文件夹，翻开来给布朗博士看。布朗凝神屏气地看着那页手稿，轻轻地摸了一下手稿的右上角，然后震惊地用双手捂着脸。

10

两个小时后，卡莱尔校长在同一张会议桌上召开了第二次会议。布朗博士已经离开，伊莲·谢尔比坐在了他刚才坐过的椅子上。坐在伊莲旁边的是她的委托人杰克·兰斯，同时也是保险公司的首席执行官，承担着学校二百五十亿美元的理赔金额。伊莲仍然那么精明干练，但在布鲁斯·凯布尔身上却吃了暗亏。不过她一听到手稿的消息就立刻打起了精神。她知道凯布尔现在不在卡米诺岛上，但不知道他身在法国。联邦调查局知道凯布尔飞到了法国尼斯，但并没有跟踪他。他们也一直没有把这个消息告诉伊莲。

托马斯·肯德里克和理查德·法利坐在伊莲和兰斯的对面。卡莱尔校长递过文件夹，说道："昨天在巴黎，有人把这个东西交给了我们。这是《了不起的盖茨比》原始手稿中的一页，我们已经请专家鉴定过了。"伊莲打开文件夹仔细察看。兰斯也同样看了看，两个人都没有什么反应。肯德里克把跟贾思顿·查佩尔见面的经过讲述了一番，并且详细说明了交易的条件。

等肯德里克说完，卡莱尔校长说："显然，我们的首要任务是拿到手稿。如果能抓住小偷的话固然很好，但目前来说，能不能抓到已经不重要了。"

伊莲说："那么，我们是要绕过联邦调查局吗？"

法利说："我们不需要通知警方。因为这是私人交易，没有触犯法律。不过我们想听听你们的意见。毕竟你比我们更了解这些人。"

伊莲合上文件夹，然后把它推开了点，思考了片刻。她的语速很慢，而且字斟句酌，她说："两天前，我跟拉马尔·布雷萧谈了谈。那三个偷取手稿的盗贼都已落网，其中一个成了污点证人。两名在逃的疑犯还没有找到，不过联邦调查局已经知道了这两名嫌疑犯的名字，正在进行追捕。在联邦调查局看来，这宗盗窃案已经结案了。他们会对这种私下交易感到不满，但是也会理解的。坦率地说，如果手稿被追回的话，他们也如释重负了。"

"以前你们这么做过吗？"卡莱尔问道。

"哦，是的，有好几次这样的情况。受害人秘密支付了赎金，被盗物品完璧归还。人人都很满意，特别是失主本人。当然，我想偷盗者也很满意。"

卡莱尔说："我真不知道该怎么办好。我们跟联邦调查局的关系很好。他们的工作也很出色。所以，从这一点上看，把他们排除在外

296

似乎有些不妥。"

伊莲回答说："但是他们在法国没有执法的权力，只能要求法国当局协助办案。但在那里，我们就失去了控制权。很多人都会介入进来，会把局面搞得非常混乱。到时候谁也无法预测结果，如果一着不慎的话，手稿就再也不会出现了。"

法利问道："假设我们把手稿赎回来了，那等事情尘埃落定之后，联邦调查局会做出怎样的反应呢？"

伊莲笑了笑，说道："我很了解拉马尔·布雷萧这个人。如果这些手稿被追回，安然无恙地被放回图书馆，而且偷盗者也受到了法律的制裁，这是他最希望看到的结果，他高兴还来不及呢。他会继续公开调查几个月，也许罪犯会露出马脚，不过不久之后，他就会和我一起在华盛顿喝酒庆祝，谈笑风生。"

卡莱尔看向法利，又看了看肯德里克，最后说道："好吧，那咱们就绕过联邦调查局，继续私下交易吧。现在，最棘手的问题是赎金，兰斯先生，您怎么看？"

这位首席执行官清了清嗓子，说道："我们承担着二千五百万美元的理赔金额，但只有手稿完全丢失或受损才会理赔。这种情况远远够不上理赔条件。"

"的确如此，"卡莱尔笑着说，"假设这个小偷手里有全部的五份手稿，那么赎金计算起来很容易，每份四百万，五份就是两千万。所以这两千万美元你们愿意承担多少？"

兰斯毫不犹豫地说："我们出一半，最多了。"这要比卡莱尔预想的多了不少，作为一名学者，他觉得跟一个老练的保险公司首席执行官谈保险赔偿，完全不占优势。于是他看了一眼法利，说道："把另一半赎金准备好。"

11

在圣叙尔皮斯街的另一边，距离贾思顿·查佩尔书店不到十米的地方，有一家名叫普鲁斯特的酒店，这是一家历史悠久、古朴典雅的四层楼酒店，里面的房间很狭小，只有一个电梯，一个成年人带着行李站在电梯里都有些挤。布鲁斯用伪造的加拿大护照和现金在酒店三楼开了一间房。他在窗口架了一台小型摄像机，直对着贾思顿书店的前门。他则在塞纳河街角的德拉克洛瓦酒店的房间里，用 iPhone 手机实时监控书店前的情况。而诺艾尔则在另一家酒店——波拿巴酒店的房间里进行监控。在她的床上，放着五份手稿，每一份都装在不同的袋子里。

上午十一点钟，诺艾尔拿着一个购物袋走出了酒店的大堂，她告诉酒店的前台，不要让打扫卫生的服务员进入她的房间，因为她的丈夫还在里面睡觉。之后，她离开了酒店，穿过街道，停在了一家时装店的橱窗前。这时，布鲁斯走了过来，没有停住脚步，随手拿起了那个袋子。诺艾尔回到酒店房间，守着其余的几份手稿，同时观察着贾思顿书店前的动静。

布鲁斯漫步在古老的圣叙尔皮斯教堂前面的喷泉边，尽量融入其他的游客之中。为了这一天的到来，他事先花了很长的时间，做了充足的准备。接下来几个小时将要发生的事情将会改变他的一生。如果他不慎落入对方陷阱的话，就会被戴上手铐押送回美国受审，今后的许多年将要在监狱中度过。不过如果成功的话，他就会成为一个有钱人，而且只有诺艾尔知道这件事。他走了几个街区，故意绕来绕去，掩盖他的行踪。最后，他看了看表，交易的时间到了。

他走进书店，发现贾思顿正在翻阅一本旧地图集，看似很忙，但其实是在观察书店外的街道，没有顾客前来。而且今天他给店里的伙计放了一天的假。他们一同走进了书店后面凌乱的办公室。布鲁斯拿出了一个香柏木盒子。他打开盒子，然后又打开了里面的档案盒，说道："这是第一份手稿《尘世乐园》。"

贾思顿小心翼翼地摸了摸手稿的第一页，用英语说："看上去真不错。"

布鲁斯把手稿留了下来。他打开书店的门，走了出去，然后又把门关上，扫视了一眼街道周围，随后装作若无其事地转身离开。诺艾尔看着普鲁斯特酒店房间里的摄像机拍下的视频，发现一切正常，没有任何可疑的情况。

贾思顿用提前准备好的预付费手机，拨打了日内瓦的瑞士信贷银行电话，告知他的联系人，第一份手稿交易完成。按照布鲁斯的指示，第一笔钱将会打到苏黎世 AGL 银行的一个账户里，钱款到账后，就会立刻被转到卢森堡一家银行的另一个账户上。

布鲁斯坐在酒店房间的笔记本电脑前，收到了这两笔钱转账的银行确认邮件。

一辆黑色的奔驰车停在了贾思顿的书店门前，托马斯·肯德里克从车里走了出来，走进书店后，不到一分钟就出来了，手里拿着那份手稿。他径直回到了他的办公室，杰弗里·布朗博士以及另一位普林斯顿大学的图书管理员正在那里等着他。他们打开盒子，惊讶地看着这份交易而来的珍贵手稿。他们要有足够的耐心，但是等待的过程却是很难熬的。

布鲁斯换了身衣服，走了很长的一段路。在拉丁区的学院路上一家路边咖啡馆里，他勉强吃下了一份沙拉。隔着两张桌子之外，诺艾尔正在坐那里喝咖啡。他们没有理会对方，直到布鲁斯离开时，随手拿走了诺艾尔放在椅子上的背包。一点过几分，他再次走进了贾思顿的书店，惊讶地看到他正在跟一位顾客聊天。布鲁斯不慌不忙地走到书店后面，把背包放在他办公室的桌子上。贾思顿借故离开，来到办公室，他和布鲁斯打开了第二个香柏木盒子，看到了菲茨杰拉德的潦草字迹。

布鲁斯说："这是一九二二年出版的《美丽与毁灭》，也许是他所有作品中最不起眼的一部小说。"

"在我看来还不错。"贾思顿说。

"打电话吧。"布鲁斯说完就离开了。

十五分钟后，电子汇款确认邮件发送了过来。不久之后，同一辆黑色奔驰车停在了同样的地方。托马斯·肯德里克从贾思顿手里拿到了第二份手稿。

按照出版顺序，下一份手稿应该是《了不起的盖茨比》，但是布鲁斯打算把它留到最后再出手。前两笔钱都顺利到手了，但他还是担心最后的交易会出差池。他看到诺艾尔正坐在卢森堡公园的一棵榆树下。她身旁是一个棕色的纸袋，上面印着面包店的名字，有一根法棍面包的顶端探出了袋子的顶部。他把法棍面包掰了一段，边吃边走，去往贾思顿的书店。下午两点三十分，他走进书店，把纸袋和剩下的法棍面包，连同《夜色温柔》的手稿一块儿交给了他的朋友，然后匆匆离去。

为了迷惑他们的视线，确保自己的安全，第三笔钱汇到德意志银行苏黎世分行之后，立刻被转到了伦敦银行的另一个账户上。当这两笔汇款交易得到确认后，他银行里的钱从七位数增加到了八位数。

肯德里克又出现了，来拿第三份手稿。回到办公室后，随着手稿一件件被赎回，杰弗里·布朗博士高兴得不能自已。

第四份手稿，是《最后一个大亨》，被藏在一个耐克健身包里，诺艾尔将其带到了圣热尔曼大街的一家波兰书店里。当她假装浏览书店图书的时候，布鲁斯把包拿走，然后步行四分钟，来到了查佩尔的书店。

　　瑞士的银行将在五点关闭，到时一切交易都将停止。四点过几分的时候，贾思顿给托马斯·肯德里克打电话，告诉他一个严峻的消息：那份《了不起的盖茨比》的手稿，他的朋友希望能先拿到赎金再交货。肯德里克保持冷静，但仍然争辩道这个消息实在令人难以接受。他们一直按照之前达成的协议去做，到目前为止，双方一直都按约定办事。

　　"没错，"查佩尔先生礼貌地说，"不过我的联系人预感到，危险之处在于他把最后一份手稿交出之后，你们就会决定不汇最后一笔赎金。"

　　"如果我们付了最后一笔赎金，他却不交出最后一份手稿怎么办？"肯德里克问道。

　　"我想这是你们必须要冒的风险，"贾思顿说，"他的态度非常坚决。"

　　肯德里克深吸了一口气，看着布朗博士那张充满惊恐之色的脸，然后对贾思顿说道："我十五分钟后给你回电话。"

　　布朗博士拨打了普林斯顿大学的电话，卡莱尔校长已经五个小时没有离开办公桌了。这真的没什么可讨论的，普林斯顿大学想要追回那份《了不起的盖茨比》手稿，远比窃贼想要那四百万的心情更加急迫。所以他们情愿冒险一试。

　　肯德里克给查佩尔打电话，告诉了他这个消息。四点四十五分，当最后一笔赎金汇款得到确认后，查佩尔给肯德里克回电话，通知他，自己现在就在肯德里克的办公楼下，有一辆出租车正停在办公楼外的蒙田大街上,他坐在那辆出租车的后座,手里拿着《了不起的盖茨比》的手稿。

肯德里克立刻冲出了办公室,布朗博士和他的同事们紧随其后。他们沿着宽阔的楼梯飞奔下楼,从吓得目瞪口呆的前台小姐面前掠过,冲出办公楼的大门,此时,贾思顿正从出租车里出来。他手里拿着一个厚厚的公文包,说里面装的是《了不起的盖茨比》手稿,除了第三章第一页之外,其余的都在包里面。

布鲁斯·凯布尔倚着五十米外的一棵树站着,看着最后的一笔交易圆满完成,面露欣喜之色。

尾声

昨晚下了一整夜的大雪。清晨，东方刚刚吐白，二十厘米厚的白雪覆盖着大地，整个大学变得白茫茫一片，白雪反射的阳光让人睁不开眼睛。到了中午，天气变得稍微暖和了一点，学校的校工与保洁人员拿着耙子、铲子等扫雪工具，清扫校园里的各条道路和门前台阶，以保证师生们的出行安全。学生们穿着笨重的靴子和厚重的外套，步履匆匆地走在校园，赶着上下一堂课，一刻也不敢停留。气温只有零下十几度，刺骨的寒风让人们不由得加快脚步，想快点儿赶到温暖的教学楼里。

根据他在学校官网查到的课程安排表，她应该是在奎格利教学楼的一间教室里，正在教授创意写作课程。他找到了这栋教学楼，也找到了那间教室。外面依旧寒风呼啸，他只得先躲在这栋教学楼的二层大厅里待着，一直待到10：45。之后，他出了教学楼，在旁边的人行道上漫不经心地溜达，同时，为了不让人怀疑，假装拿着手机聊天。

天气实在太冷了，人们都在行色匆匆地赶路，其实根本没有人会注意到他。他今天的这一身装束，完全就像一个普通的大学生。她从教学楼里走出来，混在拥挤的人群中渐渐远去。人们步履匆匆赶往下一个教学楼上下一堂课，于是一个教学楼瞬间变得空荡荡，而另一个教学楼则变得人头攒动。他在远处跟着她，发现同行的还有一个背着背包的年轻小伙子。他们在校园里左转右转，看来是要去校园商业街。商业街位于南伊利诺伊大学园区对面，街上有不少商店、咖啡馆和酒吧。他们穿过街道，她的同伴还伸手握住她的胳膊肘，像是在扶着她，怕她摔倒。两个人继续走着，步伐变得更快，他放慢脚步，不再紧跟着了。

他们走进了一间咖啡馆，布鲁斯走进了隔壁的一间酒吧。他把手套塞进大衣的口袋，然后点了一杯黑咖啡。他等了十五分钟，直到身上的寒意尽消，然后走向她和那个年轻人进入的咖啡馆。默瑟和她的朋友挤在一张小圆桌上，大衣和围巾搭在椅子的靠背上，面前放着两杯花式意大利浓缩咖啡，两个人聊得正酣。布鲁斯坐在默瑟的旁边一桌，过了一会儿，她终于看到了他。

"你好，默瑟。"他说道，没有理会她身边的朋友。

她吓了一跳，惊讶得倒吸了一口凉气。布鲁斯转过头对她的朋友说："对不起，我需要一点时间和她单独聊一会儿。我大老远来这儿就是找她的。"

"这是怎么回事？"她的朋友摆出了一副要开仗的架势。

她拍了拍小伙子的手，说："没事的，给我们几分钟时间。"

她的朋友慢慢站起身，拿起自己的那杯咖啡，临走时还恶狠狠地瞪了布鲁斯一眼，布鲁斯并没有理会。他坐到那个年轻人刚才坐的位子上，笑着问默瑟："小伙子还蛮可爱的，是你的学生吗？"

她稳了稳心神，然后说："开玩笑吧？这跟你有关系吗？"

"完全没有。你看起来很不错，默瑟，不过皮肤晒得有点儿黑了。"

"现在是二月寒天，这里是中西部，距离海滩远着呢。你大老远来这里干什么？"

"谢谢你的关心，我很好，你怎么样？"

"挺好的。你怎么找到我的？"

"你又不是躲起来与世隔绝了。莫特·加斯帕和你的经纪人一起吃午饭时，说起了沃利·斯塔克的噩耗，他在圣诞节后的第二天不幸去世了。今年春季学期，他们需要一个驻校作家顶替他的职位，所以我来找你。你喜欢这里吗？"

"还行吧。天气很冷，寒风呼呼的。"她抿了口咖啡，然后凝视着杯里的咖啡。

"你写的那部小说怎么样了？"他笑着问道。

"挺好的，每天写一点儿，现在已经写完一半了。"

"塞尔达和欧内斯特的故事吗？"

她笑了笑，揶揄地说："不，那个创意太蠢了。"

"是挺蠢的，不过我记得你当初似乎对这个主题挺感兴趣的。那么你写的是什么故事呢？"

默瑟深吸了一口气，看了看四周，笑着对他说："是关于泰莎的故事。她在海滩上的生活，还有她的外孙女。她和一个年轻男子坠入爱河，谱写了一段浪漫甜蜜的罗曼史。故事很美好，而且是根据事实改编的。"

"那个年轻男子是波特吗？"

"一个跟他非常相似的人。"

"我很喜欢这个故事。纽约那边的人看过这个故事吗？"

"我的经纪人已经读了我这本小说的前半部分，对它很感兴趣，评价挺高。我想这本小说会受欢迎的。我简直不敢相信竟然在这里见到你，布鲁斯，我真的很高兴。刚才真是吓了我一跳。"

"我也很高兴能再次见到你，默瑟，我本来没想过来这儿找你。"

"那你为什么来了？"

"因为有没完成的事情。"

她抿了一小口咖啡，用纸巾擦了擦嘴，问道："告诉我，布鲁斯，你是什么时候开始怀疑我的？"

他看着她面前的咖啡，一杯有着很漂亮的拉花的拿铁咖啡，上面撒着一层焦糖，典型的意大利人喜欢的咖啡。

"我可以尝一口吗？"说着他就伸手去拿，好像不是为了征得她的同意，而是礼貌性地"通知"一下。默瑟看着他喝了一口咖啡，没说什么。

他说："就在你刚到岛上的时候。那时候，我对周围十分警惕，对每个陌生的面孔都密切注意，而且我有充分合理的理由。你掩饰得很好，你的背景和身份都很完美，我以为那些都是真的。这个计划的确很绝妙，虽然是针对我而密谋的计划。这计划是谁想出来的，默瑟？"

"我是不会说的。"

"好吧。我们的关系走得越近，我对你的怀疑就越深。那个时候，我的直觉告诉我，对我有不良企图的人正在慢慢向我逼近。而且我的书店里一时间涌入了太多的陌生面孔，太多假装是游客的人在里面来回转悠。你的出现证实了我心中预感到的恐惧，所以我逃走了。"

"一声不响、干净利落地逃走了，是吧？"

"是的。我很幸运。"

"祝贺你了。"

"你是一个完美的情人，默瑟，不过是个糟糕的间谍。"

"我就全当这两句都是在赞美我。"她拿过布鲁斯手里的杯子，喝了一口咖啡，然后把杯子又重新递到他跟前。默瑟问道："那你未完成的事情是什么？"

"问你为什么要这么做。你让我被迫离开小岛这么长时间。"

"当骗子决定要交易被盗的赃物时，不都得逃跑，躲避风险吗？"

"你说我是个骗子？"

"当然。"

"嗯，那要是这么说的话，那你就是个可恶的坏女人。"

默瑟笑着说："好吧，那咱们就扯平了。还有什么骂我的词吗？"

布鲁斯也笑了，说道："没了，暂时没有。"

默瑟说："哦，不过我能想出一堆词来形容你，布鲁斯，但称赞你的词要比骂你的词多。"

"那我可得谢谢你了。好了，言归正传，你为什么要这么做？"

默瑟深吸了一口气，又一次环顾四周。她的朋友正坐在一个角落里看着手机。

"因为钱，我破产了，而且债台高筑，难以维生，其实还有很多的原因。这是我永远都会为之后悔的一件事，布鲁斯，真的很抱歉。"

布鲁斯笑着说："这就是我来这里的目的，这就是我想要的答案。"

"听我向你道歉？"

"是的，而且我已经接受了你的道歉，完全释怀了。"

"那你可真够有雅量的。"

"我向来如此。"说着，两个人都咯咯笑了起来。

"为什么你要这么做，布鲁斯？我是说，如果现在看的话，这么做是很值得的，但当时真的风险很大。"

"这不是我事先有预谋的，相信我，一切都是偶然。我在黑市上买卖了几本珍本。我想那样的日子已经过去了，不会再有。不过那时，我正忙着书店的生意，突然就接到了一个电话，有人要出售那些手稿。一件事引发了另一件事，一环连一环，于是就有了后来的一连串事情。我看到了一个机会，决定要抓住它，所以很快就拥有了那些手稿。但是我是在黑市里买到的手稿，所以不知道那些坏人竟然离我这么近，直到你出现之后，我才逐渐发现。等我意识到家里出现了一个间谍之后，我就立刻逃走了。正是因为你，这一切才会发生的，默瑟。"

"你是想感谢我吗？"

"是的。我由衷地感谢你。"

"别客气，你我都清楚，我是一个很差劲的间谍。"

两个人一边喝着咖啡一边聊天，聊得很开心。

默瑟说："我想告诉你的是，布鲁斯，当我看到手稿回归普林斯顿大学的消息时，我真的开心地笑了。我感觉自己真的很蠢，扮演了这样的一个角色，但我也默默地祈祷说：'快逃走吧，布鲁斯。'"

"这真是一次大胆的冒险，但我现在已经完成了这次冒险之旅。"

"我看未必。"

"我发誓，听着，默瑟，我希望你能回到岛上。那个地方对你来说有着特别而且很重要的意义，那里有你的小屋，有海滩，有朋友们，有书店，有诺艾尔，还有我，我们的大门永远都向你敞开。"

"好吧，既然你这么说的话。安迪怎么样了？我一直在想他。"

"他现在很自律，而且头脑也很清醒。他每个星期都参加两次戒酒互助会，平时就狂热地写作。"

"这真是个天大的好消息。"

"梅拉上周还跟我谈到，大家都纳闷你为什么突然离开了，但是没人知道原因。你是属于那里的，我希望你能回来看我们，我们随时欢迎你，希望你能回来继续写你的小说，我们会为你举办一个盛大的欢迎派对。"

"这太让我受宠若惊了，布鲁斯，但是在你的眼里，我永远都是可疑的人。也许我会回到岛上，但是绝不会再干蠢事了。"

布鲁斯握了握默瑟的手，然后站起来说道："那我们就拭目以待。"

他亲吻了一下默瑟的头顶，然后说："那么，再见了，后会有期。"

默瑟看着他轻松优雅地穿过一张张桌子，离开了咖啡馆。

（完）

后记

　　请允许我向普林斯顿大学道歉。如果学校的网站信息准确的话（我们也没理由怀疑它的准确性），那么弗朗西斯·斯科特·基·菲茨杰拉德的原始亲笔手稿的确是收藏在燧石图书馆里。我对此没有第一手的资料可以证明，从来没去过那座图书馆，当然，写这本小说时，我刻意没有去图书馆参观。据我所知，这些手稿可能存放在图书馆的地下室、阁楼或者有重兵看守的秘密坟墓里。在这个问题上，我并没有太过苛求，也没有严格地去研究调查手稿存放的确切地点，主要是因为我不想让不法之徒有机可乘，对珍贵的手稿起邪恶的贪念。

　　从我的第一部小说里，我领悟到一个事实：写书远比卖书容易得多。因为我对图书零售业一无所知，所以一切都依靠我的一位老朋友，理查德·豪沃斯，他是密西西比州剑桥广场书店的店主。他看了我的初稿，对其中很多地方都提出了修改意见。非常感谢你，理奇（理查德的昵称）。

　　珍本书籍的故事设定非常吸引人，我只是略有涉猎，并不在行。
当我需要帮助时，我就会求助于很多珍本书籍领域的专业人士，包括：
查理·罗维特、迈克尔·苏亚雷斯以及汤姆和海蒂·康加尔顿：他们
是珍本书籍公司的老板。非常感谢他们的热心帮助。

　　此外，教堂山的戴维·劳斯以及卡本代尔的托德·道蒂也在关键
问题上给了我很大帮助。

John Grisham

图书在版编目（CIP）数据

窃书贼 /（美）约翰·格里森姆（John Grisham）原著；王梓涵译．
一武汉：长江出版社，2019.10
书名原文：CAMINO ISLAND
ISBN 978-7-5492-6601-2

Ⅰ. ①窃… Ⅱ. ①约… ②王… Ⅲ. ①长篇小说－美国－现代
Ⅳ. ①I712.45

中国版本图书馆 CIP 数据核字（2019）第 160139 号

CAMINO ISLAND by John Grisham

Copyright © 2017 by Belfry Holdings, Inc.

Published in the United States by Doubleday, a division of Penguin Random House LLC,New York,
and distributed in Canada by Random Houseof Canada, a division of Penguin Random House
Canada Limited, Toronto.

Simplified Chinese translation copyright © 2018 by TianJin Manyu Culture Communication Co.,Ltd.
All rights reserved.

图字：17-2019-065

窃书贼 / （美）约翰·格里翰姆（John Grisham）原著　王梓涵 译

出　　版	长江出版社				
	（武汉市解放大道1863号　邮政编码：430010）				
选题策划	漫娱　蒋惊				
市场发行	长江出版社发行部				
网　　址	http://www.cjpress.com.cn				
责任编辑	陈　辉　江　南				
特约编辑	颜　燕				
总 编 辑	熊　嵩				
执行总编	罗晓琴	开　　本	889mm×1230mm 1 / 32		
装帧设计	yvonlee　朱　可	印　　张	10		
印　　刷	上海盛通时代印刷有限公司	字　　数	246千字		
版　　次	2019年10月第1版	书　　号	ISBN 978-7-5492-6601-2		
印　　次	2019年10月第1次印刷	定　　价	45.00元		